苦　楝

过正则◎著

天津出版传媒集团

天津人民出版社

图书在版编目（CIP）数据

苦楝 / 过正则著 . -- 天津：天津人民出版社，
2020.7

ISBN 978-7-201-15924-9

Ⅰ.①苦… Ⅱ.①过… Ⅲ.①散文集－中国－当代
Ⅳ.① I267

中国版本图书馆 CIP 数据核字 (2020) 第 065989 号

苦楝
KULIAN

出　　版	天津人民出版社	
出 版 人	刘　庆	
地　　址	天津市和平区西康路35号康岳大厦	
邮政编码	300051	
邮购电话	（022）23332469	
网　　址	http://www.tjrmcbs.com	
电子邮箱	reader@tjrmcbs.com	

责任编辑	李　荣
装帧设计	同人阁文化传媒

制版印刷	香河利华文化发展有限公司
经　　销	新华书店
开　　本	710毫米×1000毫米　1/16
印　　张	18
字　　数	248千字
版次印次	2020年7月第1版　2020年7月第1次印刷
定　　价	59.00元

父亲的心愿（序）

得知父亲想要出书的心愿已久，却从未想到会让我给他作序。起初我是拒绝的。因为，通常序言都出自德高望重之人笔下，自觉由我作序略有不妥。但既然父亲坚持，我也不当辜负这份信任，便应允了下来。

父亲常对我提起他的故事。

走出校门的父亲，依然酷爱学习。白天在农田里劳作，夜晚则躲在蚊帐里，借着油灯的微光读书，整夜阅读是常事。1978年7月，父亲走上了教育岗位。随后，他自学书法、绘画。勤笔耕，爱摄影，爱打乒乓球的父亲，我总觉得他学一样，像一样，精一样。

父亲在工作上也面临过人生的抉择。当老师的奶奶给他联系了当时效益很好的县属工艺品厂，并让他跟着她的学生学技术。可他却跑到县领导那里请求，执意要去当老师，且一干就是三十八年。他自制的一本厚厚的《杂草集》，剪贴着他发表的好多文章与学生的作品，也是他几十年努力的结果。

其实，对于父亲平时的自述，我并没有深切的体会，因此，只想说说我记忆中的那个父亲。

由于父亲是东亭中心小学老师的缘故，我从小便跟着父亲去上学。当时，我们一家三口，就住在约三十平方米，简陋得不能再简陋，没有卫生设施的公房里。楼道内的其他住户，其中一对年轻夫妇，常常无故闹事，出言不逊，甚至大打出手；另一户的老夫妻，也是大闹三六九，小闹天天有，且都是满口脏话。那时的父亲，实在无法忍受，他与母亲商量，借了外债，在东亭老街旁，买下了一幢破旧的私房，稍加改造便搬了出去，只为给我提供一个健康成长的环境。经父亲的精心打理，院落里花开四季，充满着无限生趣。我童年美好的记忆，大约也就从那会儿开始。

　　父亲是个有着"奇特"教育理念的人。在课业上，他从不给我施加额外的负担，甚至让老师给我减少或取消家庭作业量。放学后，我早早地就能在他办公室完成作业，从未把书包背回家。父亲从不疏于培养我的爱好，塑造我的性格。在征得我同意的情况下，父亲会引导我每晚读课外书，跟着他写书法，跟着外公下围棋，跟着老师学竹笛。现在想起来，这应该是我最欢畅的一段童年时光。

　　逝者如斯，时光荏苒，我在慢慢长大，父亲却在渐渐老去。清晰记得那时的中考，平日里成绩优异的我，却输在了最擅长的英语上。父亲见我闷闷不乐，一边安慰我，一边去申请查分。为了我能接受优质的教育教学，父亲东奔西走，也花了不少的精力。从那以后，我发现，他的两鬓有了些许白发，我虽从未提起，却一直看在眼里。

　　父亲希望我能够出国深造，这也是我的愿望。所有出国前的读研准备工作，我都亲力亲为。没有上英语辅导班，我自学GRE；没有请留学中介，我自己准备资料，大概是为了能让他的白发长得慢些，再慢些……

　　如今，我在大洋彼岸自力更生，父亲也于2016年3月退休。他没有接受学校的返聘以及社会机构的高薪聘请。他说，他爱这份事业，否则也不会坚持三十八年，但只想把最后的几十年留给自己，做些自己爱做的事。

　　我支持父亲的这个决定，也明白了父亲要我作序的原因，他出书不为名，不图利，又何须名家作序推荐？我猜，能够得到儿子的肯定，便是父亲此生最大的欣慰……

过　怿，于美国纽约，2020年3月

目录

第二辑 情定乡土

第四辑　丈量远方

第五辑　闲言碎语

第六辑　心灵有约

第一辑

如影随形

苦楝

苦楝树，一点也不陌生，从年幼到年轻时，在乡村里度过的我，河岸边，高岗上，树林里，村庄的家前屋后，见得多了，也不足为奇。

与它再次无意中相遇，是几十年后，在今年的梅园。五月，正是郁金香盛开的时节，兴冲冲拍完郁金香，而在沿途的横山脚下，那几棵高高大大的苦楝树，让我停住了脚步。取景，对焦，咔嚓，它的靓影便瞬间定格。

那嫩绿而潇洒的羽状叶片里，一朵朵，一簇簇，一丛丛，密密层层，淡紫色的花开满了整个树冠，像一把把素雅的大花伞，又像一块缀满朵儿的花布，养眼而素净，热闹却安静。五片瓣儿，从叶底到叶尖，粉白到粉紫。雄蕊成管通状，从粉紫到深紫，极像云南女子穿着的筒裙。卵形的金黄核果，一颗颗有序排列，围成一圈，整个朵儿，煞是可爱！这样清澈纯明，素颜雅致的女神为何给她取了"苦楝"这名，总觉不妥。紫花树，楝枣子、翠树、森树、楝枣树、火棯树、花心树、洋花森，这些别名，无论取哪一个，都比"苦楝树"好听。

想是这样想，现实还得尊重。前不久，去吼山拍日出，居然又遇到了挂在树上的苦楝果。苦楝树开花过后，便开始结果，由青果到金果，直至秋风扫落叶，北风渐至，那金果就有了凹凸的皱褶，但依然一串串高高地挂在树梢，而这样的境遇，自然勾起我年少时的念想……

二十世纪五六十年代，生活十分清苦，上辈人告诉我们，这苦楝果可以卖给药材店换成钱，只是不能吃，有毒性。

果虽苦，但良药苦口利于病，它，很有药用价值，能治湿疹瘙痒、冻疮疥癣、蛇虫咬伤、疝气疼痛、跌打肿痛，这早已得到医学上的认可。随后是，只要有苦楝树的地方，就能看到孩儿肩扛长长的竹竿，提着一只只竹篮的身影。

竹竿的顶端，用小木棒或竹筷扎成斜斜的"×"形，这是最原始，最简单的勾果工具。然后把皱褶的果果一串串，一颗颗勾下来，听着噼里啪啦的落地声，心里就特高兴。实在够不到的，乡下孩子有的是爬树本领，竹竿往树上一靠，出溜出溜，没几秒钟就上了树，直至勾到再也见不到一颗苦楝果。当然，有时也会出现几个孩子都到同一棵树下，由于谁都想多勾一点的心理，往往会闹出矛盾，甚至怒骂、推搡、打架，但这样的情景毕竟极少，大都是采用和谐解决的办法，大家一起出力，最后，把勾下的苦楝果平均分配。

满满的一篮，心生喜欢。回家后，去掉那果柄，积攒多了，装入布袋，然后由爸爸妈妈，抑或爷爷奶奶，担着前往街上的药店去卖钱。尽管干果缺了水分，斤两轻了不少，价格也就一斤二三分钱，但那3元5元，就当时来说，也算是孩子对家庭的一大贡献了。为奖励孩子，家长们会买回些1分钱一颗的糖果，分给孩子们，以示皆大欢喜。

时过境迁，滋润的日子，让即便乡下的孩子知道了，也不会去理会它，而城镇的孩子更不会认识它，只知道开的紫花很好看，还会结果而已。

孵小鸡

孵小鸡，在早年的乡村里，根本算不上新鲜事。

那时的乡下，家家户户都要养个七八只，抑或再多些。反正都是散养，喂食也不多，极易管理。那些公鸡母鸡，一到太阳下山，就主动往自家的窝里去，绝对走不错人家。

农家养鸡的目的，是鸡蛋既能自产自销，更能去集市换钱，贴补家用。而孵出的小鸡，自己留下一部分后，如果多，能五分一角的卖好多块钱，也算当时不小的一笔收入。除此以外，鸡蛋、鸡，还能作为孩子、老人、产妇恢复元气，强身健体的滋补品。用现代时尚话来说，那是农家绿色产品，地地道道的草蛋草鸡。

我不知道是从哪个朝代开始，先祖就琢磨出这事，让母鸡孵出小鸡来。年少时，每年都见过邻家婶娘阿婆，母亲和大姐让母鸡孵小鸡的情形，自己也时不时凑着伺弄伺弄，因而很是熟稔，也不算稀奇事。

母鸡，春末夏初与冬末里的一段时间，是要"抱窝"的，在我们无锡方言里叫"讨孵"，意思是母鸡一直要进鸡窝匍匐着，但不再下蛋，这是让它孵小鸡的最佳时间。

随后是那些婆婆婶娘，奶奶妈妈们，找个大小适中的木桶，打理干净后，在太阳底下晒晒，铺上清香的稻草，再铺上席片。然后在蛋桶里挑出二十来个，看着新鲜顺眼的蛋放入，把讨孵的母鸡捉进去，盖上米筛、棉絮，或穿旧的棉袄，让母鸡整天趴在里面孵蛋。

其时，为了能随时观察到它孵的情况，这窝，都是放在床底下。对于我们小屁孩儿来说，开始也觉得新奇，见得多了，也就不以为然。但鸡妈妈尽心尽职的举动，足以让我们汗颜。现在想起来，这孵小鸡，对于人来说，就是每天中午把母鸡放出来喂喂食，清洁一下席片而已，但对于母鸡来说，那是最痛苦的日子。一天三顿的吃食喝水，也就五六分钟而已，随即它又会摇摇晃晃地走向孵窝，继续在暗无天日里度过。为了保证它的每一个宝宝能有足够的温度，我们常能听到它用嘴，用翅膀，用鸡爪，把边缘的蛋搂到身子底下最温暖处。那样的往复循环，那种累与苦，足以让人类敬重。

不过，时常也有户主不想让它孵小鸡，只想让其早些下蛋，因而就用一绳子或布条，在靠近鸡爪处系紧，另一头扣在门环上吊着，使它始终只能像金鸡独立样站着。现在想起来，那一只鸡，三百六十天，哪能天天下蛋，这人类似乎显得有些不择手段与残忍。

时过半月，那蛋得放到温水里作验证，沉下去的就淘汰，浮起来的是实蛋，让母鸡继续孵。20天左右，我们就能听到"笃笃笃"的声音，那是母鸡在啄蛋，预示着小鸡将要出壳。

刚从蛋壳里钻出来的小鸡，浑身是湿漉漉的，在母鸡身下捂干后，钻出一只只毛茸茸的，有白有黑，有黄有花，可爱无比，叽叽叫着的小绒球。家人则把米筛下的碎小米粒，再切些碎小的菜末，瓷盆里倒些清水，让它们享用。而母鸡总是边咕咕咕，咯咯咯的叫着，边啄着食物，做着示范，等小鸡吃饱了，它才开始真正进食。

春光中，阳光下；酷暑里，鸡妈妈又领着自己的孩子，在家前屋后的树林里，用爪子在腐土或落叶中刨着，搜寻着食物，用自己的行动，教给"孩子"们觅食。

有时也会遇到一些如鸟类前来争食，母鸡会采取直接进攻，保证实物不落旁口。当然，也会有那些猫狗之类的不速之客，在不远处盯着看，而母鸡则会伸长脖子，抖起羽毛，扑扇着翅膀，两脚撑开，作决斗状，直至对方撤退。

高尔基说过："爱孩子，是母鸡也会的事"。从它短短的生命年月里，母鸡用它的辛劳与责任，尽心与担当，阐释了动物界的无私母爱。

狗尾巴草

乡野里，在风中摇曳，随处可见的狗尾巴草，我对它再熟稔不过了。

严冬过尽，早春刚到，这狗尾巴草，便开始在泥土里冒出嫩芽，随后是紧贴泥土，向四周快速疯长。因而，无论在河岸桑田，还是土丘高岗，抑或菜地苜蓿中，红薯地垄里，都能见到它密集的身影。

挎着竹篮，拿着斜凿或镰刀的我们，放学后，假日里，便在田野中寻找，割满一篮，便兴高采烈地往家赶。一部分留给兔羊，直接可喂，剩下的，就去河边洗净。回来后，就在大木盆里，把它切碎，倒入木桶后，和上麸皮米糠，把烧开的水倒入，再次搅拌均匀成糊状，用来喂猪。那鲜嫩清香的草，一入猪槽，这些大耳朵一甩一甩，叭嗒叭嗒吃得还真香，以致几只一起吃时，还你不让我，我不让你地拼命争食，唯恐吃少了。

那时，在乡野里的狗尾巴草虽然多，但家家养着牲畜，供不应求也就成了自然，以致我们就寻思着去红花草地里割。但生产队里开社员大会时，队长早就严肃地宣布过，经过队委讨论，不允许进入红花草地里，道理很简单:踩坏了。

说是这样说，家长也叮嘱，但毕竟是小孩儿。为了完成任务，有时也会明知故犯，就因草源少，回家交不了差，而那些牲畜又都在圈里、笼里叫着跳着。随后是轮着望风，看看有没有队干部出没，然后就快速进入偷割，最终一起平分。当然，失守的时候也有，被队干部逮住后，没收了草不算，还得扣工分。要是遇到队干部心绪不好，还把你的篮子也踩扁，且连割草工具也没收了。

草没了，篮子坏了，割草工具没了，空手回去咋交代，那心疼与后怕，只有经历了才知道。

孩子出了这样的事，有些厉害家长，还会去跟队长说，小孩教育了，也揍了，他不懂事，别跟他过不去。看在低头不见抬头见的邻里乡亲份上，把篮子与割草工具还给我们，工分也就别扣了，以后一定不再去等软话。看看软的不行，随后是开始论理：你把草没收了，工分也扣了，可篮子总不能踩，工具不能不给啊？！再不行，就开始破口大骂，或揭对方祖宗十八代的老底，大有破釜沉舟的气概。

不起眼的它，不仅是猪羊兔等最爱吃的草料，还是我们年少时割草的主要来源。到后来，待它长成有尾巴了，还时不时拔出来当玩物。男孩把毛茸茸的尾巴圈绕起来后，用硬茎对穿其中，可成抽拉状，称为"拉胡琴"。女孩则把它圈绕后，戴在手指上，叫"绿戒指"，黄了的叫"金戒指"。

在我的记忆深处，狗尾巴草，都叫它"阿花噜噜草"。其时，我也从没去想过为何这样叫。现在想起来，除了它极像狗尾巴的形，还有村上养狗的主人，常取"阿花"的狗名，而"噜噜"这象声词，与"阿花"组合，呼唤起来，还是挺顺畅的。

曾看过关于狗尾巴草的传说。讲上古时代，粮食可以不种而生，谷子稻子都是一茎七穗，因此人们食之不尽，便养成了不爱劳动，贪吃懒做的恶习。上天有鉴于此，命风伯雨师降下大雨，洪水连泛九年，天下汪洋千里，人们找不到粮食，饿殍遍野。有一只灵犬，见九州生灵涂炭，便乘着滔天的大水游到南天门，潜入遍地长着仙草佳禾的天宫。它乔装嬉戏，专在五谷秧苗上打滚，暗暗用尾巴沾满种子，然后，它循着旧路离开天宫，凫水回到人间。洪水退走，灵犬走遍九州，把尾巴上的粮食种子播洒四方。从此，稻谷的穗子都状如沾满种子的狗尾。后来，人们想起过去怠惰的罪过，灵犬的恩德，也明白了劳动的重要。

遍地生长的乡野之草，说白了，也与庄稼蔬果争水分，抢肥力，虽然给农人在地头田间增加了很多的忙碌，但也是牲畜的好饲料，更有除热、去湿、消肿，治痈肿、疮癣、赤眼的药用价值。现在想来，任何事物，都有它的两面性，所以我并不讨厌它，排斥它。

　　如今，当我迎着初阳，走在乡间的田野里，小河旁，树林间，看到它们的勃勃生长，仿佛又回到了我的少年时代。举起相机，构图、调速、调光、对焦、定焦，在一次次的咔嚓声中，我把它的身影，永远定格在我的镜头和心里。

锅巴碎碎念

锅巴，我年少时就爱吃，以致把这爱好延续到现在，那种纯正的脆香，让我一看到米饭，便心生念想。

二十世纪六七十年代，我就生活在乡下，每天的午饭，就用柴火在大铁锅里做熟，看到锅盖边沿噗噗作响，冒出"雾"气，灶火便暂时停歇，让米再涨一涨，数分钟后，再添几把柴火透一透。稍倾，锅盖内便窜出香来，那灶台里的火虽已停熄，但火星还在，温度还高，锅里的米饭在余温的炙烤下，便愈加喷香，锅巴也就有了。开饭时，兄弟姐妹常抢着铲锅巴，除了它的香脆，更主要的是柴火烧足后，少了水分的锅巴，极有涨性，吃后不易饿，其时，日子过得紧巴，仅想填饱肚子，因而也是受欢迎的原因之一。

锅巴，在农村不知啥时定下这规矩，长辈们说："开饭后，不能铲锅巴"。说这一铲，不吉利，意为家产会被铲光，没了财气，尤其是走亲访友，那事绝对不能做。细细想来，那时的家里大都空荡荡的，也没什么值钱的。

不能铲锅巴，说归说，但生活的清苦，有时也就不管那些清规戒律了。尤为农忙时节，繁重的劳动，体力消耗极大，上辈人也常说："人是铁，饭是钢。"尽管我们也知道这规矩，但也顾不了那么多，平时油水很少，肚子总要填饱的，有时父母即便看到，也是睁一眼、闭一眼，除非孩子们争多嫌少，闹出矛盾，他们便拿出杀手锏："省得你们烦，一个都不准铲"。因而孩子们也心知肚明，平分秋色，才能皆大欢喜。

占着铁锅三分之二的圆圆锅巴，其实用它做稀饭也不错，无论它的色彩，还是香味，抑或口感，同样不失为一种眼福、闻福、口福，但不能多熬，否则易糟糊，一滚即食为最佳。

　　改革开放后，人们的生活水平逐年提高，便捷的新生代电饭煲、电饭锅、不粘锅等替代了大铁锅，因而那脆香的锅巴，也自然离我们越来越远。

　　东山的三山岛，是我1995年以来，常常去的地方，而永明家也是我去农家乐的常驻地。在他家，锅巴没少吃过，中午有，晚上有。只要我去，永明就会笑眯眯地说："吃锅巴的老师来了。"还会特地交代厨房做饭的帮手，掌握好火候，让锅巴特香些。要是天气晴好，温度较高，他会把锅巴铲出来，放到太阳底下晒干，然后将它放入油锅一煎，稍后取出，然后在金黄松脆的锅巴上，稍加些白糖，当成早餐辅助食品，端上餐桌。

　　如今，吃腻了美味佳肴的人们，已开始怀旧，农家乐也已成游客的首选，因而脆香的锅巴也就重回餐桌。以致锅巴菜，也开始走上饭店、酒家，但我总觉得，农家铁锅里的锅巴最纯正，最绿色，吃在嘴里满口生香……

家乡的豆腐干

很爱吃豆制品，豆腐干、豆腐、百叶。豆腐干，其实是把豆腐中的水分都压挤出来而已。但豆制品繁杂、耗时的制作过程，我在乡村里常见，算不上稀罕事。

清晰记得，在选好上等黄豆后，将黄豆洗净，用清水浸泡一昼夜后磨成浆，俗称"磨浆"。然后一人用大勺，舀进架好三脚架的纱布内，一人来回摇晃，把豆渣过滤出来，以保证豆制品的细腻品质，称之"扯浆"。

将磨好的生豆浆上锅煮好后，再添加20%～25%的水，以降低豆浆浓度和减慢凝固速度，以利压榨时水分排出畅通，这是第三道工序——煮浆。

随后是"凝固"。浆温降至80℃～90℃时，即可用卤水点浆。点浆时应注意均匀一致，既要勤搅，又不能乱搅。当浆出现芝麻大小的颗粒时停点，盖上锅盖约30～40分钟，当浆温降至70℃左右时上包，划脑。上包前要把豆腐划碎，这样既有利于打破网纱放出包水，又能使豆腐脑均匀地摊在包布上，制出的产品质量紧密，能避免厚薄不匀、空隙较多。最后用石板类的重物，加压在一个个叠起的木格板上，1小时后，拆下包布，用刀将豆腐干按格子印划开，放在清水中浸包30分钟左右取出。把晾凉的豆干置于盐水缸内，浸泡半天后捞出，沥去水分。随后是用精盐、姜丁、桂皮（用纱布袋装好）、酱油、香葱、味精，制成卤水，回锅烧沸加入豆干，煮30分钟左右，当豆干色呈棕红，味道香美，即可取出食用。

那时的乡下，豆浆全是靠人力，用石磨牵着慢慢出来的，相当耗体力。到煮浆时，打下手的人也不省力，灶膛里的火得用砻糠，右手不停地，劈啪劈啪地来回拉着风箱，左手把旁边笆斗里的砻糠，一把一把，均匀地撒进灶膛的正中，让火在锅底均匀燃烧，因而，做豆腐干不仅是个技术活，更是费时耗力的体力活。又因豆制品时间不能放长，为保证新鲜，所以半夜三更就得开始忙活，到顾客的篮子里，即便是冬天，还是热腾腾的。故旧时人称"世上有三苦，撑船、打铁、磨豆腐"。

二十世纪六七十年代，豆制品很少见。早年，东亭街上的大西桥边，有唯一一家豆制品作坊，为集体所有，是专做香豆腐干、豆腐、百叶的县属企业。而东亭豆腐干是最为出名的，它的制作过程讲究，用料精良，味道鲜美，全用食盐点化，有白的，有酱油的，有五香的，有虾米的，香糯鲜的豆腐干，至今让我回味无穷。

其时，要吃到这样的豆制品很不容易，只有镇上的居民能享用，还得凭户口簿上的人数去领券，一月才供三五斤，而且一早要去排队，有时去晚了，好不容易轮到，但没货了，白去一趟，很是郁闷。记得先前是大清早外婆挪着小脚，提着小竹篮去，后来是大姨妈去，再后来，我也经常一早去排队。就因小舅在镇上当老师，时间长了，熟了，里面称斤见量的知道我是老师的小外甥，称足后，还会故意多放几块，那时，心里格外的喜滋。看着酱红的诱人颜色，闻着香喷喷的豆腐干，有时就忍不住偷偷吃一块。

二十世纪九十年代初，"益民食品厂"移地重建，从大西桥下的木结构平房里迁出，地址就在东亭来红桥旁，规模大了很多，由原来的几乎纯手工作坊，开始大部分用机械操作，但依然保持着原汁原味。由原来仅供应本乡本土为主，到精美礼盒，真空包装，远销外地，据说乃至走出了国门。其时，我大姐也进入该厂，要吃也不用凭票供应，想吃就去买。

当然，这东亭豆腐干的出名，与《唐伯虎点秋香》中明代的华太师还有关联。据史料记载，华察，字子潜，历任户部主事，兵部主事、兵部郎中，司经局洗马等职。嘉靖十二年（1533年），调入翰林院任修撰，后升任侍读学士，执掌南京翰林院。在地方志上，也有"千日造隆亭，一夜改东亭"的流传记载，现"明华学士坊"的牌楼还在，为东亭中心小学旧址。东亭，旧时称隆亭，据传，华太师在紧靠府第的龙舌尖（地名）造一亭子，称为"隆亭"。结果有人奏本告华察，说他"心谋不轨，私造龙廷，阴谋造反"，皇上听说，即派钦差前来勘查。华察得悉，惊恐万状。但转念一想，这隆亭是固有的旧地名，怎么成了"龙廷"？这样要是皇上较真起来，后果不可设想……为免惹麻烦，即招当地百姓到四乡八邻去叫卖"东亭香豆腐干"，最终躲过一劫，东亭香豆腐干由此而越加有名。

随着时间的推移，益民食品厂最终消失了。现下，无论是菜场，还是超市，卖豆制品的摊位很多，但只因大都用石膏点化，虽然产量高了，但口感差，味不纯，石膏沉淀，更是不利健康，所以我只买盐卤的，宁可价格贵一点。至于还想吃那时的香豆腐干，就再也没这口福了……

桨声咿呀

老家门前有条河，河不大，却四通八达。

村东有座"介"字形石桥，在惠山古街。桥墩上有联句为证，朝西是："梁成十月此桥联梅里让乡，国难当头何处是桃源乐土。"朝东是："西出张塘东连梅港，南通沈渎北达香泾。"桥南有一个大约百来平方米的木结构的凉棚，棚内的木柱间连有光滑的木板条，供过往行人避雨歇息，一位和蔼的老人在棚边开了家小百货店，方便行人购物。

河南河北，三四百户人家，临水而筑，枕河而眠，鸡鸣狗吠，桨声咿呀，棒槌阵阵，这里曾发生了不知多少值得记忆的事，尤其是孩提时的那些碎琐趣事，回忆起来仿佛就在昨天……很多年前，这曾带给我童年无限快乐的老家，早已旧貌变新颜，成了新区工业园。

在我孩提时，河道两岸，均是一大片四季常绿的竹林与大小不一的杂树，清凌凌的小河就像一条白练，在绿色里弯弯曲曲地穿过，十多米宽的水面，却很悠长，一头通伯渎港，另一头连着大运河，南往北来，自东到西的过往船只就从家门前过。一到霜降，咿呀啦、咿呀啦……的摇橹声，叭嗒啦、叭嗒啦……棒槌似的木条，敲击着船舱板，那回声便从水面上由远及近传来。我们一帮孩儿闲着无事，便赶紧聚集在码头，或岸滩，抑或石桥上，看着渔民摇着小网船捕捉棒皮鱼。

这捉法，对我们孩子来说，熟悉而有趣，女人在船尾左手握着橹把，右手拉着橹绳，扭着腰，很有节奏，幅度却很小的，快速摇着桨。船，斜斜地稍靠着岸边，女人便停下摇橹，坐于船舱，一手用船篙稳稳地定位，把住船向，一手用握着类似扁扁的棒槌，快节奏地敲着船板。男人左手拿着形似簸箕的竹丝网，沿着岸底向前挪，右手则用竹子做成状似倒三角旗的赶鱼具，往渔网那里赶。稍倾，网一起水，套着的棒皮鱼，在跳跃蹦跶几下后，便被乖乖地甩进船舱。这种为什么总是在北岸网鱼的方式，我至今仅想通了一件，也许是天冷后，这些鱼也喜欢待有太阳的温暖地方，而为何要用这敲击声来捕捉，至今还是个谜。

待鱼有了一定的数量，他们便停船靠岸，渔妇则上岸叫卖。村妇们为了改善饭桌上的伙食，自然也上了码头，花几毛钱，买上一、二斤棒皮鱼。也有经济实在拮据的，就拿些青菜、萝卜、菠菜等蔬菜，抑或用黄豆、蚕豆、赤豆等豆类换，这也是一种你惠我利的物物交换方式。随后鱼鳞就用指甲一刮，鱼肚中间一撕，用拇指、食指的指肚两头往中间一挤，内脏全无，洗净后，再在自留地的菜园里，拔上几个萝卜，切成丝，与鱼一起红烧。由于天冷，冻后的这道菜，倒也十分好吃，村上的大叔大伯，爷爷奶奶也常常作为有滋有味的下酒菜。

我们这些孩儿虽然也喜欢吃，但毕竟条件有限，也只能偶尔品尝，看着渔民靠着码头，天天在吃，自然也有眼馋妒忌的时候。为了心里的平衡，也要说出很不文明的话，做出很不雅观的事来，我们一帮顽童聚集于桥上，然后齐齐地喊着："网船婆婆没屎孔，生个儿子噗隆咚。"骂得他们火气一上，也就叽里哇啦地开始对骂，骂什么我们也听不懂。船至桥边，船头那男的，便操起竹篙敲，女的跺脚骂，而有些胆大的便拉出小鸡鸡，那温湿的一泡尿，浇得他们哭笑不得，待他（她）们停船上得岸来，我们早已跑得无影无踪了……

八月半，糖馅麦饼镬里煡

"八月半，糖馅麦饼镬里煡"。镬，铁锅；煡，意为焙。这是早年的乡俚俗语，用无锡方言读起来顺畅且押韵。

我，从小在农村长大，对中秋这天怎么过，印象特别深刻。尽管一年中有好多的传统节日，但对于乡下家庭来说，中秋，应是最含人情味的节。虽然早年的交通很不发达，也没有法定的假日，但在外的亲人不管远近，得想尽办法往家赶，就为吃个团圆晚饭，吃个团圆麦饼。

改革开放前的乡下，生活还是很清苦的，为了这天的亲人团圆，饭桌上不仅会有香脆的麦饼，还会多几个荤菜。

这一天，村上的唯一肉摊，生意特别好。尤其是用来做麦饼的板猪油，要买到，得早早去排队。

午饭后的村子是安静的。家家户户，老老少少，都在堂屋里，长辈们开始揉粉、拌馅、做麦饼。我们孩子就围着八仙桌做下手，把做好的麦饼放到竹匾内，点点红，做记号。

其时，家庭经济条件的好坏，可从做麦饼的工序及用料中判断。先取出面粉，把事先备好，有少许食糖与盐的凉水，加上菜油和粉。揉粉、搓条，切块、搓圆，用手根压扁，正反两面撒上芝麻。然后擀成圆圆的麦饼，这种咸甜兼有的叫"椒盐麦饼"。同样的制作工序里，多了道捏窝，在米粉中加或红或白的食糖、香葱作馅，把它塞在里面做成的叫"糖馅麦饼"。把猪油切碎，香葱切细，和在米粉里作馅，这叫"猪油麦饼"，这应该是当时最高档的了。为了区分不同的馅，还用圆筷子蘸上红水，点上不等的圆。偶有讲究的人家，还有专门的木质印章敲在上面。

麦饼做好，接下来就是煡麦饼了。此时的乡下，家家开始炊烟袅袅。厨房里的大灶头，里外有两只大铁锅。奶奶，母亲、婶娘们就开始把一个个麦饼贴放在大锅上。孩子则负责灶膛里烧火，但柴火烧在锅底，火得均匀。麦饼，在不停的翻动下，渐渐鼓起来，锅里的香，开始弥散在灶间，飘到堂屋，飘出门外。

记得邻家的大脚阿婆，丈夫去世早，但三个子女很有出息，分别在无锡、苏州、上海都有很体面的工作，且已安家落户。平时他们主要靠书信往来，由于阿婆不识字，子女的来信，给他们去信，都会把我叫上，读给她听，然后根据她的意思，给子女们一一回复。而中秋节的那一天，她会做好多的麦饼，子女们到齐了，阿婆会把我叫去，往我的口袋里塞上两个城里月饼。要知道，对于一个乡下孩子来说，那时可是欢天喜地的事了。

自二十世纪八十年代起，月饼替代了麦饼。乡下也不再像先前那样家家做。偶有也是去城镇走亲访友，作为特有的乡礼馈送了。

如今，月饼的品种虽然繁多，但人们吃腻了，味蕾便有了转变，近十年又开始念想起早年的乡下麦饼。因而麦饼也应运而生，生意火爆。不过，工序、用料虽然相同，但电烤箱里出来的麦饼，终究吃不出那用柴火烧，大镬里熯的味道来……

"偷"瓜

我的老家硕放小章家桥，是有着百来户人家的大村庄，用当时的乡俚俗语说叫"长村大巷"。村庄，就像大写的"一"字形，与河道紧挨着。村前的河，东联望虞河，西接大运河，北通伯渎港，河对岸的村庄——尤介里，与我村同样的大。一到暑假，那"T"字形河的交汇处便热闹起来。

河岸边，树上知了狂叫，竹林里鸟雀叽喳，只有清凌凌的河面，在静静地流淌。而我们这些孩儿看着水面，便不再安分。

那时，长辈是禁止我们下河游泳的，说白了，怕有个三长两短。但一群十岁左右的小伙伴，在波光粼粼的小河面前，宁可受些皮肉之苦，也经不住水的诱惑，还有那河对岸诱人的瓜果。

午饭过后，父母就逼着孩儿睡午觉。那时兄弟姐妹多，堂屋里，家家都有类似硬板床的春凳，为保证大家都有午睡的地方，父母搁下木板门，抑或卸下木栅板，往长凳或门槛上一搁，就算是我们临时午休的床。

不一会儿，父母开始熟睡，而我们只是假装。这时，有些孩影就开始在门口无声无息地晃悠起来。那时的眼特尖，耳特灵，一个闪过的人影，抑或轻微的脚步，都会引起我们的注意。来回几次后，我们自然心领神会，随后便蹑手蹑脚溜出家门。

记得那时邻家阿婆有个上海外甥，一到暑假也来到乡下，屁颠屁颠地围着我们转，大家都叫他"小上海"。稍后，一帮小伙伴就聚集在一起。为了不让父母知道，我们专挑村东头"丁"字形的地方去。那里周边僻静，水面宽阔，嬉闹尽兴，北岸还有几十亩的大桑田便于躲藏。

在水里闹腾是很耗体力的，为免待会儿肚子饿得咕咕叫，大家便在岸滩边商量着解决温饱的问题。首选为河南岸屋后的，那块爬满绿蔓的香瓜地，还有人字架上挂满的番茄，当然那片桃林也不例外。那香香的，带着条纹的绿皮瓜、黄金瓜。熟透了的西红柿，一个个像红灯笼似的挂着，在夏日的阳光照射下，鲜得可爱，红得诱人。旁边的几棵桃树，树上也多了一只只纸袋子，对于我们这些乡下孩子来说，心知肚明，那里面是白里透红的水蜜桃。这些随手摘下来就能享用的食物，当属我们"偷盗"的范围。但老东家一到午饭过后，紧挨着后门，一张躺椅，面朝瓜地，四平八稳地守候在那里，便让"小屁孩儿"们不敢轻举妄动。

不过，我们知道，那些上了年岁的人，一到中午，瞌睡虫会找上门去。不一会儿就打起呼噜，那时，就是下手的好机会。

先派个胆大的，爬上石板码头，悄悄地探望一下，紧接着是机不可失，时不再来。谁摘，谁望风，谁接应，这要根据各自的能力大小，不同情况而定。分工完毕，大家就照既定方针办。先由望风的看看除了老东家外，周边还有没有其他人，再看躺着藤榻的大爷睡着不。确定安全后，小手一挥，那胆儿大的（包括"小上海"）便像鬼子进村似的开始行动。接应者也相当配合，随即又传到水里，由第四梯队在水中洗净后，藏到对岸的大桑园里。尽管是蹑手蹑脚，但难免会弄出些响动来，待大爷惊醒，我们一个个噗通噗通早已跳入河中……随后是"伲俚这些小赤佬，我去告诉你们爷娘，看伲俚还敢来。"

桑园内，大家快乐地分享着战利品。"小上海"则好奇地问我们："阿腊咋没看到桃子？"一阵哄笑后，我们告诉他，桃子长在树上，为了防虫咬鸟啄，待桃子由青转黄后，便用纸袋包起来了。

"你这上海小瘪三不懂了吧？"我们指着他的脑门一阵哄笑……

泳也游了，瓜果吃了。回去之后，我们的行动早已被那大爷告知各自家长，屁股上、腿上也免不了多几道红印记，但我们觉得还是很划算……

布谷声声催农忙

布谷鸟，又称子规、杜鹃鸟。节气进入谷雨，气温便明显升高，靠得初夏也就近了。

在早年的江南水乡，一到立夏，旷野里就能听到杜鹃清亮地鸣叫："布谷布谷，明早立夏。"用吴语方言读，最后一个字是很押韵的。它，从天色未明到夜幕降临，不停地催促着人们赶快播种，唯恐误了时日，因而，农人一听到它的叫声，就知道繁忙的季节来了。

"乡村四月闲人少，才了蚕桑又插田。"在这春夏交替的季节里，罱河泥施肥，做秧田落谷，养蚕采桑叶，翻耕农田，灌水平田，插栽秧苗……一应农事全都挤在一起。农人的心思在田间地头，人影的晃动在起早贪黑，忙忙碌碌中等待的，盼着的就是季后有个好收成。

对于农事来说，一年的忙碌是从浸种、做秧田、落谷开始。把隔年留下的上好稻种，放入大缸里，然后加水浸泡，两三天后，稻谷的顶端便长出白白的，嫩嫩的芽来。随后是用簸箕，把它从水里淋出，放入一只只大竹篾箩里，盖上湿布，待半干半湿时，由那些手艺极好的老农均匀的撒谷。

撒谷前，当然得先把秧田做好，那也是个细活。待泥土晒干后，沟渠里的水就放进了田里，干透的泥，遇水便自然松酥。随后，一块块狭长而齐整的秧板，就在铁耙下成形，当然泥浆水也必定溅得一身。做平整后，还要用木制的夹板刷平，手劲用足，弯着腰，来回抹，很耗体力，腰酸腿疼，纯属正常。撒谷完毕，又得将夹板用力均匀，把表面的谷粒刮嵌入泥里，撒上一层薄薄的草木灰，以利生根发芽。其时，气温虽热，但光脚踩在水里，还是很凉，生活的忙碌与艰辛，就在这样的劳作里得以体验。

不过，下完谷种的两周内，还不能万事大吉，为防麻雀偷嘴秧板表面的谷种，还得一天到晚的派人看管。天刚麻亮，鸟雀还没影子，农人便在搓好的稻草绳内，嵌进桑条或细竹竿，四周打桩牵好。看到鸟来，边吼边牵引这绳子，用最原始，又省力的驱赶方式，保准谷粒不受损失。有的还带着大铜锣，一见鸟影，急吼吼地敲，惊得它们不敢靠近，直至长出绿绿的嫩苗，才能撤岗。

一次次施肥、拔草后，嫩绿的秧苗长成了深绿，随后是拔苗、摊田、插秧、施肥、耘稻、拔草……在农人的辛劳与汗水里，他们盼望着成熟后的好收成。

谷雨这节气，不仅是落谷做秧田的时光，又恰好是养蚕的开始。把蚕室的角角落落，灰尘蜘网打扫掸净后，用石灰水进行喷洒消毒，室内既要通风，又要阴凉里有湿度。女人们则早早起床，拿着大竹篾篮，在晨露里采桑叶，随后一次次的担回来。采回的叶子会有些许灰尘，还得洗净晾干，最后挑出上好的桑叶喂蚕，再均匀地铺在蚕匾内。

蚕宝宝不断吃桑叶后，排泄物特多，还得常常给它清理。在它身体慢慢变白的一段时间后，它便开始脱皮，如睡眠般的不吃不动，术语叫做"眠"。经过一次脱皮后，就是二龄幼虫，幼虫脱一次皮就算增加一岁，共要脱皮四次，成为五龄幼虫大概6～8天，五龄之后才开始吐丝结茧。因而，把细如芥菜籽，黑黑的蚕种，养成一条条白白胖胖的蚕宝宝，不仅白天要喂桑叶，晚上还要起床，点着油灯，喂上两三次。一个多月里，养蚕人是没有一天可以睡个囫囵觉的，看着那些阿婆婶娘眼睛里红红的血丝，繁杂而辛苦不言自明。

"春蚕到死丝方尽，蜡炬成灰泪始干。"虽然这是春蚕无私奉献的一种精神写照，但没有养蚕人的辛苦，哪有洁白柔软的丝绵。在蚕宝宝吐丝前，无论大人小孩，还得相互配合，把干爽的稻草剪成一尺来长，齐刷刷地铺夹在双层折叠好的绳子里，然后，一头套在地桩的弯钩上，一人跪在铺好的稻草上按住。另一人则用铁钩勾住后用力摇成柴龙。一切准备就绪，再把匾里挑出来蚕宝宝，放到柴龙上，称之"上山"。最终，结茧后，又一个个从柴龙上摘下来，把纯白和有些偏黄的分类，卖到镇上的茧行里。这是一年中忙碌一月多的回报，但也是较好的一笔家庭经济收入。

"绿满山原白满川，子规声里雨如烟。"在这绿遍山野，雨丝如烟，雾气氤氲里，农人起早贪黑，忙忙碌碌的景象已离我们越来越远，如今的江南水乡，"哥苦哥苦"的子规早已难觅其踪，乡野也被高楼大厦所替代，唯有杜鹃花依然红火地开着……

逮麻雀

逮麻雀，最佳时间在寒冬腊月，尤其在下雪天。室外白雪皑皑，冰封所有，这厮觅不到实物，饿极时，便会不顾一切，铤而走险，大有明知山有虎，偏向虎山行的气概。

几天前，QQ群里，朋友们说起麻雀一事，上了岁数的说，麻雀曾是"四害"之一。在除"四害"时，人们敲锣驱赶，面盆铜勺，铁皮畚箕，只要能敲响的家什，老老少少，群起而哄，把那些麻雀吓得晕头转向，随后束手就擒。那80后、90后的自然是纳闷中有着想不通，这麻雀咋会成"四害"呢？它可绝对是人类的朋友啊！当然，大家说到激动处，更有自曝年少时逮麻雀的方式，那是鲁迅笔下少年闰土用匾逮麻雀。

说起闰土，我虽没与他同代，但《少年闰土》这篇课文教了几十年，文中那经历不但有，却有过之而不及，那逮麻雀的花样远超闰土。

一年四季中，逮麻雀，春夏秋是很难的，白天，我们只能用弹弓。那弹弓借"Y"状的树杈做成，用若干条皮筋条条相扣，再扣在一块长方形皮质两端的小孔里，把皮筋固定在树杈的两头就算大功告成。然后把碎砖废瓦，敲成一块块颗粒状，讲究一点的，在河边用铁铲挖出黄泥，把它搓成一颗颗小泥丸，晒干后使用。而前者的"子弹"，由于不规则，所以，要弹到麻雀，那是天方夜谭，试想这不规则的碎砖废瓦颗粒，除非瞎猫撞到死老鼠，但我们孩儿的稀奇心理，无忧无虑的快乐，就在那时得到了最大的满足。

还有就是用较粗的铁丝做弹弓。先用老虎钳，把两端弯成小圆，用作固定橡皮筋，再弯成像倒着的"凸"字形。然后找块橡胶皮，剪成长方形，两边抠个小洞，橡皮筋连环一扣，固定在弓架两头弯成的小圆内即大功告成。还可以用树杈做弹弓，制作方式，如法炮制。

麻雀，在我们江南，繁殖能力最强，见得最多，即便搭窝，也是极其简陋，大都建在屋檐下的横梁内，或屋顶松动的盖瓦里，到了产蛋和孵化期，才进入到窝内。我们则在夜色里扛着梯子，在横梁里，瓦片下，把它们一一擒获。运气好时，还会有意外收获，就是一个个有着褐色麻点点的小蛋蛋。

年少时，家前屋后的树林、竹林、草垛、田野里，随处都能见到它们成群结队的身影，听到它们叽叽喳喳的不绝叫声。春夏秋三季，它们夜宿竹林、树林，我们会用手电筒照，它们见了强光，并不飞走，我们则用绑在长长竹竿上的网兜，把它们一一套住。

逮麻雀，最省力的是在数九寒冬，大雪纷飞时。乡下家家户户的场前，都有一个个圆圆的，像戴着大草帽的大草垛。它们经不住雪花纷飞，寒风呼呼的刺骨，一只往被主人四周抽出的稻草空隙里钻，天一黑，我们也就凑这时机，一只只小手往里掏，在一次次的叽喳里，乖乖就范。

二十世纪六七十年代，每个生产队都有很大的仓库。立冬前后，里面开始储存稻谷稻草，那是用作年终分粮，来年留种的。稻草则用于以后养蚕做草笼，编草帘或农事所用。进入冬季，为怕偷盗，生产队队委开会研究，排出看夜值班的社员，每天晚上派三四个年轻人，一周一轮值，住在里面看夜，这也就给了我们逮麻雀的好机会。

天还麻亮，我们就会把四周的窗户打开，而饿了一夜的麻雀，就会成群的进入仓库。当它们饥不择食时，我们几个就悄悄的把四周窗户关上。随后是一把把扫帚上下翻飞，左挥右舞，旯旮里，大梁上，一阵狂舞吼叫，把那些麻雀唬得魂飞魄散，晕头倒下，最终成了我们不小的战利品。

最有创造性的是，在院落里或场前屋后，用八五砖叠加二到三层，四周围成长方形的坑状。然后，削一竹签与狭长的竹片，再找一块很光滑的瓷器碎碗当垫片，坑的上方再用一块砖当盖，用竹签的两头，一头顶住砖沿，另一头则抵住竹片的边缘。最后，四周稍撒些谷物米粒作诱饵，坑里再多撒些，就算诱放完毕。

　　稍候，那麻雀们会躲在树梢或屋檐上，探头探脑地观察动静。确认安全后，快速飞将下来，开始啄吃四周少量的秕谷或米粒。最后，贪嘴的它们就会钻进那陷坑，但碗片与竹片极滑，稍一触碰，顶上的砖盖，便迅速落下。只要听到砖响，那麻雀必定被盖在里面，想钻钻不出，想飞飞不了，只剩叽叽喳喳的叫声了。而我们还不必在那里静静地守候，到时去看看就行。

　　用小蚕匾和米筛逮，也是我们常用的方式。蚕匾里放上谷物，米筛当盖子，蚕匾与米筛的边沿上，顶着一根高约五六寸的竹竿，竹竿中间系根绳子，延伸到稍远些，我们就躲在隐秘处。当麻雀进入里面，绳子一拉，米筛往下掉落，它们在里面再蹦跶，也是无济于事了。这种方法逮到的数量多，但必须在那里守候，耐心地等待。

　　随着时代的变迁与发展，人们对鸟类中的麻雀有了正确定义。从除"四害"到交朋友，现在想起来，把它们作为天敌是一种冤案。

合欢树

合欢树，伞形，枝条飘洒。叶，状如含羞草，日出而放，日落而收，一如农人躬耕作息。花，状如折扇，顶部披红，艳而不妖，宛若秀女舞扇，红与白相衬，盛开在绿叶里。风过处，微颤动。少了人工的排练，就那么自然、柔美、妥帖。

合欢树，于我有着童年美好的记忆，不知它名，只晓得好看，春夏季节，开得特欢。

那时，去外婆家全靠脚力。一到暑假，十多里的路，跟着母亲一大早紧跟着得走半天，也就是念想姨妈。

年岁渐长，开始独自前往，花树依旧。每当看到石桥边的那棵，开着热热烈烈，红红火火，状如小扇的树，心里的喜乐油然而生。只因顺着人字形青砖铺成的明清路，再走百来米，左转就到了。看着姨妈慈爱的笑，没有半点儿走亲戚的感觉，如今这棵合欢树，早已销声匿迹。

合欢树，又名苦情树。名字不一样，意思大不同，前者和美，后者凄美。

相传，有一秀才十年寒窗后，进京赶考，临行前，妻子粉扇指着窗前的那棵苦情树说："夫君此去，必能高中。只是京城乱花迷眼，切莫忘了回家的路！"秀才不舍而去。

春去冬来，粉扇在家终日盼望，却杳无音信，青丝成白发，依然不见丈夫身影。在生命尽头的最后一刻，粉扇拖着病弱的身体，挣扎着来到那棵苦情树前，用生命发下重誓："如果丈夫变心，从今往后，让这苦情开花，夫为叶，我为花，花不老，叶不落，一生不同心，世世夜欢合！"说罢，气绝身亡。

来年，苦情树果真开花，粉柔柔的像一把把小扇，在枝头盛放，在绿叶里格外的惹眼。从那时起，所有的叶子居然也是随着花开花谢而晨开暮合。人们为了纪念粉扇，便把苦情树改名合欢树。

变心的丈夫也好，痴情的粉扇也罢，故事固然凄怨，但千百年来，人们却让它流传于世的愿望是：和美恩爱，真情永远。

红薯

红薯，在我们江南无锡俗称山芋。

它，从冬藏到来年开春育种，乃至种苗到收获的一套，亲身经历过的我，自然很熟稔。

山芋留种到育苗，在乡下也算是个技术活。霜降前，得在成堆的山芋里，挑出大而圆润，平整无斑，毫无损伤的用作留种。随后是在家前屋后，排水通畅，且地势较高处，挖一很深的土坑，再用柴草在坑内用火烧，把土内四壁的水分烘烤干。待四壁泥土发白渐冷后，底层铺上厚厚的稻草，便轻拿轻放，小心翼翼地把一只只山芋摆放好，每一层间隔铺上稻草，以防相互擦伤。坑内装满后，再铺上最后一层稻草，盖上塑料薄膜，填土成馒头状，过冬储藏就算大功告成。

大约三月左右，又把它从地窖里小心地取出，准备用来育苗。其时，春寒料峭，气温极低。为保证出好苗，育苗前，先在向阳处平整一块块狭长的地。底层铺上细细的，厚厚的营养土，然后把山芋一只只整整齐齐地排列好，再在它的表面，铺上一层熟泥与草木灰混合而成的土。并用薄竹片隔一米左右，撑成半弧形插在两边，盖上塑料薄膜，四周用砖压紧。天晴时，白天掀开，中午喷水，傍晚盖上。在农人的精心照料下，山芋便开始渐渐冒出粉紫色的嫩芽，并开始长茎叶。待春夏之交，它的疯长，换来的是不停地被剪，被扦插到一垄垄的地里。

二十世纪六七十年代，农村生活极其清苦，主粮无法填饱，这山芋便成了非主粮的主食，因而家家户户在自留地里栽种好多。

一到春夏交替间，我们就开始栽种，但后续管理是很辛苦的。从没根的苗，到生根，千万不能让它干着，除了要用薄薄的稻草盖上，还得一天两次的大量浇水。那时全靠脚力，离水源远的，担着水桶要走二三百米的路，如靠着稻田的，就要省心不少。经过半月左右，苗生根成活了，但肥料是三天两头必须要施的，农人叫薄肥勤施。肥力一足，野草疯长，与山芋苗争肥力。这时，垄内就得不断除草，日后的藤蔓爬得快，块茎才会长得大。待霜降前稻子成熟收割时节，山芋也是最后一茬的收藏。

那时生活的艰苦，也让我们变着法儿，做着花样吃。切片后晒干，到冬天里，有爆米花的来村上爆。铁锅里闷烧，饭锅里蒸，粥里煮，打浆后做凉皮粉条……尽管现在看来，它不打农药，从医学上讲，山芋通气通便，软化血管，预防高血压，且是上佳的防癌绿色食品，但被当成主食，每天食用，再好也得厌腻。

现在"富贵病"越来越多，人们意识到饮食须多元化，大有进行膳食革命的气势，开始向五谷杂粮进军。近几年，我每天的晚餐就是五谷杂粮粥，紫色的、红心的、黄心的山芋粥，也常常成了我的口福……

看瓜

　　村前，是一条自西向东的河，到村东后，往北一拐，又多了个叉河道。村后是一望无垠的稻田，二十世纪六七十年代，生产队为了增加些经济收入，作为副业，在东北面靠河的稻田里，种了二十多亩地的西瓜。

　　大约到四五月份，那蔓纵横交错，爬满了整个地间，绿叶也疏疏朗朗地撑在蔓的上面。在农人们的除草、浇水、施肥等精心管理下，随后是开出五瓣金黄的花、长出小小的绿果……

　　瓜，渐渐长大。

　　那时的瓜大都椭圆，瓜形大，似冬瓜，绿色中嵌着一道道近似黑色的条纹，很是可爱。

　　瓜到大约六分熟时，生产队长便召集队委，开会讨论24小时看瓜事宜。尤其晚上，马虎不得，少了瓜，就是少了经济。晚上的看瓜，生产队里有规定，要是强壮男劳力，且责任性强，有威信的才行，大约三四天轮一次。

　　其时我虽十七八岁，但在"双抢"最忙的时候，手下还领导着30多个"兵"。在干农活上，我又不比别人逊色，再加上自己的灵性，也自然成为看瓜的一员。

　　站得高，才能看得远。为了让看瓜者视野开阔，瓜棚的搭建也是有讲究。先在地头四周打上粗大的木桩，然后，在离地约五六十公分处扎横梁，铺上木板，棚顶上铺稻草，再盖上塑料薄膜，呈人字形的看瓜棚，既能遮阳，又可挡雨。身边还备着一面铜质大响锣，一只能射光很远的大手电，以备一旦发现异常情况，及时发出信号，并查看异样动静。

　　河港两岸，村前村后，村东村西，偶尔也会"擦枪走火"。有时，邻村的年轻人，也会结成一帮，利用夜色，带着麻袋，凑着凌晨人最犯困时，像鬼子进村一样，蹑手蹑脚，偷偷进入瓜地。为了起到防范作用，我们也估摸偷瓜者的线路，在不太易发现，且必经的死角，用铁铲在瓜地里挖上一些"陷马坑"，再铺上伪装物，让"来犯者"哭笑不得。而一旦发现情况，在一阵阵锣声与"捉贼"的叫喊声里，本村的男劳力，会迅速出动，捉拿偷瓜者。

随后，留下的赃物，窃瓜者交给对方生产队长处置。对发现立功者，则以加工分作为奖励。当然，有时也会发现是邻村的朋友，遇到这样的情况，也就现场内部解决，以只吃不带的方式而收手，并告知，以后别再来就算作罢。

夏夜，我们两人一档，在瓜棚里看着金黄的圆月，数着满天的星星，闻着稻花的清香，听着蛙声的呱呱，瞧着萤火的闪烁。时不时还下地摘个瓜，用拳轻轻一击，啪的一声开裂后，各人一半，满嘴汁水，尽情享用。

起先摘瓜还用电筒照着，看看哪个熟，哪个不熟，但这样很容易暴露目标。那时，生产队长及队委干部很尽职，他们会轮着随时光顾，也是现场检查。因为他们心里明白，看瓜者也难免要解解渴，只是不要太过分。后来，我们也有了门道，摸摸那瓜下有没有垫着草把，手指弹弹听听，声音是否清脆，瓜脐是否深凹进去就行。以致吃了一个又一个，十来分钟一泡尿。为了不留吃瓜痕迹，瓜皮嘛，就往河里一扔，啥事都没有。

再后来，为了保证第二、三天不看瓜，还有瓜吃，我们又想出了一个办法。在看瓜的那晚多摘些，藏在稻田里。到第二天上午九点，下午二点半中途休息时，我们故意走在后面，趁别人不注意，就钻到稻田里去找那瓜，然后坐在田埂上美美地享用。待那些社员歇息后，再次走向田头时，我们已在那里等候，队干部还夸我们劳动积极呢……

梅雨，也藏着一份美好

梅雨，淅淅沥沥，时停时下，时大时小。而今年入梅后，却是连连绵绵，且倾盆常下，让人心生讨厌，这里被淹，那里不通，给生活带来了出行与交通的诸多不便。不过，在我儿时的记忆里，却藏着梅雨里的那些美好。

在乡下，一到梅雨季节，我们这些小屁孩儿都是异常的兴奋，除了喜欢水，还爱看屋外砖场上密密的水花花，屋顶上的溅起的瓦花花，河塘里的一个个小圆晕外，最爱的就是可以去抓鱼了。

梅雨季节，恰好是放暑假，孩子们便更加的随心所欲，两个一伙，三个一档，扛着网兜，拿着竹畚箕，提着竹篮子，拎着鱼篓，光脚光背，穿着短裤，戴着草帽，披着雨衣，或用塑料布，两头扎两根带子，往脖子上一结，腰间又用绳子一系，冒着雨，踩着泥泞的小路，嘻哈着前往自己熟悉的沟沟渠渠，河边小潭。

黄梅季节，稻田里，水也涨得满满的，有的甚至把刚栽下的秧苗也没顶了，为了不被水淹，农人就用铁铲，在一块块朝着沟渠的田埂上，挖个小缺口，让水往沟渠里放，但即便一刻不停，这沟渠里的水势依然大，水位特别高。在二十世纪六七十年代，沟渠里每隔百来米，就有木闸门，用来泄水或存水。我们为了捉鱼方便，让沟渠里的水量减少，就故意把木闸门关上，让下游的水位降低，水量减少。随后，我们几个就小心翼翼，蹑手蹑脚的下水，一个用网兜，或竹畚箕拦住，另一个就跑往五六十米处，手脚并用往前赶。就这么几分钟，那鱼就在网兜或畚箕里啪啦啦地跳，看着活蹦乱跳的鱼儿，我们的心也咚咚跳，高兴就在这雨里、水里、泥里。

经过几段的捕捉，看着鱼篓里银花花，啪啦啦的鱼儿在增多，我们便满心喜欢地在田间地头，根据鱼儿的大小进行分类，然后平均分配，随后一路喜滋滋的带着战利品，边说边笑着回家。这样的事，父母们也心里很乐意，时不时还在我们面前，抑或乡邻间，喜说着这些小子还真行类的话，还时不时分几条给邻家叔叔婶婶，阿公阿婆，在他（她）们的称赞声里，我们也格外高兴。

在沟渠里捉鱼，大人们一点也不反对，但去那河滩边的水潭里捉，那是父母不允许的，爷爷奶奶就更不同意。说白了，就是怕有个三长两短，尽管乡下的孩子从小会游泳，但在那雨水充沛，水流很急的河边，他们总是不放心。所以，我们只要带着捉鱼工具出去，长辈们一定会反复叮嘱，到沟沟里去捉不要紧，千万不能到河边潭里去捉。我们嘴边答应着，心里却在盘算着，因为那河滩边的水潭里，不去不知道，一去忘不了，那好多的鲫鱼实在太诱人啦！

那时的年龄，好奇心理作祟，不知啥原因，越是长辈们交代不能去的地方，我们却偏要去探个究竟。

黄梅季节，沟渠内的水，全都是一刻不停地往河道里排。这样的长年累月，在沟渠尽头河滩边，就有了不深也不浅的潭，而这些鲫鱼特喜欢往这里待。先前也没有去探究为什么，只知道那水声哗哗的潭里就有鱼，即便用网兜、畚箕去捉完了，过了三四小时，那里依然有。长大后才明白过来，鱼的呼吸器官是鳃，而鳃中的鳃丝布满毛细血管，要吸收水中溶解的氧气。黄梅季节气压低，温度高，感觉闷，那从上泻下很急的沟渠水，及时补充了鱼对氧气的需求，就像在给水里自然增氧。

记得第一次去河滩的潭里捉鱼是偷偷摸摸的。为了壮胆，多叫上几个，除了心理上人多有安全感外，还得有望风的，一旦有大人来，就及时通风报信，我们就迅速躲藏起来。不过，对比起来才发现，那潭里的鲫鱼远比沟渠里的多，而且大，网兜、畚箕一起上，几十秒钟就收获颇丰。直至后来，胆子就越来越胆大，夏夜闷热，一帮小子，又约着晚上还去潭里捉。为了不让父母知道，到他们半夜三更熟睡时，又偷偷溜出门，摸黑去几个潭里捉，那紧张、快感，现在想起来还似乎就在眼前。

　　开始还不要紧，几次下来，大人们感觉到，那么多，那么大的鲫鱼，一定是上河滩边的潭里去了。从此，他（她）们看管得越来越严，而我们却总能钻到空子。随后的妥协是，你们去捉，一定要说明，然后有个大人跟着才行。尤其是夜里，一长辈会提着鼓凳形的玻璃煤油灯，或打着手电一起去，并不时安全提醒。其时，在我们的心里觉得，常常在跟水打交道，个个都会游泳，绝对的安全，而那些不放心的大人们，跟在我们身边，反倒觉得是多余的。

　　江南水乡昔日不再，一望无垠的稻田；水网稠密的河道，纵横交错的沟渠，早已被一幢幢的高楼大厦所替代。如今的孩子，再也不能像我们一样，去感受乡村里最原始、最快活的童年生活了，抑或在梦里也难……

朴树籽

按惯例，晚饭后便是散步，林荫道上不经意的抬头间，绿叶里，似绿豆大小的果果，密匝匝藏在同类色绿叶间，那就是朴树籽。

朴树籽，用我们吴地方言叫"（闸）朴籽籽"，究竟"闸"字的写法是否正确，也无从考证，反正我们至今都这么叫，是我们年少时，自制玩具中的最爱。现在想来，"闸"字的发音倒也相近，其意也贴切。塞进一粒籽，圆圆的筷子在竹管里往前推，稍后，"啪"的一声脆响，像极鞭炮声。这，就是我们小时候互相"作战"的"子弹"。

在乡下的那些日子里，我们手中的玩物，都是自己制作，如弹弓、陀螺、钻子、蜜蜂箱、蝈蝈笼……而这"（闸）朴籽籽"是我们玩得最疯狂的。

临近暑假，做"（闸）朴管管"也就开始。

那时，村前屋旁的竹林很多，挑根大小适合，没有凹槽的圆竹子，截成二十公分左右，再用竹筷，按竹筒的大小削光滑，"（闸）朴管管"就算完工。接下来就是找"（闸）朴籽籽"了。

叫上玩伴，带上小布袋，聚集朴树下，稍作分工，便分头行动。

村子的东边，有五六棵高大的朴树，但不知为何都长在河边的高岗上，对于我们爬树去采摘，不仅增加了难度，还增加了危险感。我，有恐高症，除了爬上去格外的小心，还有就是只采靠近主干的。而胆大的，便会自告奋勇，三下两下的爬上来接替。看着他们脚踩着树枝在晃悠晃悠，一手抓着旁枝，一手把带籽的小枝折下来，并不断往下扔。树下的我们，则快速地把一粒粒籽采下来，装进布袋。那些实在够不到的，会用自制的"x"字形竹钩，把它勾下来。就因树在河岸边，也会有好多掉进河里，我们就及时用长竹竿把它们挑到岸边，绝不让到手的"子弹"随水溜走。

采摘完毕，大家又平均分成几堆，各得一份。然后，开战在即，玩法多样。找一物，作为打靶对象，游戏规则是，同射五或十粒，不中几粒，就得拿出几粒，赢者收取。这样的玩法，玩久了，便会缺少新鲜度。随后，在野地里，各找一个可隐蔽处，三四人一组，定好大概距离，进行对射。虽然面对面的增加了危险性，但射中对方的快感，远胜于危险的心理。

而最为刺激的是，轮换着躲猫猫对射。那时，村子里也有大户人家，有好多进，有天井回廊，木门木窗，厅堂木柱，类似北京的四合院。这样的结构，很适合我们的躲猫猫。这种玩法，和现在模拟特种部队搜索敌方，有着异曲同工的相似。寻找与被发现目标时的紧张、激烈、刺激兼有。当然，近距离的对射，会有更多的危险性，击中的还真会哇哇叫疼，眼泪哗哗。但年少时的纯真就这模样，上前安慰安慰，依然是好朋友。

用一颗籽射，射完后还得装，速度慢，很耗时。为了快速，我们又发明了所谓的"转盘机关枪"，这应是我们年少时，一种改良型的创造性玩具。

那时的家里，有扁扁的"百雀羚"圆铁罐。我们就在竹竿上方三分之一处，挖个小孔，再在罐底抠个小眼，相互对应。最后，罐底又抠两个小眼，让铁丝穿过后，绑住圆竹，加以固定。这样一颗颗籽，就能自然往下掉，比射完再装的作战"武器"，先进了很多，更大的快感也油然而生。

有了所谓的先进武器，使用的频率也高，损耗也就自然多。那筷笼里的筷子也会很快减少，有时常会因筷子迅速的减少。被父母察觉后，我们也难免会受些皮肉之苦，但对于给我们带来无限乐趣的新式"武器"来说，这一点也算不了什么，依然是我行我素，这也是那年岁的特征。

朴树籽，不仅给我们的童年带来无穷的乐趣，它也浑身是宝。

朴树的根、皮、嫩叶有消肿止痛、解毒治热的功效，外敷可治被火烫伤。叶还可制土农药、杀红蜘蛛等。朴树的皮，是造纸和人造棉的原料。果实榨油后，能作润滑油。它的木质坚硬，也是极好的家具、工业用材。但对于年少的我们来说，其时，压根不知它还有那么多的用途，只知小小的朴树籽，给我们带来了无限的快乐。

秋收在霜降

霜降，二十四个节气中，属秋季里的最末位，也是与立冬传递接力棒的节点。

"寒露无青稻，霜降一齐倒。"这是乡俚俗语的农谚。意为不管是早熟还是晚熟的稻，一到霜降，就得全部收割，秋收秋种不能误，就因农事一误误一年。

早年我在乡下务农，一到这节气，呼呼的西北风开始刮起，老人们都会说"西风催老稻"。随后男男女女，老老小小，便拿出一把把镰刀，把它磨得异常锋利，为的是既省力，又快捷，磨刀不误割稻工。

金黄色的稻田，除了一望无垠，稻浪翻滚，还有那斜斜的，一字形排开，弯着腰，弓着背割稻的身影。他（她）们两腿撑开，右手握镰，左手捏稻，两棵一把，两行十二棵，在咔嚓嚓的声音里往前拱。边割边往右甩，极富节奏，一会会，百来米就割到头，一垄垄齐整整的稻铺便是一大片。随后，袖管抹抹汗水，又在往复循环中，在这稻香里体验着收获的艰辛与喜悦。

后来，不知是谁发明了状如镰刀的"稻劫"，但刀刃部分是锯齿形的割稻工具。它，比镰刀轻巧得多不说，还节省好多的体力，也不用花时间去磨，且比镰刀更锋利。但即便工具再顺手，毕竟是整天弯腰的体力活，除了借中午吃饭时的短暂休息外，一天割稻下来，腰也伸不直，那劳累，是只有经历了才知道。

霜降一到，为了在天晴时早些收好，露水一干，迅即就割稻，时至日落。对于农人来说，一年就稻麦两茬，到嘴的粮食，误了天时，那是一种罪过，靠天吃饭并非儿戏。

凑着天晴，割下的稻，还不能马上上场，得让它晒两天，俗称"晒稻铺"。太阳晒，北风吹，除了稻子干爽，还有挑稻时，肩上也会觉得轻松许多。

当然，老天也不会尽如人意。连续的雨，下得让人真像热锅上的蚂蚁，焦躁不安，雨一停，即便阴天，也要抢收。有时刚割下，天公又不作美，那成熟的稻谷除了掉在地里，有的在隐隐透出白芽，这样的状况，不仅是刺痛，更有欲哭无泪的感觉。待天稍有好转，马上翻稻铺吹晒，那是为防不测，提前做好抢收前的准备工作。稻铺一干，女人快速扎稻，男人则立马把稻个堆在田埂上。顶端，把稻个叉开，成"人"字形，一个个紧挨着，封顶后，无论远看，抑或近瞧，类似一间间小草房。

稻上场，抓紧脱粒也不可小觑，最早见到的是状似床样，中间用竹条镶嵌，极像现在百叶窗的"稻床"，农人用力在上甩掼，这样最原始的脱粒方式，不仅慢，且很耗体力。后来有了脚踩的"轧稻机"，机身极像滚筒，上有一排排半个扁豆状的铁片，两边各有大小2个齿轮，身前脚下，有连着齿轮的木踏板。二人一组，可左右脚替换，嘎啦嘎啦踩得直响的同时，还得用力一致，节奏相同，手持稻个，握紧且不停翻复，直至稻谷脱净。这样的劳作，耗体力的同时，要学会用巧劲，稍不留神，稻个卷入机内，还很容易出事故。为赶时间，老人小孩也上场帮着搬稻个，把它堆在"轧稻机"的两边，以补充农忙时劳力的不足。

霜降一到，收稻后的脱粒，也是最为紧要的事，凑着天晴，及时翻晒，可缴公粮，且分到各家各户，因而常常轮班开通宵夜工。鸡叫头遍，眼前白茫茫的一片，能见度极差，霜，密密的像筛糠似的下来，一点也没夸张。开完通宵，那个困，太难熬了。白天还要继续劳作，这样的劳动强度，晚饭过后，倒头便睡，连洗脸洗脚也不愿。

天还麻亮，开早工的钟声或哨声，又在雾气里沉闷响起。"一夜不困，十日不醒。"翻身坐起，又躺下，那时即便多睡个一二分钟，也成了一种奢侈，乡里俗语叫"睡了一夜，不及早上一掭"，这样的心理，只有累到了极点才有。后来，有了电动脱粒机，有了联合收割机，这是改革开放后，给农人带来的福祉，也让机械化替代了人工，且收割既快又净。

"寒露无青稻，霜降一齐倒。"在乡下的农事里，还有它的引申义。那时清苦，自留地里当属第二主粮的大片山芋，也在期待主人的光临。一垄垄的垄，一只只的拾，一担担的往家挑。除了补充那时的主粮不足外，洗净后，还把它送到村里专门打浆的机器里，回家后淋出渣，再沉淀，倒掉水，把淀粉取出晒干，以备日后食用。饭桌上，自制成粉皮后，切成条状，或与青菜、香菜混炒，或加上佐料冷拌，偶尔做汤，就成了家常菜。也有制成"麻腐"（地方语），状如一块块豆腐，切成小块，加点佐料，既当饭菜，又当辅食。

地头的青菜，雪里蕻，在经霜后，也得及时收，否则几次霜打后，叶片会蔫蔫发黄。由于恰好是秋收秋种最忙的时节，因而大量的收菜回家，洗菜晒菜，大都以家中老人与孩子为主。家前屋后的树干与树干间，一条条绳子上，一根根晾衣竹竿上，满是那绿色。待菜晾晒得不再滴水，便取下来。一只蚕匾，一个木墩板，一把菜刀，把菜切碎后，均匀地放入一只只蚕匾，然后搁在长凳上，横着的梯子上，晒成大半干。随后是放在大大的浅木盆或瓷盆里，放上适量的盐，进行揉菜，再放入瓮头里，俗称"腌咸菜"。最后用棒槌塞紧瓮内的咸菜，塞上清香的稻草把，糊上黄泥，瓮口埋在草木灰里，就算大功告成。一年四季，人们就用这咸菜，当成喝粥菜，还把它当成饭桌上的辅助菜，如豆瓣咸菜汤，毛豆炒咸菜。这样的菜品，现在看起来是很不错，但那是现代人油腻太多，食品太丰富而想作些口味调整。试想，要是在那个极少有鱼肉上桌，食品匮乏的清苦年代，让你几乎天天吃着这样的菜品，哪有不腻的？

身在福中不知福，是人们口口相传，常挂嘴边的俗语，但对于今天的后辈来说，可真正能理解的有多少？

时值霜降，这些过往，早已不再复返，但我们是否也得作些记取……

秋丝瓜

节气已是白露，而那金灿灿的丝瓜花，却在绿叶里不依不饶，热热闹闹地开着，很惹眼。那长长的秋丝瓜，也依然高高的挂在棚架上。

在农村里长大的我，年少时，就看着邻家爷爷奶奶，伯伯婶婶，从育秧开始到丝瓜爬出藤蔓的伺弄，因而对丝瓜的生长过程很是熟稔，其时也并没有什么新奇与特别的感觉。不过，随着年岁的增长，看着满架的黄花与丝瓜，虽非情有独钟，却有了从未有过的喜感。

二十世纪六七十年代，生活也拮据，有的老农就把培育丝瓜秧当成一种副业。先把稻草或麦秆秸，扎成一个个类似现在方方正正的秧盘，然后，用草木灰与砻糠灰混合一起替代田园土，让它更酥松，且利于渗水，外出挑着，即便二十来盘也轻松。待长出两三张叶子后，把一只只秧盘，叠加在木架上，担到集镇或走村串户去叫卖，1分钱2棵，或2分钱5棵，用以贴补家用。

"盈盈黄菊丛，栽培费时日。"一到立春，便是栽培秧苗的最佳时机。自种自给的，就在家前屋后的空地里，劈块约一平方米大小的苗圃，原土捣碎后，浇上人畜粪，让田园土有足够的肥力，待太阳晒干，再次翻晒，称为日光消毒。

约一周后，就可以下种了。虽是一小块秧圃，管理却一点也不能马虎。丝瓜籽，与南瓜籽一模一样，唯一不同的是黑黑的。把它们小心翼翼地，一粒粒扦插到田园土里，露出籽尖，再铺上一层薄薄的草木灰，抑或砻糠灰与田园土混合的营养土，就算大功告成。但由于昼夜温差大，为保证它快速发芽生长，所以晚上就用稻草或塑料薄膜盖上，用以保暖，白天太阳出来，又得掀开浇水。两周左右，那嫩黄的芽，就开始从泥土里探出头来，随后是长出两张绿绿的嫩叶，叶尖顶上，那黑呼呼的籽壳，就像旧时老奶奶们头上戴着黑黑的蚌壳帽。

"白粉墙头红杏花，竹枪篱下种丝瓜。"待长到五六瓣叶子时，就能移栽了。随后是用竹竿、搓好的草绳给它搭成"人"字形，或框架式的棚，或树与树之间牵个软梯。待它长出洒洒脱脱的藤蔓时，就得帮它绕到竹竿或绳子上，用稻草把它绑在竹竿或草绳上，以利它的攀爬。

这厮长到爬蔓，除了浇水施肥外，倒不用喷药水，很省主人的心。看着一个个苞，渐渐变成满架金灿灿的朵朵黄花，心里很是高兴，尤其是第一次采到的那长条丝瓜，抑或短短的肉丝瓜，有终于尝鲜的感觉。随后，只要肥力足够，它便连接不断的长，我们也每天都能吃到。

一年四季，不同的季节，有着不同的蔬菜，不同的蔬菜也在不同的季节里长。唯独这丝瓜，从春到夏，从夏到秋，在饭桌上，时时能见到它的身影，且能做出很多种类。那时在乡下，吃多了，反而有所厌弃，现在想起来，这可是绝对的绿色食品。

如今的饭桌上，人们变着法儿，用主材丝瓜做出的菜肴，可以说是琳琅满目，色香味俱佳。清炒丝瓜、丝瓜炒毛豆、丝瓜炒韭菜、丝瓜炒虾仁、丝瓜黑木耳炒蛋、草鱼丝瓜汤、丝瓜豆腐皮虾汤、香菇丝瓜汤、丝瓜番茄蛋汤、丝瓜榨菜蛋汤……是切成条的、薄片的、成块的、还是滚刀的，可根据需要自定。做菜前，刮去皮，用盐腌一会儿，既入味，口感又好，绝对是饭桌上的宠儿。

丝瓜，清凉解毒，明目化痰，也是医学上公认的。在李时珍《本草纲目》里就有这样的记载：煮食除热利肠。老者烧存性服，去风化痰，凉血解毒，杀虫，通经络，行血脉，下乳汁；治大小便下血，痔漏崩中，黄积，疝痛卵肿，血气作痛，痈疽疮肿，齿匿，痘疹胎毒。乡下奶奶爷爷，伯伯婶婶，虽不懂医学，但也知道它的妙用，把丝瓜利用到了极致。用小玻璃瓶吊在绳子上或竹竿上，然后找出老藤，将它剪断，让汁水慢慢滴在小瓶里，充当药水。在夏天，调皮的乡下孩子，在毒日里赤着脚捉泥鳅、钓黄鳝、采桑果……农人在烈日里劳作，那热毒就通过体表，带着一个个红肿痘反应出来，且长出白点脓的疗疮，腿上、背上、脸上，胀痛无比。这时，老人们就会挑破白点，挤出白脓，然后用棉球沾上丝瓜汁水，小心翼翼地涂抹，几天下来，还真管用，红肿便渐渐消退。

其实，丝瓜汁水还含有维生素E等抗氧化营养成分，还能滋养皮肤，达到保湿养肤目的，使我们脸部皮肤长久的充满活力，衰老减慢。就因它有一定的粘附能力，用丝瓜汁水涂抹脸部洗净后，可以去除我们脸部皮肤的深层污垢，使我们的皮肤洁净健康，起到一定的祛斑美白的功效。

进入立冬，西风骤起，院墙篱笆，家前屋后，杂树枝桠间，挂满了一条条已不能食用，土黄色外表的丝瓜，人们就把它摘下来，剥去表皮，然后用力在树上抽打，里面的黑籽就一颗颗的蹦跶出来。最后根据丝瓜的大小，用途的需要，决定是否把它剪开分为两半，再剪成半尺来长的丝瓜茎，用作刷锅洗碗，乃至蒸糕蒸馍，都是上等的绿色材料，绝不逊色于现在的钢丝球，洗碗布。

"依依五丝瓜，引蔓墙篱出。于今想新花，于今长秋实。"已近深秋，那密匝匝的金黄朵儿，一条条长长的绿色丝瓜，依然还在开着挂着。

三月三，大蒜炒马兰

"三月三，大蒜炒马兰"是无锡的乡里俗语，但大蒜只是个陪衬，马兰才是主角。

到了农历三月三，天气已稳定渐热，田埂旁，沟渠内……嫩嫩的马兰也迫不及待，从泥土里冒出头来。一丛丛，一簇簇的，无论男女老少，一有空就外出"挑"（方言里指用状似三角形的"斜凿"刃口往前铲的动作）马兰。这时节不仅是觅取的最佳时机，而且是口感最好的饭菜。江南的冬日，蔬菜极少，品种有限，主要以自留地里的青菜为主，故初春里的马兰，再加上少量大蒜一炒，用现代时尚话来说，当属时鲜蔬菜。

在乡下，一到清明前后，老人们"三月三，大蒜炒马兰"的口头禅就常挂在嘴边。尤其是那些过门不久的新媳、勤劳俭朴的婶娘、裹着小脚的奶奶、好动活泼的孩子，随后是带上近似不规则三角形，刃口磨得光亮且锋利，挑拣马兰的工具——"斜凿"（无锡方言），臂弯里挽着，或手里拎着竹篮，前往田野里，河岸边，高岗上寻觅它的踪影。

其时，在广袤的田野里，麦苗已长得绿油油的，田埂及沟渠的两边，长满了马兰，尤其是在年前，农人为让麦地排水通畅，靠着四周田埂，顺着长长的沟渠，用铁锹开沟，挖出的泥土，则覆盖其上，用来加固加阔。待到来年，从那泥缝里钻出来的马兰，嫩绿中透着淡黄，既大又嫩，口感极佳，特受喜爱。

由于那段时间人们经常去挑拣马兰，而初春里的马兰没过一周，又会露头疯长。所以，哪儿有？哪儿刚光顾过，心里都有谱，但常常会出现大家挑到同一条田埂或沟渠。为了能得到更多的收获，在心里暗暗较劲的同时，手脚便更加麻利，以致常常出现，不管三七二十一，即便杂草夹杂其间，先放进篮子再说，唯恐被人家占了先机。

回家后，那些奶奶或爷爷，搬上一张竹椅，拿出一张方凳，搁上一个小匾，戴上一副老花镜，把有着杂草的马兰，倒在匾里，带着极大的耐心，左手挑出马兰，右手一把剪刀，一棵棵在里面仔细挑拣，剪掉根部后，随手又把它放进竹篮里……

遇到星期天，孩子、老人，抑或全家出动，那收获更丰。为了不浪费，挑拣好以后，就把马兰洗净，在沸水里滚一下，迅即捞出，滤干水分，晒成马兰干，待以后食用。

二十世纪六十年代至七十年代初，生活清苦，鱼肉几乎不上桌，清明前后的马兰就是饭桌上的常客。人，往往是，再好的食品，吃多了也会腻，因而，当时也没有感到什么特别的好吃。为了改改口味，父母们或大蒜炒马兰，把洗净的大蒜茎根部，用刀侧着拍碎，切成段状，然后与马兰一起翻炒，炒熟后的这道菜，既有马兰的清凉，也有大蒜的香味，这叫清炒。还有是同样的炒法，但加了少许酱油与白糖，也算是换换口味。再有就是凉拌，把水烧开，然后把马兰放入沸水，稍后即捞出，挤干水后，把它切成碎末，趁热加菜油，加味精，加食盐，加白糖，拌匀后，口感不错。有时，母亲、大姨也采用凉拌的方法，只是放些食盐和酱油，然后用糯米粉做马兰团子吃。

现在想起来，马兰无论是它在食用还是在药用上，都是纯天然的，它含蛋白质、维生素 C、脂肪等、去火明目，清热解毒，抗菌消炎……这些以前饭桌上并不稀奇的常客，现已成舌尖上的绿色健康食品。香豆腐干腌马兰，更成为酒家一道不错的冷盆菜，且价格不菲。

马兰，清凉明目，大蒜通气解毒。凑着假日，特意去了乡下，走进田野，再次去感受几十年前挑马兰的过程。自然界里的马兰，尽管缺少乡农的精心管理照料，但经自然的雨露滋养，依旧精精神神，时间不长，满载而归。回家精挑细拣，反复清洗，亲自下厨，做了曾经做过的两道菜：大蒜炒马兰、马兰拌香干。

马兰，乡野里不起眼的草本植物，而今受到人们越来越多的青睐，还居然登上了大雅之堂，这不能不说，这也是人类膳食进步的标志！

瓦花

　　瓦花，在乡下时，我对它再也熟稔不过了，且压根没当它什么稀罕物。其中长得最多最密的，是那穗形瓦花。即便还有形如宝塔，片若菠萝；叶似玉树，状若莲花的，就应无论是它长的地方，抑或外表，不适当，不美丽。

　　瓦花，远远观望，极像还未弯腰的稻穗，又像少了细芒的狗尾巴草。说它长的地方不恰当，那是它长在屋顶的瓦沟沟里，有碍排水。一遇倾盆大雨，犹如交通阻塞，那雨水无法快速排出，便旁溢到盖瓦下，流进了屋内。主人无奈，只能打起雨伞，架好梯子，小心翼翼地爬上屋顶清理掉。

　　黄梅季节，由于雨水太充沛，且持续时间长，家家户户，都会根据实际情况，做些清理。

　　随着年龄的增长，对待事物，也有了截然不同的看法。几十年后的夕阳里，在有着百年沧桑感的破落屋顶上，再次与它相遇。镜头对准它的瞬间，已不再是讨厌，而是惊喜中有着怜爱。瓦松、石花、指甲菜、昨叶荷草、无根草、向天草，这是它的别称。我不是植物学家，也不想去考证为何取这些名，但我除了乡村里叫惯了的"瓦花"外，而今更喜欢"向天草"的叫法。夕阳里的它，姿势不一，略弯向上，一颗颗穗粒状的籽，有序排列，有饱胀的，有裂开的，有羞涩的，有偶尔盛开的，既有质感，又有变化。

　　不慕虚荣，不思赐予，蓬蓬勃勃，生生不息，随遇而安的"向天草"，就有这样的特质。而它祛风清热，治疗口腔炎、角膜云翳、高血压、风热头疼的药用价值，更让我多了几分敬重。

立冬

立冬，接过了霜降递给的接力棒，从紧张的秋收里，开始收藏。

"寒露无青稻，霜降一齐倒"，这是乡俚农谚，意思是，寒露的稻子都已成熟，到了霜降节气里，稻子必须全都收割完毕。

早年的收割，全靠人力。一丘长长的二亩多地，割稻的农人，一字排开，快手打头，两脚叉开，一手镰刀，一手稻把，猫着腰，边割边甩，不停歇地一垅垅往前拱。为了抢割，割破手指，也是常事。生产队的卫生员，打开带到田头的药箱，消毒水、红药水、药膏药粉一涂一抹一撒，棉花、纱布、胶布，一按一缠，又得继续。

到了霜降与立冬的交接点，一块块的稻子割好后，凑着天晴，还得抓紧翻着"晒稻铺"。为了配合农忙，那时上级也有规定，凡是农村学校，从小学到高中，学校必须放一周的"忙假"，配合协助抢收，老师也不例外。低年级的孩子以拾稻穗为主，做到颗粒归仓。正常的劳力，则根据不同的年龄，不同的体力状况，进行明确分工，一个不落。女劳力扎稻，壮劳力挑稻，上点岁数的，在仓库的大场上脱粒、搬稻个、扬落草。

当然，就因节气的转换期，老天爷也不会尽如人意，往往会由晴变阴，由阴变雨，翻脸不认。遇到这样的情况，晚饭后还要开夜工。此时，男女老少齐上阵，就一个"抢"字。只要是生产队的正常劳力，扎稻的，挑稻的，我们孩子也凑着帮忙，把一个个稻子搬到田埂上，爷爷奶奶便迅速堆成一间间的"小草房"，为的是不让到嘴的粮食，在地里被淹和淋湿。

"一夜不困，十日不醒"，这是乡俚俗语。大忙时段，开"通宵夜"工也成家常便饭。子夜过后，鸡叫头遍，筛糠似的满天霜，面对面不见的雾，便接踵而至。那冷与困，只有经历了才有体会，但为了生计，再累再苦，你必须坚持。在这样的境遇里，李绅"谁知盘中餐，粒粒皆辛苦"的诗句，是很应景的。

开沟，明沟暗沟，垂直不塌；垄田，薄片深翻山芋塄；斩土，底下拳头大，上层蚕豆大；撒麦子，不疏不密，且均匀而不留死角，再次斩土，不让麦子裸露。大约一周过后，嫩绿的麦叶开始露头。此时得开始上薄肥，猪粪，男劳力一桶桶的往麦地里挑，女劳力匀匀地浇。看着苗叶渐长，为了不让它受冻，一字排开的劳动者，或用木榔头敲，或用脚踩实，以确保麦苗安全过冬。

仇远的"细雨生寒未有霜，庭前木叶半青黄"；王稚登的"秋风吹尽旧庭柯，黄叶丹枫客里过"；钱时的"昨夜清霜冷絮裯，纷纷红叶满阶头"……这些古时文人雅士的冬日诗作，对于乡下农人来说，压根不会去关注，更不会去解读。他们安身立命，抢收抢种，颗粒归仓，不误农事，才是他们最紧要的。

大雪

"雪压冬云白絮飞，万花纷谢一时稀。"大雪节气，寒风凛冽，伴随着强冷空气的来临，随时降雪的可能性便增大。及时的大雪，无论对农作物的越冬保温，还是"三九补一冬，来年无病痛"的人身滋补，防冻保暖，便分外的重视起来。

大雪节气，乡下的农事并不算多，但不到寒冬腊月，还不能安逸待家。给小麦施肥，是确保来年丰收的重要基础。那时，家家户户养猪养羊，猪圈连着屋后的大粪坑，生产队里有猪场。生产队长，队委会根据各家实际情况，进行合理安排，男女有分工，强弱事不同。男劳力挑粪，弱劳力浇粪。

乡野里，小麦已长成遥看叶绿近却无的状态。由于泥土经过冬阳晒，北风吹，浓霜冻，土质异常松软。用"木榔头"敲，用脚踩，用水泥管、石轱辘滚，男女老少齐上阵，为的是不留缝隙，不让寒风入侵根部。人们常说，"瑞雪兆丰年"。此时的雪，对靠天吃饭的农人来说，很是金贵，那是应着了"冬天麦盖三层被，来年枕着馒头睡"的农谚。看着厚厚积雪的覆盖，农人的喜悦尽在眉宇间。太阳一出，积雪融化，又增加了土壤水分的含量。

"已讶衾（qīn）枕冷，复见窗户明。"到了"大雪"，原来床上的垫被，已无法抵御冬日的寒冷。凑着天好，各家各户的场上，便开始晒稻柴个。用柴草扎紧柴头，然后散开稻草个，就在场上一个个地扣着，状如小丑头上的一只只高帽子。经过几天的日光复晒，垫在垫被下，安睡于床，清香松软，厚实温暖。

"夜深知雪重，时闻折竹声。"早年的乡村里，家前屋后，大都有着一片片竹林树木。大雪纷飞的时节，一到深夜，那厚厚的积雪，噗噜噜，刷啦啦的跌落地面，那枯枝折断的清脆咔嚓声，在空阔的乡野里听得格外分明。

"长安大雪天，鸟雀难相觅。"乡野里，白雪皑皑，此时的麻雀难觅食物。尤其一到晚上，没有去处，树林中，瓦楞里，它们已无法过夜，真是到了饥寒交迫的地步。这时，家家户户的砖场上，一个个状似茅屋的柴堆，成了它们临时的避难所。一到太阳下山，一只只麻雀，便往四周有抽掉稻个的缝隙里钻。晚饭过后，我们村上的一帮小毛孩，一只只小手，就在柴堆的空隙里摸。它们在叽叽叽叽的叫声里被放入网兜，成为我们的囊中之物。随后，脚上系线，线的另一端，结上树枝当玩物。尽管我们也喂它米粒、菜叶、水之类，但来自山野之气的它们，除了眼神里的那种惊恐，唯有尽力扑腾挣扎，就是不吃不喝，直至筋疲力竭，一命呜呼。现在想起来，那是一种罪过。

雪中雪后的天光，在冬天里似乎比平日亮得早。那时的孩子，不怕冷，早早起床，在砖场上开始堆雪人、滚雪球、打雪仗，那不绝于耳的兴奋声，就在村庄里回响。

如今，鳞比的高楼，早已替代了空阔的乡野，那种先前难以忘怀的生活，年少时逮鸟、玩雪的场景，也只能深深地留存在记忆里了。

小寒

　　小寒，"三九"里的头九。对于早年乡村里的孩子来说，最为丰富多彩的自主活动，也从此开始火热起来。跳房子、踢毽子（单踢，双踢，打大跳）、跳绳（单跳，踏水跳，双蹦蹦）、抛铁环、斗鸡、打杀坯（陀螺），轧扭扭，那是多种抵御寒冷，强身健体，简单易行的户外活动。

　　早年的我们这一代，家家户户兄弟姐妹都有二三个，抑或四五个，长村大巷，大呼小叫，聚集起来活动很简单。那时诸如绳子、毽子、陀螺等活动器具，全是亲自动手制作。不像现在的孩子，要活动器具，出钱买就行。当然，那年代，生活条件清苦，上辈人也根本无法满足，孩子即便是买条绳子的要求，也只能说说而已。

　　家门口的砖场上，一支粉笔，或黄色的砖块，我们会在地上画起"跳房子"的八个方格。方格内，画上一个大小随意，大家认可的椭圆，内写"太平洋"三字。然后拿出特意藏好的碎瓷片或瓦片，用单脚把瓷片踢进格子，但不能进"太平洋"，否则以示小船沉没。当然瓷片也不能压线，脚也不能踩线，不过允许双脚腾空交换，但双脚着地即为输。"跳房子"游戏有单人跳、双人轮换、多人轮换和多人分组跳等多种形式，没有参加人数的限制。这种简单易行，有助双腿协调发展，增强骨密度和弹跳能力的活动，如今已经销声匿迹。

　　斗鸡，是我们男生的最爱，可以随时随地，说来就来，没有特别要求的活动。活动前，仅是根据身高年龄进行分组对决，要求金鸡独立式而已。随后，两手扶住弯着的一腿，成三角状，单腿奔跳，用弯着的腿攻击对方各部，类似民间"斗鸡"的角逐，逃跑或倒地者为输。不过，孩子毕竟是孩子，有时估计自己不占上风，也会来个小动作耍赖，乘对方不备用手推。但旁观者清，在即将打斗的关键时刻，玩伴们也会主动站出来劝架，并作出公正的判决调定。最终以握手言和，互不计较而继续。

跳皮筋，是女孩的专利。她们边跳边哼童谣：跳皮筋，架脚踢，马兰开花二十一，二五六，二五七，二八二九三十一。三五六，三五七，三八三九四十一。四五六，四五七，四八四九五十一。五五六，五五七，五八五九六十一。六五六，六五七，六八六九七十一。随着皮筋从脚窝到膝盖，从齐腰到肩膀，从头顶乃至举起手，在双方和参与者的嗨声里，直跳得单衣薄片，满头大汗。我们调皮的男生，也会故意高声大喊，干扰跳皮筋者，随后是"恶搞"成功后的拍手狡笑。当然，女孩也会毫不犹豫地进行还击，但孩提时的冲突，瞬间便会烟消云散，若无其事，和好如初。

不分男女，不分年龄，每个孩子都可参加的"轧扭扭"（无锡方言），也是在寒风凛冽的小寒里极喜爱的游戏活动。从一对一，到三五成群，乃至更多。先根据实力情况，分成两队，找一处墙壁靠着，然后面对面，斜着身，脚前后岔开，用力抵地。在一二三的喊声里，一起用力，直至把对方挤得人仰马翻，倒成一溜。无论输赢，一起嘻哈，乐不可支。

花式的踢毽子、跳绳，现在还依然流传，但跳房子、轧扭扭、斗鸡、抛铁环、打杀坯（陀螺）的活动，即便在乡村里也已渐行渐远……

小寒，仅是一个节气而已，但早年孩提时，曾在这节气里玩过的"斗鸡""轧扭扭"已不见踪影了……

大寒

"小寒大寒，冻成一团。"到了大寒节气，便是"三九"中的末节，真正到了天寒地冻。在早年的乡下，除了壮劳力的罱河泥做堆肥，其他农事不再，但闲事不少。

为了不误春天里给庄稼施肥，罱河泥，是大寒里最要紧的事。这时，生产队的壮劳力，就起到了不可替代的作用。最早是用网夹，类似拉链的皮夹子，只是多了两根竹竿。竹竿斜斜地插入水中，分开后，铁口沿着河底，把积淀河底的淤泥铲入网兜，然后竹竿收合出水，沿着船舷，迅即提起进舱。本来紧夹的竹竿，两手顺势把其一撑开，满兜的泥便进入船舱。

这种网夹的方式，后来被铁皮畚箕替代了。它操作起来也极其简单。把船往岸边一靠，或让船头船艄横于河面，铁锚固定好，便开始耙泥。借着水面的浮力，把畚箕随水面推出，拉住长长的一根竹竿，慢慢地放，待它沉入水底后，再慢慢拉至船舷，满畚箕的淤泥，两人一组的劳作，两个来小时便满了船肚。罱河泥，在所有农事里，应是最耗体力的事，而最体现实力、巧力的是用网袋拖，俗称"拖河泥"。

大寒里的气温，用一个天寒地冻的词来说，一点也不夸张。我们三人一组，早餐没吃，太阳还没升起就出门。霜，厚厚的一层，河里结着不厚但不薄的冰，即便裹着厚厚的棉袄，还是抵御不住那入骨的冷。停靠在岸旁的水泥船四周，也被冰冻住了，在竹篙一阵阵梆梆梆的敲击里，在刺啦啦的冰面碎裂声里，冰成四分五裂。船头上那一圈圈绕着、叠着的粗粗麻绳，早已被冻得硬梆梆的。在仓库砖场上的柴堆里，抽出几个稻柴，上船，划火柴、点火烧着后，紧挨着熏，让绳索上的冰慢慢化开。竹篙挤开冰面，两人用力摇船，随后一人把带有铁口的网袋，扔下河面，冰面在刺啦啦的声响里碎裂。稍后，摇船吃力，不再往前，那紧绷的绳索表明，拖袋已满。借助水的浮力，两脚岔开，在船舷与跳板上稳稳站住，弯腰拉索，只觉得绳索与手心像黏住一样。网袋挨着船舷了，铁口往船的内侧一紧，两脚一夹，双手抓住网袋上那类似绳梯的横棍，直至起水的瞬间，脚、腰、手同时发力，沉沉的一声吼，那两百来斤的河泥，就从泥袋里哗啦啦跌入船舱。

其时，挨着村庄的河面上，家家户户，都在自家门前养着"水花生"，俗称"解放草"。由于它易扎根，长得快，藤类似的相互缠绕，是春夏秋季节喂猪的绿色好饲料，所以，加上还有野生的，水面上也被占据了不少面积。一到冬天，绿色不见了，但在那枯黄的一片片里，鱼就爱呆在"解放草"中。为了有鱼吃，我们还故意把船横于河面，竹篙用力撑，船头往水草里挤。这样的拖泥，常会有意想不到的，或大或小，或多或少的收获。

河泥满舱，停船靠岸，早餐用完，又把满舱的河泥，用汤勺样的农用工具，一大勺一大勺的送进河边的泥塘。用铡刀铡好的稻草，也随着河泥，一层隔层的撒进泥塘，用作开春肥地的养料。

二十世纪七十年代，编草帘，也是一种增加收入的副业。三根木棍，竖横搭成一个"草"字头的基本框架，在一米五左右的木棍上，每间隔尺来长，用铁钉钉成"V"形，以用来卡住绳子，编到一米五左右即成。那是城市郊区蔬菜地，用作蔬菜防冻保温的，因而得限时限刻的交货。那时的家家户户，老老少少，都得白天编，晚上也得到半夜，每一个草帘子一角钱左右。经过老老少少两三天的忙碌，几户人家聚集装船，摇到收购处，验收合格后，能得到三五十元不等的钱，就是满心喜欢了。

年终按一家工分的多少进行分红；分稻谷；筑坝抽水，清塘捉鱼；架着长梯，拿着锯子，上树修"树峰茅"；拿出有凹槽的三角形"铁囤嘴"，编稻草米囤，蒸年糕、杀猪过年，这些陈年旧事，都在大寒里结束。

乡邮费根

记忆是遥远的，有些人和事是过眼烟云，而有些却仿佛就在昨天。

每每看到骑车送报刊信件的邮递员，便不由自主地想起少年时期所熟识的乡村邮递员——费根……

乡邮费根，虽然他其貌不扬，却平和得很。只知道他孤身一人，四十来岁未成家，但我从没去考证个中缘故。依稀记得，他理一个板寸头，脸上有些雀斑，一对有神的小眼睛，圆圆的娃娃脸，眯眼一笑，倒像简笔画中的一个笑脸。一身水灰色的中山装整洁且精神，表情严肃而和蔼。一双解放鞋，有时也穿一双圆口土布鞋，肩挎一只与他1.5米左右高度，并不相称的绿色大邮包，风里来，雨里去，走村串户，早出晚归。

二十世纪六七十年代，乡村邮递员俗称"送信人"。那时送信全靠脚力，遇到横风劈雨，乡路泥泞，小道奇滑，深一脚，浅一脚，一双浅筒橡胶套鞋，一把油纸伞已无法起到作用，溅得半身泥水也是常事，却从没听过他半句怨言。而费根他得送红光、红力、新光三个大队，穿村走户，一村也不能拉下，粗略估算，一天至少也得走个三四十里地。一年四季，春夏秋冬，三百六十天，似乎没觉得他休息过，偶尔有个头疼脑热的也尽力坚持。因而村民们一见到他，首先跟他打招呼，他也总是乐呵呵地给予回应。只有那些顽皮且不谙世事的小孩看到他，便躲在屋角边叫着："矮子费根来了，矮子费根来了……"胆子再大些的，便走到他身边，踮起脚尖跟他比长短，但从不见他生气，最多也是一句无锡话："你个佬小，我去告诉你爷娘"便了事。有时恰好被村民遇见，就会毫不犹豫地把孩子臭骂一通。要是被家人撞见，便少不了拎耳朵、揍屁股。他则拦着大人，边说："算了算了，孩子不懂事，看在我的面上，别难为他们"而小事化了。

记得邻家大脚阿婆，在我眼里是一位村上德高望重的老人。她个儿高，嗓门大，几个子女都在外地工作，老伴又去世得早，子身一人，因而子女三天两头有信件。由于她不认字，只要有信，必让我读给她听，再让我代她写信给子女。所以只要一看到费根，她总是热情有加，把他让到里屋，或拉把椅子请他坐会儿，但他总以还有信件要送而婉言谢绝。而对那些调皮捣蛋，与费根比高矮，嘴上不干净的，阿婆那一句刻毒的："伲俚个细赤佬，是没爷娘管束啊！"足以让孩儿们无地自容而偷偷溜走……

遇到农忙时节，几乎家家门窗关着在田里劳作，他也不让别人代交，门缝里塞，窗户里扔。实在没法儿，便打听收信人在哪里干农活，宁可多走些路也要亲自送到。

一晃几十年过去了，随着邮件投寄方式的多元化，邮递的快速便捷早已让原始的投递方式退出市场。但那平凡得不能再平凡，普通得不能再普通的费根，却让我时时不能忘怀……

新米粥

"新米粥，酱萝卜，阿大阿二吃得胖笃笃。"这是乡俚俗语，用无锡方言说，既顺溜又押韵，且把主题表达得恰到好处。

霜降一过，经昼夜不停的紧张脱粒，终于有了收获。生产队的稻场上，各家各户的房前屋旁，一堆堆小山包似的稻谷，在初阳升起时，金灿灿里有了稻谷香。经过一垄垄，一次次的翻晒，便送进了加工场。那一笆斗一笆斗，白花花的新米，晶莹剔透，米香诱人。

人们在清凌凌的河水里淘米、提水。大清早，夕阳下，河岸两边的村庄里，家家户户，炊烟袅袅。灶膛里，柴火旺旺；锅盖下，米粥喷香，飘满了整个村庄。稍开些锅盖，小火慢煎，新米在翻滚，米水就越稠。停火、盖锅、小焖。稍后，一锅青绿油油，黏黏稠稠，袅袅飘香的新米粥，让我们会迫不及待。一碗、两碗、三碗，配上自家制作的甜酱，腌的萝卜干，直至肚皮撑得鼓鼓的。

二十世纪六七十年代，食品匮乏，条件清苦，新米粥，对于刚坐月子的年轻妈妈来说，那是不错的营养粥。家里的老人，会在第一时间，给她盛上满满的一碗，加上自制的甜酱或酱萝卜，那绝对是绿色环保的营养粥。

新米粥，还能替代奶水不够，无法满足婴儿食欲的作用。家中的老人，每天会在刚煎熬好的新米粥里，一勺勺舀出粥汤，放在碗里，稍凉后，边吹边小心翼翼地喂。还有用自家的小石磨，牵成米粉，然后调成糊状，给婴儿吃，说是吃了不易饿，晚上尿也少，让孩子他妈能休息好。

刚刚到手的新米，对于乡下人来说，都是自留地里种的，因而新米上市时，也会给城里的亲戚、朋友及时地一一送去，让他们尝尝鲜，也算是一种贵赠佳品。记得邻家阿婆，一子一女分别在上海、苏州工作，一到有了新米，他（她）们的子女，每逢节假日，就往乡下来，说是要去奶奶、外婆家吃新米粥、新米饭，临走还要或多或少带上点。阿婆虽说你们吃了还要带，可总是笑盈盈地把新米一碗碗的往米袋里舀。几天之后，阿婆会把我叫去，取出信件，让我把她儿女写给她的信，读与她听，当儿女说这新米烧的粥特香，特好吃时，那种喜欢，尽写在她的脸上。最后，又让我代她写信给子女，除了一般的交代，在外身体注意之类，还有就是说，新米吃完了，再来家里拿。

至二十世纪八十年代，乡镇企业与个体户蓬勃发展，新米，也曾作为一种送礼最自然的物品。为了能让对方有好感，或能多做点生意，抑或及时签订个好合同，那些采购员、个体户，自行车后的书包架上，绑了一大袋新米，踩着自行车，赶往几十里外的城镇，给他们一一送去。一句"都是自家地里长的，家里多着，吃不了也会生米蛀虫。"这种送法与说法，倒也很自然贴切，少了尴尬，多了亲近，因而生意的成功率极高。而接受者一句"乡下的新米，烧出来的粥，就是好吃"的实在话，倒也增加了几许亲情的成分。

节气已是"小雪"，新米，在我们江南水乡还上市不久，我家里既有买的，也有乡下送来的，但烧出的新米粥，不知是我的味蕾出了问题，还是大环境有了改变，总是吃不出那年少时，满嘴香糯黏稠的味道与感觉。

夜饭花

草茉莉、紫茉莉，吴地方言里叫"夜饭花"，若用软而糯，拖着长音的苏州话来说，能软糯得心也香香甜甜。

夜饭花，顾名思义，晚饭时间开的花，所以它还有个另外的俗称"洗澡花"。这两个俗称，与草茉莉、紫茉莉比较起来，前者通俗而平实，后者浪漫且温馨。

也许是早年在乡下的缘故，见得多了，也算不上稀罕物。那时的家前屋后，院内旯旮，角角落落，全是它的身影。一到初春，嫩芽从土里冒出来，很快就长成苗苗，长成绿"树"，且当年开花。一直到秋冬交替的时节，花开不再，但那一粒粒黑籽籽，跌落满地。来年，一棵棵嫩嫩的小"夜饭花"，又长出许许多多。除了太多会影响其生长，被人为删除外，我也从未见过有谁去刻意种植，抑或浇水施肥，但它却长得蓬蓬勃勃，精精神神。

每到夏季的七八月份，天刚麻亮，"夜饭花"便你拥我挤地开满茎节，太阳出来后，又悄无声息地慢慢收拢；夕阳刚过山尖，它又像一只只小喇叭似的，迫不及待地竞相开放。忙碌了一天的人们，少了白天的毒日，前村后巷，家家户户的场上，在树荫底下，就摆满了春凳搁板，长凳方台，木凳竹椅。男男女女，老老少少，粥，在夜饭花旁吃；凉，挨夜饭花边乘。

都说物以稀为贵，那些长得蓬蓬勃勃，开得热热闹闹的夜饭花，虽然有着许多颜色，白得纯净，粉得娇羞，红得艳丽，黄得富态，抑或还有各种镶色的朵儿，但见得多了，并不觉得稀罕，甚有视而不见的嫌疑。

姨妈也是个爱花的人，所以对于在她身边长大的我来说，爱花花草草也就成了自然。那时在明清马头墙的院子里，除了蔷薇、天竺、兰花、海棠……还有最多的就是"夜饭花"。

晚霞里，姨妈会从屋内搬出一张不高不大的小方桌，拎出两张小竹椅，在半封闭式的庭院里，我们面对面坐着，就在落日与晚霞里用餐。有时，姨妈还会讲黛玉葬花的故事给我听，讲到动情处，她会从口袋里掏出手绢，悄悄地抹泪。甚至扫着落下的花瓣，她也会特别的伤感。青少年时无知的我，尽管从出生三个月至七岁上小学，一直在姨妈身边长大，哪懂得长辈的心思，还常会不谙世事地看着她，直到自己成家立业，有了孩子后才真正理解。外公去世早，她们兄弟姐妹五个，姨妈排行老大，想着外婆孤寡一人，将在这明清马头墙里生活，很不放心。为照顾外婆，她放弃了旧年老师的工作，终身未嫁。在最后几年里，外婆中风后，瘫痪在床，她也无怨无悔，精心伺候，一直陪伴到外婆去世。

夜饭花，现已不再多见，这次在山野里偶遇的瞬间，不仅仅是缘分，还有早年带给我那缕缕的清香与念想……

情定乡土

玫瑰园遐想

玫瑰园，听着就觉得很洋气，有诗意。

早就知道"玫瑰园"的美，但即便近在咫尺，也没太在意。凑着五一假期，不想远游挤闹猛，和家人说，要不就去荡口的玫瑰园及古镇。

6点多，乘上家门口的712公交车，到青荡公交站下来。文友炜妹，2分钟左右，便驾车前来，将我们直送玫瑰园。

玫瑰园，在荡口古镇的南青荡，未进园门，已闻花香。

稍顷，园主程总也到，她真诚而谦和地与我们打着招呼。

沿着曲曲弯弯，大大小小，长长短短的林荫路进入，两边是花团锦簇，香沁心底。重瓣的藤本月季，缠绕着树，爬上枝条，又倒垂下来，密密层层的朵儿，在春光照耀，绿色衬托里艳而不俗，藤花就成了树花。路旁水边，亭台楼阁旁，紫红的玫瑰，各色的月季、菖蒲、叫不上名的各种草花……让游人目不暇接。尽管园内真正的玫瑰只是少数，但满眼的各种花，游客赏都来不及，在一声声的叫好里，自然也不会去与这园名较劲。

园内各色各样的花，就开在大大小小的绿色树丛里，无论是远观抑或近瞧，最让我惊奇的是看不到人工的半点痕迹，这，也许就是设计者的独具匠心之处。

借助南青荡的水，这里的所有植物，长得特油亮精神。沿岸的木廊，游人既可赏水景，也可赏岸景；亭台水榭，既可供游客歇脚娱乐，也可喝茶聊天。一荡的水，一岸的景，纯天然的氧吧，会让你来了就不想走。

光阴如箭，日月如梭。曾记得，四十多年前，在乡下劳作时，来此摇过黑泥。二十世纪七十年代初，生活清苦不说，连烧柴火也要盘算。买煤球，得花钱，一年劳作的工分，好不容易熬到年关分红，一家四五个劳动力，也就分个二三百块钱，甚至更少，要知道，那是来年三百六十天的开销。所以，现在看起来仅是最基本的生活必须品，可当时都得掐指算着用。

那时，听说这青荡有类似煤的黑泥可烧，因而，村上的叔伯乡邻，会相约两三户人家，一起摇船前往。天还未亮，带上最简单的柴米油盐菜，碗筷铲锅，铁铲钉耙，泥篮扁担，披星戴月，从家门前的码头出发，一路摇进梅里伯渎河，过鸿声乡，大约12点左右，到达荡口南青荡。

快速用完午餐，挖的挖，挑的挑，3吨或5吨的水泥船装满后，根据吨位，给当地看管的付个3块5块，又是一路返回，但到家天已漆黑。停船靠岸，系好缆绳抛好锚，急吼吼上岸回家，晚饭后，顾不了洗漱，倒头便睡。

来日清早，踩着跳板，又把船舱里的黑泥，一担担挑到场上，捣碎晒干，便可替代煤球。炉子里虽然没有火苗，仅像炭火样的红，但也真解了当时柴火不够的燃眉之急。

苦难的过往，尽管与眼前的风物有着天壤之别，也离我们越来越远，但有了对比，才有鉴别，不忘旧年，才能珍惜当下。

玫瑰园，它留给我的不仅是鸟语花香，青荡水韵，还有那段难忘的曾经……

胶山脚下的猕猴桃

锡山区的胶山脚下，有个以宋朝李纲窦乳泉泉水浇灌的"红心猕猴桃"园——鸿翔家庭农场。

它位于锡东大道西侧、锡虞路以南，毗邻无锡现代农业博览园。即使在交通十分便捷里，它依然是个不折不扣的幽静乡野。这里有青山绿水，更有清新空气，有着得天独厚的农作物种植条件。

我第一次进入猕猴桃基地是在春暖花开的季节，于蒙蒙微雨里，随无锡都市频道的《田横头》节目摄制组而去。那时，近200亩的猕猴桃正值棚架上舒枝长叶、藤蔓伸展时期。

棚架下，果农们抬着头，牵着藤，拿着带子，像在照顾初生的婴儿，轻拿轻放，正小心翼翼地，把一根根藤蔓绑在纵横交错的铁丝上。

在采访过程中，庄主卢凤梅说："我们起初看好这地方种植猕猴桃，就因为这里靠着青山绿水，视野开阔，空气极佳。虽然近几年只有投入，没有出产，但前景却看好！"

说说容易做做难，"土、肥、水、病虫害"是农业种植最基本的四要素。庄主坚持从源头做起，以提前介入，预防为主，为植物生长提供互生互促的原生环境。在土地耕作上，实行清耕制、生草法，对果园进行全园种草，生草地只割不除，绝不进行人工或药物除草，以此改善果园小气候，改善果园土壤环境，增强果树对病虫害的抗免疫的能力，确保果品绿色。

为让果树健康成长，果实绿色环保，庄主也做足了功课。不仅在园内修建了小型水库存蓄山间清泉，保障果树用水安全，还与浙江农科院、江苏大学等科研院所保持长期合作，定期聘请专家教授指导种植。在专家的悉心指导下，对肥料使用，始终坚持施用自制农家肥、有机肥、菌肥、绿肥，不间断对土壤进行持续改良，合理补充土壤各类营养，增加土壤的有机质含量。不盲目追求高产、早产，抓好授粉、疏花、疏果等环节，严控果树产量、保持树体健康。

时隔一月有余，我再次前往，庄主正在在桃园里忙碌。已是坐果时段，一只只毛茸茸，形如椭圆，状似冬瓜的猕猴桃，正躲藏在深绿的叶片里。它们三五成群，七八聚堆，挨挨挤挤地结满在藤蔓上。在夕阳西下里，看着金黄色的猕猴桃，庄主喜滋滋地告诉我，今年气候不错，老天爷格外眷顾开恩，种果树的，要有好收成，还真得靠天。虽然，我们这几年里也付出了很多很多，但看着长势喜人的猕猴桃，所有的付出都是值得的。

六月，我再次前往。大门进入，便直奔桃园，那绿色里的猕猴桃，聚集着很惹眼。大棚下，珍珠鸡、乌骨鸡……正在桃园的青草里觅食、追逐。园工正用割草机在割着半人高的青草。一片片倒在地上的青草，让桃园里散发着一阵阵的草香。当我问起割下青草咋处理时，庄主告诉我："就随它了，晒干后就当肥力啦，这就是绿色环保的草还田。我们就采用这种不拔草，只割草，反复长，循环割的方式，来改良土质。"我在他的话语里恍然大悟。

我问起这猕猴桃是否就可以采摘上市时，她说："还早着点呢，大批上市得到八月中旬。"她，还特意随手摘下一只"红心猕猴桃"，边切开给我看，边说到了真正的成熟期，果心里的红要红很多呢。而说起猕猴桃起初的种植与现在的收获，她也毫不掩饰的答道："从小苗种植到现在，满打满算也有四年半了，头几年都是只有投资，没有啥收入，去年也只让它结少量的，直到今年才真正开始收获。"

时至酷暑，为图凉快些，起了个大早，就因又想去看看"鸿翔农庄"的红心猕猴桃园。

五点刚过，出门，有薄雾，也清凉。临近六点，到达野气十足，空气清鲜的胶山脚下。近处，各种野草杂树，生长在隐约的雾气里，与围网内种着刚一年半时间，一垄垄藤蔓缠绕，绿叶盖顶于线架，齐整的架桩和喷滴管的猕猴桃园，形成自然与人工的强烈反差，倒也并不觉得扎眼。

也许是地理位置的优越，很适宜它的生长。长长的蔓，你不让我，我不让你，相互缠绕，又和睦相处。绿绿的叶，有大有小，有疏有密，错落有致，恰到好处。无论是藤蔓，还是绿叶，有劲道，有张力，显精神。

远处的隐约里，依稀是红红的框架，原以为是一小建筑，定睛细看才发现，是一辆红色大卡车停在桃园内。沿途往里走，卡车上的装卸工，正一袋袋拎着往下扔，车下的两位在一袋袋搬叠。那股刺鼻的味，让我这农田出身的立马明白，这一定是用来肥田的畜粪。"庄稼一枝花，全靠肥当家"。果实更需要充足的养料。

"这袋子里的什么粪？从哪里运来的？"我问。

"运来远呢，袋里是羊粪，是改良土质最好的肥料，你不懂了吧。要不我打开来让你闻闻，拍拍这黑乎乎的。"他们见我提着相机，边搬边堆，边嬉笑着说。

"这臭哄哄的东东，估计就是羊粪，你们别以为我不懂，我和你们一样，也在农村里劳动过十来年呢。"我也边嘀咕，边调侃着。

爬上大卡车，踩着还没全卸下的粪袋，从高处往下拍桃园，便更加一览无余，自以为挺有气势。

从那片桃园里，再往深处走，就到达核心区，那一个个大棚内，红心猕猴桃挨挨挤挤地已长足，就等八月中旬成熟采摘了。

棚架下，那一群群的珍珠鸡，就在绿荫下的草丛里，悠闲地啄草捉虫。草、鸡、桃，它们形成了一个完整、环保、绿色的生态链。试想，这里的桃园还靠着青山绿水，果品一定是优质的。

一分收获，九分汗水。用庄主的话来说，土地是你给它什么，它就返还你什么。在以后的日子里，她将致力把最环保，最美味的果实，带给来鸿翔农庄的游客与忠实粉丝。

"甘露青鱼"在松芝

"江苏无锡现代渔业产业园"，在鹅湖镇的甘露松芝村。

甘露"松芝村"的村名，我是第一次听说，且有如此规模的渔业园，更是没有想到。因而，昨晚见到朋友圈发出，甘露要开捕的信息，便有了迫切想去看看的念头。当然，趁机去拍拍人鱼大战，留几张自我满意的片片，也是其中原因之一。

为了确认消息的真实性，即便已过了晚上十点，还是硬着头皮，电话荡口的学生。那头信息得到了证实，并通过松芝村委的领导，又把精确的位置，通过微信发给了我。

天，很阴沉，下着微雨，我们一路导航，驱车前往。本想一路高架，也就四十分钟左右的路程，却遇到了前面发生的交通事故。赶到目的地，已九点出头，但总算赶上了趟。起初的郁闷，就在这园区内一扫而光。

各路新闻媒体来了，长枪短炮来了，航拍的小飞机来了。鱼塘内，众多的渔民们团团围住，用力拉着的网，慢慢收拢。包围圈越缩越小，网内的鱼，越聚越多，水面挤成了鱼面。一条条不敢束手就擒的大青鱼，黑乎乎的头，从水面昂起，扭腰摆尾。一发力，高高的翻卷跃起，冲出重围的漏网之鱼，便一声声扑通扑通，瞬间跃入水中，高高的水花下，是一个个大窟窿。

种瓜得瓜，种豆得豆，养鱼得鱼，渔业丰收的时节，也是渔民最开心的时刻。

"快快快，抱条鱼，让我们拍拍！"岸上，大呼小叫。

"好好好，还来个亲吻，好坏我们也养了它五年呐！"渔民，喜笑颜开。

大网里的鱼，被转移到了网箱里，塘中的几只网箱满了，岸上的抬下水，稍后又满了。

"还有吗"？

"有，我们马上抬来……"

水中青鱼搅动翻滚，天空白鹭盘旋低飞。远离喧嚣的乡村鱼塘，此时却是热闹异常。开着小车来看壮观的捕鱼，顺便带几条绿色大青鱼的；酒家、餐馆老板前来订购的；问询在哪里称斤见量的……鱼堤上人来人往，络绎不绝。直到午饭时间，园内才开始安静下来。

水面，恢复了往日的平静，白鹭又在水面上翻飞觅食。一个斜斜的俯冲，小鱼被它长长尖尖的嘴巴叼住，成了它口中的新鲜活物。水面上，只留下一圈圈的小圆晕在荡漾开去。

围捕结束，渔民收工。雨，还在哩哩啦啦的下。

乘着空隙，放眼四周，都是一片片鱼塘。这里没有鳞次栉比的高楼，没有喧嚣熙攘的人群，还有着清鲜的空气，清澈的水质。在这样的境遇里，养出的"甘露青鱼"，不成为绿色无公害，不著名的省级品牌也难。

问起养鱼的员工，这园内面积究竟有多大？他们说："有一千多亩的标准化养殖鱼塘。"但我总感觉用"鱼塘"一词来表达，不是很确切，应该说是个渔场。

待长了城镇的我，第一次见到这么大的养殖场，从内心里希望它能越来越好，越来越大，越来越强！且能成为寓休闲垂钓，生态观光为一体的旅游之地。让更多待腻了喧嚣城镇，为生活而忙碌的奔波者，远离都市，来这里消除烦恼，放松心情，享受这里的绿色渔乡。

秋高气爽访柯园

柯园，坐落于锡山区锡北镇的寨门，在我的印象里，应该属最偏僻的乡下了。但50亩地，3万多平方米的柯园，却是"无锡市十家五星级生态休闲农庄之一"。

柯园没有高楼大厦，却有万顷良田；没有城市繁华，却有田园风光；没有歌舞升平，却有鸟语花香的独特地理优势。庄主是一个80后的陈莉女子。

就因走马看花的去过，有了个大概印象，图文上了微信后，朋友说也很想去看看。

根据名片显示的手机和电话号码，迅速接通后，对方一句："你是谁? 咋知道我这手机号?"还没等我说清楚，那头就搁了。再打、再打，通，却无人接。

心有不甘，再打吧台电话，我说找陈总，那头接线员说，陈总就在旁边，我让他接。

本想责问为何不接的缘由，电话里，却是一个极有磁性的男声在说："我现在退居二线，具体事宜由女儿在负责，你可以直接跟她手机联系，号码我给你"。我告知情况后，他一再表示不会故意，请你别误会，都是家乡人，她可能今天在忙于接待团队。随后表示，你有什么要求，啥时来，有多少人，几个房间，我来给你直接安排，等会再给女儿说这事。

沟通敲定，隔天午后，再跟陈总电话，让她发个定位。朋友驾车，一路导航，大约半小时，到达柯园，庄主已在门口笑盈盈地相迎。她说，因为那天我忙于团队的迎送，那天的事你别放心上。她迅即叫上服务生，让我们先进入客房，放好行李，然后她说亲自陪你们在里面转转，介绍介绍。

园内，亭台楼阁，粉墙黛瓦，河塘假山，回廊竹园，茂林修竹，虽非旧物，且有古意。玩玩拍拍，还没尽兴，陈总已打来吃晚餐的电话。

农庄，就应该是农家菜。陈总说，我这里的蔬菜，都来自当天地里的，绝对绿色纯天然，你们吃的鱼，也是我们的招牌菜，来自张家港的"杂鱼"。我们一起来的朋友说，我几年前，常跑张家港，这道菜地道不地道，我一吃就明白。憋不住的我，自然也得带着调侃问问，他说："灵个，对路！"

晚餐完毕，夜色里的柯园，各色灯光、灯带亮起，亭台楼阁，花草树木，水面桥廊，很是迷幻。赏赏走走，拍拍夜景，转转兜兜，正待休息，在吧台又见陈总，与她作了短暂的家常聊。她告诉我，论年龄，还是80后，现在这庄园，其实也就他们夫妻俩在掌控。丈夫负责每天的进货，园内细节的构建，我负责内部管理。忙的时候，我还要亲自给来客上菜，啥事都要做，所以，在客人晚餐结束后，才算当天的工作基本告一段落。员工打扫完毕，我得亲自去查看一遍，才能正式下班回家。陈总说，老爸以前是做工程的，说白了，我们不做也没事。现在都说富二代吃不了苦，但我不希望靠着上辈人，总觉得趁自己年轻的时候，还是要自我奋斗，闯一闯，经历才是真正的财富。

问起她的柯园规划与园名，她还是有些小激动地说，整个园子的建筑风格，类似老北京的"四合院"。你们走进大门，两边是桂花树，寓意"贵客临门"；东边种上的紫薇即"紫气东来，有吉祥之意；不停转动的大水轮，意味着"财源滚滚"；而园内遍植的竹子，意为"竹报平安"。

现在的柯园，能接待大小不同的团队，最大的多功能厅，可同时容纳50人，要是人多，旁有直接联通的备用厅。四合院内的餐厅，可同时接待200人的餐饮。餐后或晚上，既有提供"卡拉OK"的歌厅，也可约上同伴，上棋牌室消闲。柯华生态养生园"园名，则取自柯华的儿名；园内的"萌萌花园"，源于当今网络时尚语"萌萌哒"而成为女儿名。时间不长，一番的简聊，还让我真对她刮目相看。

其实，去这农庄住夜，我们还另有目的，就是隔天一早要去斗山看拍"矮脚雾"，但开车朋友有事要回家。与陈总商量，这里有没有车可以送，我们出车费。她却说，为了前天的误会，虽然家里的老二才十八个月，每天晚上得陪孩子，今天我就不住回去了，明天早上六点我送你们去，反正也就七八分钟。

一大早，陈总开车直上斗山，她说："我在车里等你们，拍好了就接你们回去吃早餐"。我们兴冲冲拍完"矮脚雾"，到柯园，那里的服务生，已将丰盛的早餐摆好。

宾至如归，服务至上，这是经商理念。在柯园，我能感受到人与人之间，不仅仅是我出钱，你服务的关系，还有那真诚的友情与温暖。

鱼跃人欢白米荡

自以为锡山区的范围已转通，却居然没有听说过这"白米荡"的名。

匆匆赶到荡口圩厍村白米荡，已是午后近一点，正遇渔民们围网捕鱼的准备前奏。

稍后，停歇在岸边的船有了动静，渔民上船，拎起竹篙，斜斜地插入水底，船，缓缓向着鱼塘深处移动。这时的塘面，除了船舷两边，竹篙入水的小小水花声响，那划出的水痕，还有那徐徐散开的一圈圈圆晕，整个水面很安静。

这是一个临近年关，在大寒腊底里收获的季节，也是渔民们最为喜悦激奋的时刻。

大网，开始围起，岸上的绞关开始徐徐转动。大网，在水中缓缓起水收拢；岸上，渔民拽住鱼网齐心协力；鱼儿，在本是平静的水面露头跃动。

网越收越紧，鱼越聚越多。荡中的一只只网箱，也紧挨在大网边，渔民们穿好防水的皮衣皮裤，一个个跳入水中。这时，半机械式的绞关已不再起作用。岸上的渔民们，紧抓着渔网，脚蹬地，斜着身，在一二三、一二三的齐声呼喊里，一起发力。挨挨挤挤的鱼，不再是蠢蠢欲动，而是开始翻滚、跃动。人鱼大战，就在眼前。鱼，似乎不甘束手就擒，定要拼个鱼死网破，局部看，还真有翻江倒海的场景。

一个个渔民，借着水面的浮力，在大网里抓着、抱着，憋住气，用尽全力，把一条条大青鱼，纷纷扔进网箱。随着那扑通扑通的声响，溅起的大个大个的水花，入耳入眼入心。渔人则时不时抱起二三十斤重的大鱼，让我们咔嚓抓拍。他们发自内心的愉悦，就在裂开大嘴的笑声里，就在眼角的鱼尾纹里。

"这么大的鱼，得有十多斤重"！一位摄影师在说。

"哪至啊！这鱼，少说也得二十多斤呢！"渔人带着糯糯的苏州口音，喜滋滋地对话着。

岸边的一辆辆私家车，早已停好，一位位买主已经早在守候。

鱼，还刚刚起水，买主便迫不及待，拿来一只只大口袋，要求称斤见量。大称，翘得老高，来客，爽快付款，没有斤斤计较，没有讨价还价。不一会儿，一辆辆私家车的后备箱里，已塞得满满当当。买家，在这里高兴而来，满意而归。卖家，则满心喜欢地数着大额的钞票，一年的辛苦也没白费。无论是买家，还是卖家，可谓双喜临门。

鲤鱼跳龙门，年年有余（鱼），这是老百姓心中在新年里最朴素、最纯真的美好愿望！这样的愿望，在五千年的古老传统里，早已根深蒂固……

晏家湾的梨园

晏家湾，我还是第一次听说，就因在春暖花开的季节里，奔着中东村的梨花节提前而去。其实，前几年也吃过水口好、甜味足的皇冠梨，但产在锡山厚桥中东村的晏家湾，我却压根儿不知道。

午饭后，打电话给本乡本土的同事，问她去中东村梨花园咋走，她也说不知道。稍后，她又回电，前天接到过短消息，在幼儿园的女儿，近期要去活动，有老师发来的信息，里面有详细地址，稍后转发给我。

在去厚桥的车上，碰到两位老人。他们听说我要去晏家湾，很热情的告诉我，到厚桥街道下车，然后再转乘往甘露、荡口方向的公交车，2站即到。下车后，等了近20分钟，终于憋不住，问了就近的店主，他告诉我，这趟车要40分钟左右一班。最后还是找了个小三轮，花了10元钱前往。看来皇冠梨好吃，晏家湾难找。

梨花节的前夕，游人极少，很安静。偶有三口之家的几个小家庭，在梨花中尽情玩耍，尤其是孩子，那兴奋自不必说。借着他们忘乎所以，乘机抓拍了几张，甚是可爱。那白里透红的娃娃脸，艳红的，橙黄的……打扮入时的童装，在满眼是纯白梨花的映衬下，显得格外的鲜艳与生动。在梨花开满的地里，巧遇了正在忙碌指挥的吴雪春，与他的交流里，我对这放眼望去的晏家湾梨园，有了大概的印象。

吴雪春，从他的名字看，我依稀觉得，他，就得与开在春天里，且洁白如雪的梨花结缘。他自豪地告诉我："我们村，共有108户，以合作的形式实行股份制，到年底，根据份额与贡献大小，进行股份分红。无论是栽种技术员的聘请，还是打理梨园的普通员工，都在我全方位关注管理之下，还常常和员工一起劳作，所以就是一个字：忙！"看着他与40来岁年龄，却很不相符的外貌，握着他粗粝的大手，他的话我信。

说到起步阶段，他说一言难尽。他1999年结婚前是做木工的，妻子是安徽砀山人，嫁给他时，家境也不算好。为了改变生活窘境，他借用岳母家有着几十年砀山梨栽种的技术，凑钱设法引进了皇冠梨，种了30亩，结果是30亩地，结了30只梨，血本无归。

为了能迅速改变现状，他外出取经学习，买书看，反复实践，最终明白了，科学种梨的重要性，砀山梨与皇冠梨的栽种技术，其实是有差异的。那一年，他30亩地的皇冠梨，获纯利6万元。这对于一个农村家庭来说，当时也算是个不小的数字。他还说，我常看央视农村台的节目，里面介绍的成功人士的经历，在我看来，一点不假，不吃苦中苦，哪来今日甜。

当然，他的成功，也引起了当地政府的关注。为了让更多的村民获益，领导找到他，希望他能扩大种植，让更多的村民富起来。起初他也觉得，自己这30亩地种种也不错，收入也稳步上升，用不着再去折腾，有着小富即安的念头。但最终在政府的盛邀与关心扶持下，他还是扩大了种植面积，并成立了"厚桥中东桃梨专业合作社"。

吴总说，梨园面积越种越大，现在的3万多棵梨树，2万棵为盛产期。整个梨园内，地面装置了喷淋器，地下铺设了传感器。空气湿度、肥力养分、水分干湿的情况，只要坐在室内，打开大屏幕，各种数据瞬间就知道。即便我在外地出差，只要手机一开，还可以遥控指挥，这就是高科技在农业生产上所起到的作用。

忽如一夜春风来，千树万树梨花开。看着他似乎有些春风得意、如鱼得水的感觉，我从心底里相信，在各级政府的关心支持下，这中东宴家湾的梨花，一定会越开越盛；梨园的前景，一定会越来越好；道路，一定会越走越宽。

冰凌世界黄杨居

冰凌，还是旧时的记忆，而八士斗山脚下的"黄杨居"，为公众填补了江南绝迹的自然奇观。尽管来自于人工，但在庄主陈国平的精心策划下，黄杨居应是一个独特的冰雪世界作品。

正值三九严寒的时节，男男女女，老老少少，远远近近，知道的来了，不知道的，打听着来了。微信传图片，让"黄杨居"的冰凌天地瞬间传遍锡城；微信发定位，给自驾者精确导航，一目了然。

碧天映衬银锥头，红果翡翠银妆留。温润纯净羊脂玉，晶莹欲滴醉心流。似一只只钟乳，如一朵朵白菊，像一排排挂面，若一串串糖葫芦，在初阳的光影里，蓝天的映衬下，闪闪发光，晶莹剔透。果果花蕾红妆素裹；冰球绿叶戴金披银。没有千里冰封，万里雪飘，一夜之间却成银色世界。

心随景转，人在画中，冰凌世界，到此忘我。后辈扶着老人的，夫妇带着孩子的，一大家子的，闺蜜成行的，狗狗也来凑热闹的，就为找个冰天雪地处，开开眼界，舒心撒欢。长枪短炮的，半蹲的、跪着的、卧着的、躺着的、盲拍的……就为最佳片片的呈现；摆着pose的，"牙疼"的、"腰疼"的、"腿痛"的……就为冰雪天地里的妖娆。

留住活泼可爱，留住青葱岁月，留住青春尾巴，留住老也优雅，就为留住不同岁月的印痕。

园内，见到一位奶爸，正半蹲着，用身上厚厚的棉衣，似乎在裹着婴儿的双脚，唯恐有个闪失。那瞬间，对焦、定焦、咔嚓，父女情深的那一刻，我用镜头瞬间定格……

斗山的茶园

见过好多地方的茶园，西湖龙井茶园、长兴的"大唐贡茶院"、南京的栖霞山茶园、安徽敬亭山茶园、苏州东山茶园……但只是一个匆匆过客。而近在咫尺的八士斗山，才是我常常光顾的地方。

每年都要有曾在那里土生土长的同行，开着车去上几次，为的就是去看看坡上坡下，一垄垄，一片片的绿色；闻闻茶园里丝丝袅袅，一阵阵的清香；呼呼那里沁人心腑的清鲜空气；看看那里靓丽养眼的采茶姑娘。

四月初，起了个大早。天，还有些微凉，六点左右，再次光顾，车停半山，随后步行。及至山顶，晨雾里的茶园很静，有些朦胧与隐约，却很有韵味，极有气势。而头顶上，一架直升机正在上方盘旋航拍，想必，在空中俯瞰，雾气氤氲的茶园，更让人心醉。

走走停停，看看拍拍，山坡下的茶园里，那些采茶女，正在晨露里，用纤细柔滑，娴熟敏捷的双手，采着刚刚冒出的三瓣嫩芽，往斜挎着的竹萝里放。绿色，衬映着她们俊美的身影，构成一幅绝美的采茶风景画。

早就听说，采茶是很讲究的，采摘时，要眼疾手快，绝不能用指甲掐，大拇指与食指，得恰到好处地夹住叶芽的部位，轻轻折下后，及时投入竹篮，且不能压紧，避免发热，影响品质。

"甜蜜蜜，你笑得甜蜜蜜，好像花儿开在春风里……。"这是我第一次在茶园里听到的邓丽君歌曲《甜蜜蜜》。循声望去，一位戴着帽子，连着坎肩，兜着围裙，戴着袖套的女子，边采茶，边听着从那兜袋里飘出的温软。那种安适，那种悠闲，那种微笑，让我这局外人，顿生羡慕与嫉妒。那袅袅的，软软的，糯糯的绵绵之音，在那缭绕而氤氲的茶园里飘荡，显得格外的匹配与和谐。她，似乎不是在劳作，倒像是在享受。

我爱喝茶，但不谙茶道，偏爱简简单单地泡上一杯，随心随情。平时空闲下来，就爱喝绿茶，就因它不温不火，不浓不烈；爱看绿茶，就因它沉沉浮浮，清清爽爽；爱喝淡茶，就因它清汤寡水，润心清肺。

名闻遐迩的斗山"太湖翠竹"，嫩绿清香，这里的明前茶、雨前茶，更是清汤绿叶，香高味醇。想必要是在这茶园里有一亭台，一张小桌，一张靠椅，一杯绿茶，微眯着眼，听着这《甜蜜蜜》，那一定是很惬意，很小资。

"客至亦忘归，袅袅茶烟绿。"都说酒能醉人，我说在这样的境遇里，茶也能醉人，但比酒醉醉得斯文雅致。

"烹茶绿云起，鼓扇清风来。"看着这样的绿云起，是否还要鼓扇，总觉得，即便缺了清风，心也清凉。

什么有助于延缓衰老，抑制心血管疾病，预防和抗癌，预防和治疗辐射伤害，抑制和抵抗病毒，醒脑提神，利尿解乏，护齿明目，降脂助消化……它的好，我也知道，但都可以忽略不计。最为要紧的是，泡上一杯清清淡淡的绿茶，能与好友在那里慢品聊天最为安适快乐。

曾记得，年少时跟着表哥，屁颠屁颠去过斗山脚下的东房桥外婆家，为的是去看斗山，爬斗山。那时的斗山，现在想起来还是很荒野，坑坑洼洼，高低不平的茅草小道，曲曲弯弯的通往山顶，但对于平时不太出远门，难得见到山的我来说，已是十分高兴的事。

如今的斗山，早已今非昔比，经过科学合理的规划与开发，那山上山下的一片片茶园，也吸引了一拨拨的游客前往休闲观光。它，不仅起着当地百姓靠山吃山的作用，也带动了地方经济的发展，更让精心梳妆打扮后的斗山愈加靓丽。怪不得，"斗山星辰"——陈惠初拍摄的斗山"矮脚雾"，连同一片片茶园名闻遐迩，且受各路媒介的青睐推崇而走上央视台。

郡瑞农场花灼灼

郡瑞家庭农场在羊尖镇的宛山村，紧挨宛山荡宽阔的水面，比邻着342省道，相伴于锡张高速。这样的地域、水系、交通相得益彰，恰到好处，是块风水宝地。

到过很多的农场，吃过农家饭，尝过农家菜，品过园内果，赏过乡村景。郡瑞家庭农场去年也匆匆来过，我们一小拨爱去乡村"乱串"者，只是顺道来看看而已，以致连农场名也早忘了，没有太大的印象。

"去年今日此门中，人面桃花相映红。"阳春三月，草长莺飞，正是赏春的最佳时光，我们一路精确导航前往。

二十来分钟的车程后，我们便进入宛山村的郡瑞家庭农场。好多的游客，早已在200多亩的果园里大呼小叫。灼灼桃花，开得正欢，人景合一，摆pose，凹造型，飘丝巾，撑花伞，一套套的换装，一身身的打扮，一声声的咔嚓，或拉近特写，或桃花深处。远远近近，高高低低，选角度，看光影。镜头里的她们，或俯或仰，或坐或站，背靠着背，手牵着手，快乐就在瞬间定格。

笑声，在桃园里回绕；呼声，在粉云中隐约。荡水岸边，垂柳成行，菜花金黄，迤逦的水面，把百亩桃园映衬得分外娇艳，美不胜收。

无锡都市资讯《田横头》节目摄制组的编导，也不放过机会。百姓喜爱的"活宝""管家""小丑"，更让游客喜出望外。他（她）们既当观众，又当"助演"，更当粉丝，一个个轮番上阵，与媒体主创人员合影留念。

"桃花潭水深千尺，不及汪伦送我情""桃之夭夭，灼灼其华""桃花一簇开无主，可爱深红爱浅红""桃花浅深处，似匀深浅妆""桃花春色暖先开，明媚谁人不看来"……这些古人的诗，在桃红柳绿里应时应景。

我在荡口等你来

夕阳下的荡口古镇，少了熙攘的游客，摩肩的人群，河港两岸便开始安静下来。三两人影，从或拱弯，或"一"字形的石桥上稍作停留，或悠悠走过，很应景，很诗意。

锡腔，清亮温婉，在树荫下，桥洞里，游船上，袅袅飘出，又韵融在雾气的氤氲里。

鸬鹚，歇息在船头，站立的、昂头的、回眸的、匍匐的，它们也在一天的忙碌里开始收工。

渔人，荡着小船，桨轻摇，划出一道白白的水痕。船头的鸬鹚，在夕阳的逆光里，黑黑的剪影，被描上了金边，强烈的反差，极富质感。

桥外，在油画般的色彩里，渔人、小船、鸬鹚，隐约漂移到桥洞里，从朦胧渐到清晰。

桥内，是清冽的河水，碎细的波纹，前后物境，实虚相生，恰到好处。

船头，一袭旗袍，一顶花伞，一把团扇，色彩浓烈而不妖艳，鲜艳里却有雅致。

活脱脱的一幅幅江南水乡图，就在这古镇的晚霞里生成。

夕阳的霞光，河水的凉爽，相互交融，让物景缥缈里隐现，恍惚中清晰。

这样不再闷热焦躁，唯有清凉安适的盛夏，你不来，别后悔！我就在荡口等你，不见不散……

庄里文苑

　　最美乡村周家阁，有个小村庄叫"庄里"，村庄里有个农家——"庄里文苑"。它就在村东头，朝着南，四开间，三层楼挨着清凌凌的曲弯河道。

　　主人周晓芙，是个话语不多，轻声细语，性格内向，有着书卷气、文艺范的小女子。这村庄的名字与农家的"文苑"相合，成为"庄里文苑"的农家名，很雅致，有禅意。是个集餐饮与传统文化融合于一体，舒适雅致的休闲聚会之处。底楼为两个餐室和茶室。主人把餐室也装饰得很文艺，独具匠心。

　　室茶也是主人精心布置的，书架上的书，墙面上的字画，茶桌上的茶具，安放得当齐整。长长的条桌上，有写字作画的笔墨纸砚，有音色空灵深沉的"色空鼓"，各种大小不一的盆花，恰到好处地摆放在各个角落，点缀在花架案头。来客走进去了，就会沉浸于此，这就是文化的濡染。

　　在二楼，每个餐饮包厢旁配了个茶室。可供客人在精致的茶具，袅袅的茶香，素雅的字画里品茶聊天。说说家长里短，道道民间轶事，讲讲奇闻国事，谈谈日月星晨。

　　三楼的8个客房视野开阔，一望无垠。虽然不能与都市的星级宾馆相媲美，但在向阳安谧的境遇里，黎明，能听鸡鸣雀叫；推窗，可见乡村美景；清晨，能观日出日落；夜晚，可赏明月繁星。

　　昨天，由锡山区旅游局主办，无锡锡东会承办的"锡山十大桌"农家私房菜，第九桌的品尝，在"庄里文苑"进行。虽不是山珍海味，但绝对来自乡村里绿色环保的新鲜食材。这次"庄里文苑"的遇见，除了品尝别样的农家私房菜外，还有让我真正体悟到了，为何称之饮食文化的内涵。

张泾老街

早就听好几位朋友说，张泾老街很有历史年头，东西老街长要三里路。明清时期，这里店铺林立，商贾云集，尤其是"东林先生"顾宪成也出生此地。他的"风声雨声读书声，声声入耳；家事国事天下事，事事关心"，让我还是有了想去看看的欲望。至于清代著名词人顾贞观、状元顾皋，爱国官吏严紫卿，是否出生在这老街上，我也没去考证。

这次凑巧到张泾，顺便进了老街，但已是午后两点多。

一条并不宽的河道两岸，是不高但密集的民房。我从老街的中段进入往西，回身看两头，整个街道不宽。好多老房子已被后造的楼房，割裂得支离破碎，只能在局部的断垣残壁，花窗黛瓦，斑驳的墙面，伸出的屋檐，狭小的夹弄局部里，穿越百年的时空，去感受它曾经的繁华。

从西折返到东街，格局大同小异。东西两街的老宅子，偶有年老的主人住在里头，其余大都出租给外来民工，有几处很不错的明清老楼房，却是人去楼空。其中一位上了年岁的秦家女婿告诉我，这秦家也是个大族，他们的前辈曾是蒋介石的贴身医生。还特意领我们去了那老宅子，从木楼梯小心翼翼地爬上去，看了内室。

街上转，小弄穿，一道一墙，一砖一瓦，一门一栅，一窗一棂，少见的瓦花，紧挨的烟囱，屋顶的透光玻璃，在本乡本土已不再多见。从小弄里七弯八拐转出来，不经意间，那小弄里的老墙上，秋色里，斑斓而明艳的爬山虎，又让我眼前一亮。

深秋时节，天色暗得早，夜幕已降临，感觉有些薄凉。在老街的转角处，见到一家"藏书羊肉店"，切了份羊肉，来了碗羊汤面，饱了口福，暖了身子。走出店家，夜色里，街面已是灯火阑珊。

马山古银杏

马山，恰似一颗绿色的宝石镶嵌在烟波浩淼的太湖之中。

这里风景秀丽，古木参天，有冠如华盖，盘曲多姿，历经千年的"江南灌木之王"；有盘根错节，骨兀筋突，距今八百七十多年的牛筋朴；有树体残缺，主干全失，仅赖半爿树皮支持生存，而形相奇特，别有姿彩、时越千年的半爿榉，而古银杏在这些古老的树种中数量推举首位。有牛塘古银杏，栖云庵古银杏，鸳鸯古银杏，祥符寺古银杏，其中后两棵最为出名。

鸳鸯古银杏在西钮，植于晚宋，已有八百余年，原始两株同栽，相距咫尺，后逐年壮大，竟合为一体，树高二十六米，胸围八点五米，此树老而不衰，苍劲挺拔，直冲云霄，遮天蔽日，泛舟于太湖，十里之外可见。据说一九四五年日寇洗劫马山时，曾锯之，将极一半，忽从树上落下一条大白蛇，村民趁机说道，此树有神管，伐之不祥，日寇心怯，仓惶离去，才幸存至今。

祥符寺古银杏长在小灵山中，树身中空，据说曾腹藏巨蟒，屡遭雷击。得四人合抱，它没有曲屈虬枝，斜直向上，枝干长满苔藓，从四面看，此树形态各异，树乳累结，老而不衰，树叶稠密。每当金秋季节，枝头挂满白果，犹如碧空繁星。

这些奇树异木，既为瑰丽的马山增添几分秀色，又为历史悠久的马山蒙上一层神秘的色彩。

藏在雾气里的杨梅

憋不住外出转转的念头，去了马山。

去那里，倒不是去看气势不凡，曾在这里举行世界佛教论坛，去了很多次的梵宫，只想去马山的东西部，赏赏太湖，看看本真的野气。谁知这一去，无心插柳柳成行。沿途居然看到了摆摊卖杨梅的村民，这时才想起，该是采摘杨梅的时节了……

教了几十年的书，也教了鲁彦写的散文《我爱故乡的杨梅》几十年，很是熟稔课本里的文字，也明白作者借物思乡，睹物抒情的感受。今天巧得很，撞上了这时节。

上午的天，雾气很足，车，在山道里穿行，雾气氤氲，绿色润泽，很是养眼。车沿山靠湖，慢行随停，沿途赏赏景，拍拍片，行至西部，那坡面上的小红果隐约可见，那就是望梅止渴的杨梅。

杨梅，在我们江南也算不上贵物。大浮的，马山的……果大色艳，沿太湖一带，山坡上都是。一到入梅节气，每年也不少吃，但这样近距离的观赏、拍摄、采摘还是首次。雾气里的它，看得并不真切，它，羞涩地藏在狭长的，密密的，光润的绿叶里，不靠近，还不能见它的真面目，待掀起它绿色的头盖来，才发现它们你挤着我，我挨着你的聚在一块，一个个红扑扑的小脸，它们就在这绿色里对视、私语、浅笑……

还没成熟的杨梅，一半是嫩绿，一半是粉红，从外形上看，很像新鲜荔枝，色彩也很有观赏性。熟了的是深红，最后，深红变成乌黑。摘一颗，咬在嘴里，新鲜粉嫩的果肉柔柔的，甜甜的，满嘴生津，口中生香。沿途尝，临走买，这雾气里的杨梅还真诱人！

初识乾元村

　　宜兴太华镇乾元村，现在已是远近闻名的"水美乡村"。而其中"见花"的一个自然村落名，朴实里有着诗意，抑或有些浪漫。在我看来，整个乾元村绝对是位天生丽质的大家闺秀。

　　我，一到陌生地，就是爱打听。在潜意识里，我总觉得，这"见花"的村名一定有来历。

　　通过"见花土菜馆"的易老板，让他作了个"红娘"，在老林书记那里得知："那是乾隆皇帝下江南时，他来到这里，见一美女，赶紧去追，结果美女没看到，见着一大片花。随后就给我们村落起了个名字——见花村"。这来历是否真实，只是听说，我也没有去考证，但我宁可信其有，不愿信其无……

　　为了能俯瞰村落的全貌，前天晚上，我们与很好客的易老板约好，让他当向导。

　　天，还未大亮，他便带着我们上山看雾气，看日出，看山坳里的村落。只是天公不作美，还下起了间歇性的微雨，但绝对没有影响我们的游兴。

　　一路上，我们边走边聊。他说：其实他也是个摄影爱好者，所以这乾元村的四周，哪里有好的拍摄点，心里很清楚。

　　四周的山，不高不陡，有层次，很柔美。我们在层叠而带着露水的茶树里穿行，一会儿就上了制高点。

　　耳边，村落里的鸡鸣狗吠，空旷中的鸟雀叽喳，就在山谷里回响。往下看，炊烟开始袅娜，村落，就在氤氲的雾气里，就在层叠的茶园中，偶有斑斓的杂树镶嵌，活脱脱一幅水墨山景图。

　　天，开始大亮。顾不上早餐，大家背着相机，吃着易老板送来的馒头、煮蛋，和着随身带上的开水，又在这村落里转。

乾元村，靠着山，临着水。说是靠山，其实四周全是山，但不高，应属丘陵。说是水，其实是一条比溪宽，比河小的一条水道。冬季时节，正值枯水期，但它终年不息，潺潺流淌，村民就在两边伸展出的或石阶，或平台上淘米、洗菜、洗衣……

沿着水道走，见一有些年头的小桥。村民告诉我，早年的它，是我们进入村落的唯一一座桥。当地的老林书记说："你们现在看到的桥，往前追溯，至少已有几百年了，最早是大石条铺上的，后来被大水冲毁了。再建后，成了现在的青砖拱桥。"桥的两岸，树色斑斓，叶，落在水里，歇在岸边，金黄的银杏叶，正是茂盛期，在秋冬季节的交接里，就特别抢眼。

在乾元村，最让我心动的是靠着村落，沿着溪流边生长的古银杏。一路上的金黄，树上是，地上是，溪水是。对于我们游客来说，这样的秋境，可遇不可求，而这里的村民，却天天在诗意里过，就因它美得不空洞……

见花土菜馆

见花土菜馆在宜兴太华镇，乾元村的见花小村落里。

这土菜馆不算太大，也不算太小，可它的名字却让我特感兴趣。从"见花"的词面上来说，应该是很文气，也很浪漫的，而类似"土菜馆"的店名就见得实在多了。不过，"见花"与"土菜馆"结合起来，虽有些洋土结合，倒也不觉得拗口或不妥，反而给人有了更多的好奇心。

说起这见花土菜馆，还是上月中旬在乾元村的事。那天的晚餐就订在这里。

从云湖拍摄回来，已是傍晚时分，肚子也确实空了。随后我们走进了这小村庄里唯一的一家饭馆——见花土菜馆。

刚进客厅，已闻到厨房间飘出的各种菜香，很是诱人。

拎着相机，进入厨房，各种新鲜的食材，已摆满了厨台。热气腾腾里，隐见一位厨师在熊熊的炉火前，拿着有柄的炒锅，反复颠着，在"哐当哐当"地熟练翻炒。

"啥时能让我们开吃？"我有些迫不及待。

"快了，稍等几分钟。"他边掌着勺，边不紧不慢地说。

厨台上，放满了一盆盆的新鲜菜，而那盆里的两条野生鲫鱼边，放上了带着绿叶的小枝条，很惹眼。

"师傅，这鲫鱼旁的绿色枝叶是啥？"我又问。

"这是马上烧给你们吃的'红烧茶叶鲫鱼'，没吃过吧？今儿让你们尝尝鲜！"他自信满满地边忙着答着。

说真话，虽然没有吃过山珍海味，但农家的土菜也真吃过不少，但这道"红烧茶叶鲫鱼"还真是第一次听说。

在厨房里兜兜转转，看看问问，待我们进入包厢，老板娘已开始陆续上菜。

菜已基本上齐，在大家一致的菜肴叫好声里，一位四十来岁，身板硬朗、一头短发、一脸敦厚的厨师进来，边问味道咋样，边坐到我身边。宜兴朋友说："这就是我们见花土菜馆的易老板。"

在起身、握手、道谢里，大家又在十分轻松愉悦里，品尝土菜，聊天述说。

老板易云良，是见花村的原住民，这家土菜馆开了四年。为何叫"见花土菜馆"，他说其实也有缘故：因为我是本村人，而见花村村名，又有个神奇的传说。乾隆皇帝下江南时，来到我们村庄，见一美女，赶紧去追，结果美女没看到，见着一大片花。随后就给我们村落起了个名字——见花村，所以我也就起了这名。其实，你们来之前，朋友早就告诉我，你们里面既有摄影大咖，也有爱码文字的，所以今天特意为你们做了这一桌家常土菜，估计你们会喜欢，也希望你们以后常来。

问起要他这里的菜谱看看，他却说："我这里没有，菜品，都是根据预订的情况，一早准备的新鲜食材，比如蔬菜，拿来还带着露水，鱼虾鸡鸭等，都来自我们山村、云湖、水库，绝对绿色环保。来客可自由挑选，我现场介绍特色菜，供客人参考，也可食客提出要求后我做。这店面，虽然不是很大，但农家老鹅、蒜蓉水煮鱼、干锅老鸭、干锅猪手、老母鸡汤、手撕羊肉、滋补羊球汤、水库鱼虾、红烧茶叶鲫鱼，都是我这里的特色菜。好多外国游客也曾光顾，吃后直竖大拇指。"紧挨云湖，四周柔山，溪水潺潺，茂林修竹，茶园层叠，这话我信。吃后的口感，也证实了他说的话。

闲聊之余，我还知道了他，也是一个摄影爱好者，他热情地对我们说，如果你们明天一早要外出摄影，我可以当向导，这里的一山一水，我了如指掌。

翌日六点左右，天还麻亮，我们在相约的村口见面。跟着他穿小路，走近道，上山坡的去赶露水。到达目的地后，他说，我不陪你们了，得去准备今天的食材，你们拍好了就回我那吃早餐。

　　在山中转着拍着，这里的美景，让我们忘了早餐时间。易老板几次电话催促，总觉得还没拍够。一晃近九点，我们早餐也来不及吃，又得赶往另一处拍摄。到了山下，易老板已从车里拿出热腾腾的煮鸡蛋、芋头、红薯、老面馒头、热水让我们吃喝，他说不来吃早餐也就随你们吧。

　　临别前，有着一面之交的他，实诚地说，我们宜兴太华镇乾元村，真是个山明水秀的好地方，"最美乡村"也是名符其实。以后想来就来，就当好友家来走走，我还带你们去这周围更多更好的点去拍摄。

乾红茶园在等你

宜兴太华镇乾元村的乾红茶园，就在层叠的山坳与坡面上。在柔峰叠翠里，千亩的茶树成为了主角，加上另外两个基地，达到了三千多亩的总数，于我来说，这是我第一次听到的大数据。在山顶俯瞰，整个茶园，尽显它的大气与尊贵。

我们从乾元村出来，驱车到达乾红茶园，已是中午12：15分。一行五人，车还刚在茶园停稳，大家就迫不及待地找好拍摄点咔嚓。

在高处看整个茶园，从某种意义上说，"茶园"似乎叫小了，称之"茶海"更确切。目之所及，绿色茶树，生长在网格式的山顶坡面。远远近近，高高低低，成排成行，漫山遍野。错落有致，安谧无声的茶树，与远处隐约可见的竹海，构成画面中和谐的同种色。偶有金黄的银杏，斑斓的杂树，恰到好处地点缀其间，把茶海分割出大小不一的田块。点线面的组合，明暗色调的隐现，又构成一幅立体且富有质感的点彩油画。茶树的底部，那含苞的、害羞的、盛开的茶花，一朵朵，一撮撮，你挨着我，我挤着它，也开得很热闹。白白的花瓣，黄黄的花蕊，就安适地躲藏在绿叶里。

这片"茶海"，占着天时地利人和的优势。这里的管理者，把乾红茶做到了极致。在有机矿土的深层滋养、千米温泉的温暖呵护、云湖之水的清澈浇灌、连天茶海的天然氧吧、管家精心的科学管理下，你可以在远离红尘，心灵禅修里，为你量身定制。认养一亩地，让你拥有自己绿色环保的专属领地，圆你与家人共享自然馈赠的梦，尽显你隐秘但真实的尊贵。在你的专属定制茶园里，每当采茶时节，你还可以携手亲朋好友前往，亲自体验采茶、制茶、茶道的过程。

我还听说，为带动提高周边茶叶和农产品的生产销售，这里还成立了

"华山茶叶合作社"，对于周边的茶农来说，无疑也是一件利好的事。

进入园内，大堂里的服务生，柔声细语地说着："欢迎你们来乾红茶园作客，一路辛苦了，请用茶"！

看着台桌上杯中泡着的"乾红"茶，那袅袅冒出雾气，散发出的醇香里，我们已顾不上喝茶。在亭台水榭的园内欣赏拍摄，唯恐错过眼前美不胜收的某一角。

整个庭院里，无论是外观，抑或内室的布置，既有古意的格调，又有现代的气派。尽显主人的独具匠心。

在室内，我这书法爱好者，见到了姜昆极富书卷气的书法作品，廖静文的亲笔题词及文化名流的照片。这些艺术大咖的手迹与光临，足以彰显出主人对茶艺文化的渗透。

"你们快来吃饭吧，饭菜都快凉了。"耳边传来了服务生的催促声。匆匆午餐后，我们又马不停蹄地赶往另一处。那泡着的一杯乾红茶，我倒是多看了它几眼……

云湖

去横山水库多次，水库有多大，至今没去考证。

午后，朋友邀约再去，到达已是晚霞初起。当地村民却说，我们这里不叫"横山水库"而是叫"云湖"。

找来资料细究，终于明白，这是横山水库的南端部分。至于为何这里的村民都愿意叫"云湖"，在我看来，这名浪漫，且有诗意。

虽已进入立冬，在这里却并没"无边落木萧萧下"的感觉，眼前唯有秋的明媚斑烂。

太华镇的乾元村，就坐落在四周柔山环抱里，傍着粼粼的"云湖"。这乾元村的静美，不看不知道，见了挪不动步。比起那些游客熙攘，喧哗嘈杂的退迩名园，这里有着与世隔绝，远离红尘的感觉。平静的湖水里，倒映着山，倒映着霞。不远处的枯树，在晚霞里，与沙木中三千年不倒的胡杨，有着异曲同工之妙。

这里，没有都市的繁华，却有原始的生趣；这里，没有林立的高楼，却有开阔的视野。

在这样的境遇里呼吸滋养，休闲怡情，不来会后悔！

天目生情

　　天目湖，早年去过，但印象已不太深刻。究其缘故，是聚群而去。这次随市作协采风，应着了无论是出行游赏，还是喝茶聊天，抑或人生感悟，"得看与谁在一起"的时尚语。

　　方圆320平方千米的天目湖生态保护区，说小不算小，说大不算大。看惯了三万六千顷的太湖，相比而言，无论大小，抑或风光，自然无法相提并论，但一山一水，一景一湖，一草一木，移步且能换景，何况不同地域。

　　湖边，乱石滩的那棵一半在水面，一半在岸上，倒而不死的乌桕树，倒下了，却依然精彩地活着，且灿灿烂烂。从树干到枝干，从枝条到筋脉，有傲骨，有韧劲。已是"大雪"时节，那斑斓的红，却不卑不吭，不依不饶，有壮烈，有柔和。水土，给它生命的源泉，它，为水土不离不弃的绚烂。

　　由此，想起《朗读者》中的嘉宾——余秀华。她，因出生时倒产、缺氧而造成脑瘫，走路摇晃，口齿不清。可她却用人生的疼痛和残缺，创作出一部部深入灵魂的诗集，而《月光落在左手上》销量突破了10万册，成为20年来中国销量最大的诗集。董卿"用最摇晃的步伐，写出最坚定的诗句。这些诗句像阳光透过了水晶，折射出她的灵魂和光芒。她不惧怕命运的不公带给她的伤害"的评价，让我记住了余秀华的名字。余秀华的朗读是"不及格"的，但她的诗很动人；她的经历是苦涩的，但她的诗是滚烫的；她的爱情是绝望的，但她的灵魂是无畏的。

　　物象不同，心随景转。物也好，人也罢，只要活着，就得有尊严。让颓废远离，将绚丽拥抱。

第三辑

行走苏浙

三山岛记事

　　三山岛即洞庭山，古称蓬莱，坐落于烟波浩淼的太湖之中，隶属苏州东山镇，天晴时与西山隐约相望。约1.8平方千米的面积，从地形看，北山、行山、小姑山三山相连，与中国地图极为酷似，因而有了朱元璋、刘伯温到此岛上后，说有龙凤之气，要出皇帝的传说。

　　二百多户人家，筑在山坡下，掩隐绿树中，面对茫茫湖，村民以果树打鱼为生，过着陶渊明式的田园生活。记得1995年5月1日，我们摸索着，转了几趟车，问了好多讯，终于找到了唯一进入三山岛的陆巷码头。一只能容百来人的"三山岛渡船"静静地停靠在码头边，付了每人2元钱后就上了船。

　　午后3点，渡船就缓缓驶离码头。在与船老大攀谈后才知道，这渡船每天一个来回，上午7点从岛上开出，午后3点返回，那是为了方便岛民，外出采购日常生活用品，而非为旅游。船上也只有我们2家6人是外来户。船老大告诉我们，岛上还没有电，晚上只能点蜡烛或油灯。由于地处湖中，交通不便，除了岛民走亲访友，也根本没外人来。吃住虽然在农家，但也有你们城里吃不到的湖鲜，且花不了几个钱，就是设施条件差。可我们不管怎样，沿途的湖水，清凉的湖风，远处的青山，还是让我们乐不可支。

　　约一小时后，渡船靠岸了，上岸的我们，第一个是急切找个歇脚的地方，那时根本没什么农家乐的概念。稍后，我们便走进了黄永明的家，淳朴好客的主人，让我们真正找到宾至如归的感觉。

　　简单的晚饭过后，由于外面一片漆黑，白天的辛苦寻找，我们点上蜡烛，很快进入梦乡。

　　在叽叽喳喳的鸟鸣声里，在喔喔喔的公鸡啼叫声中，我们成了岛上起得最早的人。

走在湖边，草木油亮，晨风习习，空气清新。周边寂静无声，山上树木葱郁，黄的，白的，红的，这些叫不出名的野花夹杂期间，加上袅袅炊烟，真像一幅淋漓的江南水彩画。

岸滩边的芦荡里，鱼儿产卵啪啦啦，野鸽散步咕咕咕，田间青蛙呱呱呱。弯弯的山道，光溜的石道，长长的湖堤，晃悠的农船上，都留下了我们的脚印与身影。各种湖鲜尝过，付完三天每人100元的食宿，主人热情地送我们上船，并希望我们能像亲戚一样多去走走。回家路上，我们还在盘算谋划着下次再来的打算。

有了第一次去三山岛的沿途折腾，第二次开始就摸到了门道，及至后来，每年要去几十次。带着好友、同事等。或包个中巴，或找个自驾，从最初的大半天到约2小时，到岛上的距离及时间越来越短。从春暖花开到红枣累累，从荷花袅袅到黄桔满枝，从湖中水产到绿色家禽，尤其一到暑假，我们就去避暑。那三山岛就像置于一个巨大的恒温水空调中，少了那种燥热，连知了的叫声也是清凉的。

夏日里，摇着木船去采野菱，是我们必要的项目，尤其是孩子们，第一次在广阔的湖面上，有这样的亲身经历，那高兴劲就甭提了。

船舷边，拽着藤状的茎，在密密的菱叶中，采下一个个青里泛红的三角菱，掰开皮，那白白的，嫩嫩的，甜甜的就到了嘴里。大呼小叫里，笑靥挂在孩子们的脸上，惬意留在孩子们的心里……

在那里说摸螺蛳是不确切的。小船无论是靠在码头边，还是桥墩旁，那浅水边的石头上，挤满了黑呼呼的一片，手一抓就是一大把，双手捧就更多了。回去后，主人葱姜一放，无论是红烧，还是清蒸，那味道是绝对棒！

我也在江南水乡长大，钓鱼摸蚌，捉蟹钓鳝并不外行，但鳜鱼是怎么钓的还没见过。据主人永明说，泥鳅、小鳑皮是钓鳜鱼的最好诱饵。鳜鱼，喜欢待在石缝或石洞里。记得那次跟着主人，摇着小船，来到十二生肖石旁，原来他们是提前去放钓的。一根长长的线，线上隔一段就有一个钩子，绕来绕去，放在石缝间，轻轻地拉，一见动静，待鳜鱼还没出水面，一个海斗已把它网住了。

墨鸭，岛民称它为"墨涂鸭"。他们的叫法我倒觉得比叫"墨鸭"更生动，它全身墨黑，头上长着与大公鸡样的鲜红鸡冠，且很厚实。据岛民说，这鸭也是他们这里的特产，因而，每去一次总要点个"红烧墨涂鸭"，以享口福。

岛上的草鸡、草鸭，由于草木的丰茂，吃着青草，吃着活物，因而特精神。它们房前屋后都有窝，但除了下蛋，连晚上也宿在野外，有的停息在果树下，有的歇息在池塘边。饭桌上的鸡鸭，是如今都市人所品尝不到的，这才是真正的绿色食品。

岛上，最多的是橘树，开花时节，白白的花满树都是，香味扑鼻。一到秋天，金果满树，就像挂在树上的一盏盏小灯笼。只吃不带，也就成了我们这些外来客的习惯.

马眼枣，因状如马眼而得名，据史料记载，它还是古时的贡品。此枣树百年以上的就有近700棵，果大二寸，鲜甜爽口，一到八月中旬，树上挂满了红枣。每年，只要有无锡人去，黄永明（我定点住的农家主人），他总会打听是否认识我，如果相熟，就会带来一大袋的枣子。

在岛上，这些丰美的土特产，不仅让我尝了个遍，还让我结识了如雷贯耳的吴冠中老先生。

2010年6月24日，在我的博文《三山岛记事之二》里刚提到吴冠中，6月25日，"冠"盖"中"华的画家吴老却走了。91岁高寿的他应该是很顺的了，但在人们的心里，还是舍不得他去天堂。很多年前就知道，水乡周庄的出名是他画出来的，充满野气的张家界是他画出来的，因而，我也特意去过，果真名不虚传。他不仅是大师级画家，写他的散文也空灵得很，即便是散文作家，也无法跟他相提并论，因为他把画景中独有的意趣，融入到他的文字里了。

　　自2000年后，我在岛上三次与他相遇，且同住黄永明家，那是我没想到的。其时，只看到他早出晚归的身影，一身布衣，和蔼慈祥。

　　2005年的中秋节，我有去岛上过的念头，那是我第三次不约而同与他相遇。说去就去，一早与永明通好电话，房间订在楼上。

　　晚饭过后，在楼顶大平台上赏月是很惬意的。大约七点左右，主人永明却脸露难色的跟我说："过老师，想跟您商量个事，待会儿吴老（冠中）先生要来，你能不能把楼上的房间让一让给他们，你就搬到楼下的房间去？"惊诧之余，我欣然同意。

　　大约晚上十点，他们一行四人到达永明家。两位是吴老的学生，而他们听说是无锡老师让出来的，很不好意思地连声道谢。

　　稍后，他们安顿完毕，永明也特来跟我打招呼，表示歉意。而且说："他们每次来，市镇领导知道后，一定要由他们全程安排招待，而吴老却总是婉言谢绝，他说住在农家自在。"随后，我试探着问永明，我能见见吴老吗？没想到，他随即上楼去，一会儿就笑盈盈地说，吴老说："我和那位老师应该是老乡啊！"

　　上得楼去，我们终于有了短暂的交流。吴老说："今天，我们是雇着小船，让岛民摇着船进来的，（那时已有快艇，到岛上20多分钟）我也是从无锡师范出来的，家乡是宜兴，我们既是同行，也是老乡啊！听永明说你也喜欢写书法和画画？"我很不好意思地说："我仅是业余爱好而已，是教语文的……"短短的几句家常话，让我与大师的距离瞬间拉近。说到这里的枣树，他说这里的枣树最有个性。就因他对此树情有独钟，所以喜欢来岛上画枣树。为不影响他休息，稍后我便退出。

　　一晃又好多年过去了，而他的音容笑貌，却时时在我的脑海里浮现，而当时没提出跟他留个影，也是我唯一遗憾的事。

东村古村

从明月湾出来去东村，已是午后近2点。该村为江苏省入选全国的四个古村之一。它始建于秦末汉初，因商山四皓之一的东园公曾隐居于此而得名，已有两千多年的历史。

问明月湾村民，说去东村很近，自驾也就五六分钟左右，问了下大致方向，便向东村进发。由于第一次去，路况不熟，即便用了手机导航，也是停了车，几次甄别。最后还是问了几次讯，才到达村口。其时，有一拨貌似绿化的民工正在劳作着，要不是村民指着就在眼前五十来米的村庄说："这里就是东村啊！这条路就是村道。"即便在村口也会擦肩而过，绝对想不到这是个古村。

坑坑洼洼的狭窄土道，二十世纪七八十年代的房屋，哪有明清马头与粉墙黛瓦，这是进入眼帘的第一感觉。孤疑之时，我们的车已停在坑洼且有水迹的村口。

下得车来，迎面见到的是两棵古樟树，虽已历经500多年，却依然枝繁叶茂，生机勃勃，要看它的全貌还需离远点。在斜斜的阳光照射下，绿色里透着金黄，绝没时近隆冬的感觉。其中一棵的主干，有一个大空洞，足够两个姚明在里面避风挡雨。

徐家祠堂、敬修堂我未去之前，在网上已作过大致了解。进村问起，一村民告诉我们，"徐家祠堂"可随便进，"敬修堂"要买每人5块钱的票。说是票，其实也没有，还没正式"开张营业"。他说，里面还住着一户人家，且有产权的。看着眼前的斑驳高墙，就因是私宅，这门票我们也很能接受。

敬修堂，在村子以西，建于清代乾隆年，占地面积1866平方米，是西山现存最大的一幢古宅。创建人为徐联习，字循先，号东村，是清乾隆年间的知名儒商。

而让我最为心系的是前后有六进的"敬修堂",每进房屋,都用天井分隔,内有"美哉轮奂""刬缋连云"等三座砖雕门楼。有单层雕、多层雕、阴刻、阳刻、浮雕、圆雕、透雕等,线条流畅,简捷明快,技艺精湛,堪称一绝,据说是乾隆皇帝"金屋藏娇"之处。相传乾隆皇帝下江南时,经常微服私访,曾在此认识了姓殷的村姑,她不仅美貌如花,且知书达理,乾隆和她一见钟情。不久,殷氏便怀了乾隆的骨肉,但由于她是汉人,不能带入皇宫,为遮人耳目,乾隆只能让她假装与东村敬修堂的商人徐伦滋结婚。

徐伦滋是敬修堂创建人、著名儒商徐联习的儿子,常年在外经商,匆匆奉命回家后,和从未谋面的殷氏拜完天地,未入洞房,就立即离家做生意去了,直至他去世,也未见过正室夫人殷氏一面。后殷氏为乾隆生下一女孩,乾隆即派人在她们居住的楼下落地长窗上,雕了12条不同形状的龙,表示皇帝自己每个月,都在陪伴她们母女俩。村民告诉我,乾隆皇帝六次到苏州,每次都是从木渎乘船来到太湖,在船上与殷氏母女秘密相聚。徐伦滋则常年在外面做生意,不久另娶了侧室,生下了儿子徐明理,他继承父业,不仅成了有名的儒商,还精于医术。

殷氏去世后,徐明理来到京城,乾隆皇帝还专门派了刘罗锅、纪晓岚和翁方纲三位宰相,为殷氏题词写祭文。徐明理回村后,将这些题词和祭文刻在石碑上,置于东村徐家祠堂里供人瞻仰,但现在这些珍贵碑刻均已被毁。不过,值得欣慰的是,在1929年,李根源先生到西山访古时,将这些碑文的内容大多抄了下来,编进了《洞庭山金石》一书中。至于里面写的什么内容,我不是考古者,也没法去考证。不过,乾隆皇帝风流韵事的传闻虽已无从考证,但三位宰相为殷氏这民间女子,专门题写的颂词及祭文,却是无可争议的事实。

据有关资料显示:敬修堂,进门后的第一进房屋是三间轿厅,面宽10.15米,进深6.6米,系五界回顶建筑形式,并在厅堂的前后步柱之间的架设弯椽，又在弯椽之上设枕头木，安草架脊檩，再列椽铺砖盖瓦，使房屋内部中间顶界比较浅显平缓，并产生曲线以增加美观。大厅五间，面宽19米，进深12.25米，分作三明两暗，即明间与次间通连，次间与梢间之间用砖墙隔断。面对明间的山墙面做水磨方砖贴面。大厅的后步柱之间装屏风，前步柱之间装16扇雕花落地长窗。厅后设内轩，厅前设廊轩，轩顶架重椽，做假屋面，内部对称协调。大厅雕梁画栋，装饰精致细到，构图严谨，线条流畅，规整俊俏，美不胜收。"凤栖楼"五间两厢，两层楼房。楼厅进深8.68米，面宽18.15米。它是敬修堂的内宅，属于藏闺纳娇之地，建筑以整洁实用为主。楼下的12扇落地长窗上，雕有不同形状，代表12个月份的12条龙，是民居建筑中绝少见到的。

以我的推断或臆想，乾隆皇帝来此地是毫无疑问的，而这样精巧的"凤栖楼"却很让人浮想联翩。"凤"与"龙"，是民间男女龙凤姻缘的最佳组合，那12扇落地长窗上，雕有代表12个月份的12条龙，是否又隐含着什么。更何况，古代的龙象征着至高无上的皇权，即便家世再显赫，龙是不能在建筑物上随意雕刻的，那也只能意会，不能言传。即便住在里面，年已92岁，且眼不花，耳不聋，腰背挺拔的老奶奶，指着落地格子门上的龙、鱼的木雕，在和我们说道这事，她也不是当事之人，不能作为见证人，更不能替代历史。

芳柱堂、慎思堂、瑞木堂、仁余堂、延圣堂、学圃堂、留耕堂、绍衣堂、孝友堂、仁德堂、敦和堂、萃秀堂、郎润堂、棂贤巷门、永安桥、东园公祠等古迹，我和白老师一直在敬修堂，而还有两位稍作停留后，去村里转了一圈，回来说什么也没有，但我知道，有值得看的，只是她们对断壁残垣的古迹没兴趣而已。

明月湾

明月湾，在苏州的西山岛，听起来是个很雅致，极诗意的村名。它南临太湖，背靠青山，形如一钩明月，故称明月湾，简称明湾。另有一说，两千多年前的春秋时期，吴王夫差和西施，曾经在此共赏明月，古村由此而得名。

明月湾之所以能在全国古村落中占有一席之地，自有它的道理。在水乡稠密的江苏，入选的也就四个。它不仅占有明显的地理优势，更有明清建筑近百幢，且保存完好。村民以金、邓、秦、黄、吴姓为多，为南宋隐退贵族繁衍的后裔。而他们为何选择太湖西山作为隐退之地，据资料显示，西山孤悬于茫茫太湖之中，金兵善骑射，不习水战。此地环境清幽，民风淳朴，土地肥沃，典型的鱼米之乡。家家有船，户户舟楫，出行便捷，是个极宜生存之地。

清乾隆年间，处于鼎盛时期的明月湾，修建了大量精美的宅第、祠堂、石板街、河埠、码头等。这种极有江南水乡韵味的古村落，延续至今，并以其独特而完整的古村风貌，入选全国古村落。

进入古村，第一眼看到的是，一条直通外太湖的弯弯河道，岸边是棵虽近"大雪"节气，却依然蓬勃，充满绿意，历经1200多年的古樟树，走近它，真有遮天蔽日的感觉。在千年古樟旁，是明月湾古村的土地庙，亭式建筑，后墙镶有三块石碑，中间一块碑上刻的是"后土之神"四个大字，两侧分别为清乾隆三十七年（1772年）刻制的《明月湾修治街埠碑记》，2006年立的《明月湾古村保护整治碑记》。

从村口进入往左拐，便是一条长达1140米，由4560多块花岗岩铺成的呈"S"形石板道，它，修筑于乾隆年。进入村庄的核心区，石板道便纵横交错，条石下为沟渠，斑驳但光溜的石条虽历经千年，却依然在发挥它的作用。当地有"明湾石板街，雨后穿绣鞋"的说法，让游览者感叹它的名符其实。

村中出来，沿着河岸前行，到达一望无垠的太湖边，这里有座伸展于湖中，全长57米，宽约5米，用花岗岩条石铺筑而成的古码头，其表面并不平整，两边稍有曲弯，稳固而极富美感。上面有许多栓船石桩，是明月湾村民出行登船处，捕鱼归航的上岸点，也是外出经商后回乡的泊位。而此码头，究竟始建于何时已无从考证，但在乾隆二十一年（1756年）村民曾集资重修过，却有明确的文字记载。

史料显示：洞庭西山不仅农耕发达，商贸亦很有优势。明、清年间，活跃于各商埠的"钻天洞庭帮"一度与徽商平分秋色。据明代冯梦龙《醒世恒言》载，西山之人善于货殖，八方四路，去为经商，故江湖上有口号，叫作"钻天洞庭"。

洞庭仅一乡之地，竟能与徽商平分江南秋色，实为世人惊叹。清代王惟德编著的《林屋民风》记载："西山俗以商贾为主，土狭民稠，男至十七八即从贾。楚之长沙、汉口，四方百货之辏，大都会也……商贩谋生不远千里，荆襄之地竟为吾乡之都会。"另有介绍说，万历年间，长沙、益阳、常德、湘潭、宁乡五埠均设有金庭会馆，汉口公店街有金庭公店。都是为西山商人提供食宿的招待所。

西山人家乡观念较重，在外赚了钱，便回乡建造宅第、祠堂，以荣宗耀祖。明、清两朝是洞庭商帮的鼎盛时期。据考证，现在明月湾的古宅、祠堂大都是在那个时期建起来的。

礼和堂、礼耕堂、瞻瑞堂、瞻禄堂、汉三房、薛家厅、金家厅、邓家祠堂、吴家祠堂、黄家祠堂、秦家祠堂等宅第和祠堂，有着精美典雅的砖雕、石雕、木雕。现存的古建筑数量众多，保存完好，且水绕村，村临湖，明月桥，千年古树，粉墙黛瓦，石道弯弯，愈加体现了江南古村的原始风貌。家前屋后，院内墙边，家家户户种植着橘树，树上就像挂满的密密小橘灯，或花窗里透出，抑或从古老斑驳的院墙门边伸展出来，古朴里有喜气；沉寂里有灵气；可爱里有雅气，难怪这里也成了电影《桔子红了》的外景拍摄点。

明月湾，没有繁华街巷，也没有亭台楼阁，但依山傍湖，三面环山，终年葱绿。这里没有如雷贯耳的人物，但民风淳朴，有着先祖贵族血统的村民，自然也让这村落成为高雅之地。这些记录历史的一景一物，木雕、砖雕、石雕、浮雕、镂雕、落地窗、花墙头、砂条石，都保存完好。

据《明月湾修治街埠碑记》载，"我里东横峻岭，每际大雨滂沱，山水下注，涧壅而溢，泛滥道途。""爰于（乾隆）三十五年九月，鸠匠石，集群工，里之诚实者董其事。邪许同发，一时并进，移旧涧于街中，而复深之广之，疏通水道，纡回蓄缩，至末流而复归于一涧。上覆以砂石，比次整齐，平莹莫匹而街道一新。功既竣，容有致。"

白居易、皮日休、陆龟蒙、释皎然、刘长卿、贾岛、黄庭坚、吴存、高启、王世贞、王世懋、沈德潜等文人雅士，都为这村落留下了赞美诗文。

白居易：湖山处处好掩留，最爱东湾北坞头。

陆龟蒙：择此二明月，洞庭看最奇。

张怡：世人不信桃花源，谁知此是真桃源。

沈德潜：不到村口不见村，到了村口不见门。

皮日休：试问最幽处，号为明月湾。

唐寅：凉风善待多情客；明月愿伴有义人。

……

江南的节气，虽已大雪，但在明月湾的这一天，却有小阳春的感觉，中午时分，在湖边的"月亮湾"农家用餐。上得三楼，靠窗坐定，阳光直晒，粼粼太湖，波光跃金，边喝茶，边点菜。稍倾，价廉物美的地道湖鲜上桌，慢慢享用，很是惬意。

雨雾里的陆巷村

陆巷古村落，因有六条巷子而得名，国家级4A风景区，0.74平方千米，位于东山太湖边。一条并不宽阔的河，从村头到太湖，就二百多米，中间拐个弯便直通浩淼的太湖。在微雨茫茫中，整个村庄隐现在雾气氤氲里，就像一幅淋漓的泼墨山水画，走近它，透过雾幕雨帘，更让我感觉到它历史的厚重……

记得自1995年去"三山岛"开始，上岛的船码头就在陆巷。曾沿着河边的石道往里走过，看到了牌坊，并知道是个解元村，但没有深入，在它身边先后走过不下三十多次。前几年，听说已开发，今儿前往，游人极少，虽然还有走马看花的嫌疑，但毕竟走进去了。

会元、解元、探花，三个牌楼耸立于曲折蜿蜒，石板青砖，粉墙黛瓦的古道中。仅有读书名头的就四十多位，唐宋元明清的名胜古迹二十多处，建筑三十多幢。而如雷贯耳的明代宰相，唐伯虎的老师王鏊，也从这村落里走进了皇城。以我的眼光看，这村落三面环山，一面临湖，小河的自然拐弯，少了直通的张扬与霸气，多了艺术的柔美与灵动。有这样灵气的风水，经山水的滋养，走出这么多的读书人也就成了自然。

踩着被千百年风雨侵浊的石板道，摸着斑斑驳驳的马头墙，看着开裂的古井……足以让我止步遐想。

在宰相府的"惠和堂"内，安坐着王鏊的塑像，厅堂柱子上，"积金积玉不如积书教子，宽田宽地莫若宽厚待人"的楹联告诉我，即便有着高官厚禄的待遇，他们依然崇文尚德。

人杰因地灵，物华由天赐。虽然古村落已成为中国文化历史遗产，但这里的村民却没有搬迁，还是依然安心祥和地生活着……

沸而不开，井古有味

丹阳，似乎也没听说过如雷贯耳的人物，名闻遐迩的风景区。直至央视《走遍中国》的节目播出，说延陵镇九里村风景区内，现存距今已有两千多年的古沸井六口，且井水三清三浊，味各不同，才让我有了迫切想见，先睹为快的心理。

网上搜索后才知道，沸井就在九里村风景区内，其中还有季子庙、季河桥、十字碑、消水石等古迹。

我是一个很有好奇心的人，那里的季子庙与季河桥等，其实我并不太感兴趣，总觉得古庙与古桥，气势大的，年代远的，看得实在多了，似乎缺了新鲜感，而这样的沸井倒是第一次听说。

无锡到丹阳不远，坐动车也就半小时光景。做好计划，一大早出发，到景区还七点出头，20元门票买好，快速的在季子庙内转了一圈，便直奔近在咫尺的"沸井"。

说是景区，在我看来，有些荒野。村落不大，也不显眼，进得村里，除了年老的，年轻的几乎没见到。村里的老人告诉我，他们这里相对来说，生活水平不高，经济也比较落后，现在年轻人都外出打工了，留着我们老小在家。

环顾四周，去游览者，除了我，没见到外来的。其实，对于我来说，游览自然景观，光顾人文历史，景区内摩肩接踵，人山人海并非好事，没有喧嚣，安静一点更能融入穿越。

还没走近沸井，却已看到二男一女，带着草帽，在井边拨弄捣鼓着什么。来到他们身边，只见井旁放着一只工具箱，两个年轻人正把井里的水，用透明的玻璃瓶吊上来，似乎是在研究着什么。上前问询得知，他（她）们来自于南京某地质研究所，在研究这古井的水。温度与平常的井水没什么两样，但为什么会沸腾，而且会有不同的味道与颜色，至于是何原因，他们还在研究中。

"野藤侵沸井，山雨湿苔碑。"这是南北朝诗人张正见《行经季子庙》一诗中提到的，也是迄今所见到的，最早提到沸井的诗句。据史料考证，从南朝刘敬淑的《异苑》一书中得知，早在1600多年前的东晋时期，沸井已名声远播了。

沸井就在那不大又不算小的湖边。因为是古井，所以只有那青石的井栏圈，被绳子磨成的一道道印痕，在告诉我它的年岁。不过，与我在其他古村落所见到的材质、样式，也没什么不同。但六口井紧挨一起，味道不同，咕噜咕噜，终日沸腾，水温无异，且三清三浊，水味不同，是让我十分好奇的理由。

为证实它的味道，与里面的工作人员拉拉家常后，问他能否让我尝尝味。他倒很爽快的说："可以啊"。随后，他拿来用竹筒做成的长长取水勺，又拿了几只一次性塑料杯，直接在井里舀出水，边告诉我这口井的味，边让我尝。雪碧味的、汽水味的、啤酒味的、苏打水味的、甜丝丝的，普通井水味的，果真不假，倒在杯子里，四周杯壁还冒着小水泡呢。其中一口井，工作人员还告诉我，这井水，能明目，他每天就用这水洗眼睛，很舒服的，还特意让我体验了一下。

湖边有好几拨垂钓者。水面上，那远远近近，也冒出好多时急时缓，时大时小的许多泡泡，我断定，这湖里的鱼一定多。还是那位工作人员，指着近处与远处的泡泡说，你的想法是错的，鱼吐泡泡是正常的，但这些泡泡绝非是鱼泡。这湖在他小时候是湿地，基本没水，那几十处冒泡的地方，下面全都是古井。他的这一说法，再一次让我惊讶。

看着旁边的村落，我还是好奇的问，那你们村里说家家户户都有井，是不是都跟这些井一样呢？他说，村里的跟我们平常的井，没什么两样，就这一块地方产生这样的现象，所以到现在还是个谜。

村民还告诉我，平时来看井的很少，但到逢年过节，不仅这四乡八里，甚至浙江、福建等远道而来的也有。人挤人，烧高香的，拜沸井的，都说这里是活龙之地，想来这儿沾点喜气，吉祥之气。

但从网上搜集到的信息资料显示：江苏省地质调查研究院专家，对每口井水进行了仔细的水样抽取工作。为了能够更准确地对比水质的区别，检测人员还从井边的湖中抽取水样，也带回一并进行检测。通过UV-2550邻菲啰啉比色法分析亚铁、铁含量，ICP-MS分析法分析总铁、微量元素含量，离子色谱容量法分析阳离子含量，NaOH容量法分析游离二氧化碳等，得出井水中含大量的二氧化碳，颜色混浊的三口古井的水中含有大量的铁离子。铁离子暴露在空气当中之后，容易氧化形成黄褐色，因此井水浑浊。

另据地质资料记载：茅东断裂带，经过沸井所在位置附近，古井和湖面上出现翻腾现象的几个位置，基本上都处在一条线上，因此也证明了构造的存在。专家曾来到茅东断裂带，找到了火山活动的证据——玄武岩。当岩浆活动遇到灰岩就会形成大量二氧化碳，由于深部压力大，二氧化碳气体便从地壳薄弱处，通过断裂涌出地表。专家又将六口"沸水井"的水抽干，发现清水井和混水井相互不贯通，混水井中，气孔状土层含铁丰富，而清水井中，富含铁元素的气孔状土层缺失。每门井中的矿物质、二氧化碳含量不同，这都成为了九里村"沸井"每口井中井水的口味各不相同的原因。

不管这谜底是否真正揭开，但在古井现场，那三位地质研究者，还在进一步研究是事实。临走前，再看一眼呈"S"形的六口井，心里也在琢磨，为何古人会这样摆布，会聚在这里挖井，是否还有其更深的含义。

焦山《瘗鹤铭》

焦山，国家级4A风景区，之所以让我急切想去，是这里有全国重点文物保护单位的古碑林，而碑林内的《瘗鹤铭》，是我最心系的。

《瘗鹤铭》，早先只是知道，这铭文刻于镇江焦山的岩石上，后遭雷击崩塌而坠入江中。它的大概内容是，主人悼念死去的两只家养仙鹤而作。而这鹤是谁养的，这铭文是谁书的，至今也没有定论，已成为千古之谜。

不过，流传下来的版本也不少，有王羲之说。只因他生平极爱养鹤，在家门口有"鹤池"，他常以鹤的优美舞姿来丰富他的书法。有陶宏景说，他隶书、行书均佳，当时他已解官归隐道教圣地——镇江茅山华阳洞。还有顾况说，皮日休说……但不管是啥说，那些专家学者，谁也拿不出铁证来，最多也是推断而已……

2008年10月，有《瘗鹤铭》残石打捞考古开工的消息，各路媒体相继报道。打捞它居然用上了GPS、超声波、多波束水下地形测量及潜水等。央视《探索·发现》摄制组，也来到现场进行全方位的拍摄报道。

据有关资料显示，在打捞出水的1000多块山体落石中，经清洗、拓片、辨识、鉴定，发现其中453号石、587号石、546号石、977号石上疑似为"方""鹤""化""之遽"等残字。经与前人考定著录的《瘗鹤铭》铭文对照，能够初步认定587、546、977号石块上的"鹤""化""之遽"等4个字内容相吻合，与《瘗鹤铭》书风一致。2009年8月，又对疑似巨石的进行部分爆破减负，这样前所未有的打捞，足以证明它在书法史上的重要地位。

《瘗鹤铭》，点画灵动，开合有度，自如潇洒，仙风道骨，这是我焦山碑林之行的最大感受。

舟行金黄里，人在花海游

苏北兴化缸顾乡的东旺村，很不起眼，没出什么名人，也没什么厚重的历史，而近年来，让它远近闻名的是"千岛菜花风景区"。

天，有雾气，即便雾里看花，去兴化赏油菜花的兴致并没减少，与朋友相约，自驾出游，一路高速，过江阴长江大桥，沿途两旁，绿油油的麦田，金灿灿的油菜花渐渐多起来。进入兴化，金色便越来越多，经200多千米的疾驰，约2小时后到达缸顾乡，东旺村的"千岛菜花风景区"。

在农村长大，且劳作过8年的我，对油菜花一点也不陌生，从下籽、拔苗、耕地、栽种、除草、施肥至收获，心里很是稔熟。偷偷钻进菜花地割草，满头的菜花，衣裤上的金黄花粉，被队长抓住，踩了草篮，扣了工分，其时，为了生计，从没对它情有独钟。时过境迁，再进菜花地，那种带着泥土的清香，却特感亲切。

缸顾的油菜花，一望无际，说花海，一点也不夸张。问村民，究竟有多少亩，他们也说不准，凭直觉，不下万亩。

赏油菜花，平视是不行的，没有块面，没有绿色，仅是单纯的金黄，就像一块金色的地毯，一直延伸到天边而已。

为了有更好的观赏性，在花海中，兴化人建造了"观景台"，很有创意。人居高处，看得远，更真切，那一条条纵横交错，曲曲折折的河道沟渠，替代了乡间阡陌。船娘们，一身蓝印花布，一块艳红头巾，舟行水道，桨声咿呀，在雾气氤氲里穿行，活脱脱一幅江南水乡图。

据当地老人说，这里地势低洼，为了生存，几百年前，缸顾乡的农民就在水中取土堆田，才成今日垛的模样，并在上面种植农作物。垛，大小不一，形状各异，块与块之间，更不乏空隙，金黄里多了绿色的镶边，有了质感与镶嵌，把满野的金黄衬托得更有意境，更有诗意，更有韵味。

　　不过，当地人都叫它"垛"，而不认为是"岛"，在我看来，都有道理。垛，为形，在字典里的解释为：整齐地堆出来的堆；岛，取意，成百上千的垛在水中，就成岛。尽管还有着形上的不实，但谁也不会去较真，这是带有商业煽情色彩，且时尚现代的说法，引好奇，招游客，没不妥。

　　把整块的田，分割成千上百个"小岛"，种上油菜，既方便浇水，又适宜生长。利用农作物的优势，打造成农村游览的风景区，既为民得利，提高了收入，又带动了地方经济的发展。今年是兴化第四届菜花旅游节，但愿这里的村民生活，就像这金黄的菜花，灿灿烂烂，蓬蓬勃勃……

八都岕的公孙树

早就听说长兴有个小浦镇，小浦镇有个叫"八都岕"的十里古银杏长廊。说是长廊，以我走了足足3个多小时来计算，即便一路赏景拍照，一点也没夸张，据相关资料显示，从头至尾约13千米。

想一睹满目金黄的公孙树，且延绵不绝的富丽芳容，这次总算有了机会。

节气已是立冬，这次是奔着金黄而去。为了不扑空，先与景区的朋友作了解，她说，这段时间已很有看头。

说走就走，联系好大巴，带着一大拨同事前往。

八都岕，因汉光武帝刘秀为太子时，八躲追兵而得名。而"岕"即长长的峡谷。如今曲曲弯弯的山路，为了游客，已是一条平坦的沥青路。想当年，刘秀八躲追兵时，一定崎岖不平，坑坑洼洼，是否走了这条道，如今谁也说不清，道不明。

两边的山不高，一个个村庄，就散落在山坡下，山上是蓊郁的杂树与竹子。而最为奇特的是，无论家前屋后，庭院地边，都长满了银杏树，且奇大无比，延绵十多里，这不能不说是个奇观。

"银杏长廊"内，仅百年以上古银杏就有3000多棵，其中300年以上有376株，500年以上有11株。

虽没艳阳的朗照，蓝天的映衬，但走进景区，满眼金黄里，偶尔夹杂着翠绿，很是诱人。从入口处往里看，道路两旁，一棵棵公孙树高高大大，主干笔直，树杈，则被密匝的金色遮掩得隐隐约约。依稀不愿离去的黄叶、深似铁杆的枝条、凹凸不平的白墙、排列有序的黑瓦、烟囱里飘出的袅袅炊烟，犹如清丽婉约的江南景象，宛若清雅素净的古典油画。

就因画廊十里，没有交通工具，赏景全得凭脚力，越往深处走，人越稀少，景却越美。在左右沿途的开阔地带，开始有了丰沛的水源。山沟里，有屡屡的溪流；山坳中，有清澈见底的河道。两岸的金色，倒影在水中，色彩就格外的滋润，像国画、像水彩、像油画，有淋漓，有素净，有富贵。

沿途有山有水有村庄，这些树中之王，大都在家前屋后，小巷深处。长满绿苔的公孙树，有的主干已空，有的仅存半爿，但依然叶片茂密，蓬勃向上，金黄中的些许祖母绿，则让它更加充满生机。而那棵1500年的银杏，问了好几个信，才在弯弯曲曲的小巷里，见其尊容。树旁的石碑上刻着：国家一级保护古树；树名：古银杏（怀中抱子）；品种：大圆子；树龄：约1500年。为何还有"怀中抱子"的名，我也没打听。从笔直的主干上也看不出"怀中抱子"的形态，唯有我的臆想，也许在这里，它是树中皇后的缘故吧。它，紧挨长长的老院墙，经过千年风雨的历练，树皮虽成鳞状，但依然挺劲，枝叶繁密。主干虽然粗粝斑驳，但没有一处空洞，没有一处开裂，腰板依然挺直。看着枝叶蓬勃，长满绿苔的千年古树，让我不得不对它心生敬畏。

一方水土，能成为一个景区，自有它不可不说的历史。南朝皇帝陈霸先曾到丝沉潭垂钓；唐代《茶经》作者陆羽，在八都岕考察过茶叶；明代《本草纲目》作者李时珍，到八都岕考察过乌梅；吴承恩游八都岕清风洞后，以此作为写作《西游记》黑风洞的素材；宋代杨万里曾到此为银杏赋诗；近代吴昌硕大师为银杏长廊的观音庵题"成世一寺"的匾。这些文人雅士的来到，也为"八都岕十里古银杏长廊"，增添了不少神奇的色彩。

依着青山，靠着涧水，伴着鸟鸣，这里吸引了无数的都市人来这里，呼呼新鲜空气，排排体内浊气。而这里的山民，却天天在享受着自然的恩赐。在旧时的"南俞钱宅"内，我们见到一对老夫妻正在午餐，一位82岁的老人正倒了满满一杯的白酒，有滋有味地喝着，如果不问年龄，绝对想不到已是这样的高寿。他说，在这里，比我们年龄大的，健康的还多着呢……

白云生处有农家

去了浙北大峡谷，才知道大山深处有个董岭村，村子在海拔900多米的山上。说是村子，由于远近全是山，其实大都散落在半山或山坡，抑或山顶，很有互不相干的感觉。而入住农家后，我便对它有了些许了解。

这次去，行色匆匆，网上联系好多家住宿，都说早没了。还真得谢上海好友亦米提供的信息。只是她告诉我，在山顶，空气不错，但不要有像宾馆样的奢望，只有最基本的设施，稍后，我把那家的联系方式发给你。不过，我也在嘀咕，你魔都人能住得下，我咋不行。记得回家那天，在浙北大峡谷的正门出去，看到还有三四里路才是旅馆，车里的我们都在说，要是在这里住宿，不仅噪杂，价格也贵，离景区也远，真得好好谢谢你朋友。

五一节大清早，很顺畅，车进入安吉报福镇，便开始盘山而上，40多分钟后到达董岭村"屋里香"农家。主人听说是上海朋友介绍来的，似乎格外热情，让进屋里，安排好房间。放好行李，边招呼着，边给我们泡茶，说这茶叶是野生的，也是自己炒的，虽不好看，但很香。

我们喝茶聊天，看看山景，吸吸新鲜空气，心便在这绿色的深山里了。而午饭虽不算丰盛，但地道绿色，口味不错。

晚饭过后，天色尚早，那家的老主人背着一大箩的竹笋回来，晚餐匆匆，随后就是剥笋壳，煮竹笋。屋旁，是一口大铁锅，一个简易土灶，夜色中，灶膛里已燃起灶火。

一个多小时后，大铁锅上竹篾编成的盖子四周，开始热气腾腾。我好奇地掀开盖子，那竹笋的清香顿时扑鼻而来，弥散满院。老人说，还要翻个身，再煮上个把小时，待这青青的颜色，变成黄色才可以停火捞出。

老人告诉我，周围这么多的山，全是我们这里的村民承包的，不能随便挖，我们一年的经济来源，除了你们来旅游产生的收入外，就是靠买竹笋、茶叶了。以前没通公路时，这些山货也很难卖出去，现在方便多了，有人来收购，也可自己送出去卖。而做笋干的过程虽然简单，但也费时。白天，我得到山里去挖笋，晚上就煮笋，一锅到熟，也要两个多小时，然后把它淋出来吹干，再要花四到五个小时，用炭火慢慢熏，到卖出去，很繁杂。茶叶的摘、炒，我们都是手工制作，同样要花很多时间。在与老人的交谈中，他边说话边干活，我则边问边听，边喝着清香的茶，清凉的山风吹着，心里特别的惬意。好在大山深处的他，心境出奇的好，也没有什么奢望，知足常乐，我们就在无拘无束里交流……

　　时间，在不知不觉里走得好快，抬头看，月亮早已离开山尖，那圆月皎洁明亮，感觉很大，似乎离得我很近。

　　漱洗结束，上床歇息，月光从窗外静静的洒进来，四周没有噪音，这一宿，早早地在鸟鸣声里醒来。

藏龙百瀑

位于浙江安吉东南部的藏龙百瀑景区，方圆30多平方千米，南接临安"小九寨沟"风景区，西与世界第二、亚洲第一的天荒坪抽水蓄能电站相连。

进入景区，初见瀑布，觉得也就一般，与常见的溪流稍有变化，有些小落差而已。溪流，也就紧挨着大大小小，有棱有角，有圆有方的石块，一路跌撞疯癫而下。这样的小瀑，在很多有山有水的景区里比比皆是，因而感觉对奇、特、险、幽、秀的景区介绍有否失真，"藏龙百瀑"是否能藏龙，有百瀑，有着不小的疑惑。

起初的疑虑，随着海拔的上升而打消，越往上攀登，越看越喜欢，越看越经典，以致惊喜、激奋、狂喜，抑或有些得意忘形。

停停赏赏，沿途咔嚓，总觉时间还短，可抬头看，在陡峭的山道上，蓊郁的绿色里，大小朋友早已不见踪影。独自在后，常常拉了大家的后腿，待我归队，不是他们早在凉亭里，就是在木廊里歇息等候。好在体力还行，不用小憩，便跟着队伍继续前行。

山不算高，无仙也有名。沿途的千米高山，越往上攀，越有这样的感觉，两边树木繁密，遮天蔽日。峡谷中间，流泉飞瀑，就在这样的境遇里，一路逶迤跌落，有森郁，有壮观。有翠竹，有高有矮，有明有暗；有杂树，有大有小，有深有浅。绿色满目，白练一条，虽是酷暑，却在远方，与我无关，先享眼前。

瀑不在深，有水则灵。曲曲弯弯，大小不一，水声不绝，音色不同的瀑水，让我总觉得有些目不暇接，其声悦耳。至于这里是否藏龙已不再重要，那自上而下，曲里拐弯，时宽时窄，时隐时现，忽明忽暗，急速腾跃，轻舒广袖的瀑，就是千百年来，人们传说中的白龙。而白龙两边，分明伴着两条青龙。

人类是极具想象力的高等动物。景区内，有越看越像，形神兼备的"神龟听瀑"；有三折重叠，落差60多米的"长龙飞瀑"；有横卧似珠帘，人称小黄果树的"虹贯龙门"。抛珠滚玉，像雨像帘，似雾似烟，在这里已不再是形容词，倒是这样的词，还远远不够描述它的本真。

七千万年前就悬挂在两座悬崖间的万吨巨石——"仙人桥"，望仙石、老鹰石……整个景区瀑瀑相连，桥道相通，移步换景，流连相望。由此看来，藏龙百瀑，名符其实。

"沾一点祥瑞紫气，得一生平安洪福。"这是我游览于半途看到的一幅对联。从内心说，凭那挂在铁链两边，在瀑布前的木牌形式看，我并不赞赏，若是凿刻于瀑帘两边的石壁上，在雨雾似的朦胧里看，它的观赏性就不言而喻了。这看似通俗，却贴近百姓，接近游客，且接地气的联句，我很欣赏。试想，上至皇宫贵族，下至平民百姓，谁不期望有这样的好兆头呢？！

藏龙百瀑，有着多种野生动物，近百种国家保护树种。这儿夏日凉爽，宁静幽雅，有十里不打伞之奇，峡谷无蚊之妙；冬天百瀑冰凌，天造奇观，雪景迷人，堪称"江南哈尔滨"。这样的说法与赞誉，凭游赏直觉，我也信。

19世纪中叶，忠王李秀成率领的太平军在山上演绎了一场"长毛战清妖"的英雄故事，那高山之中的层层梯田，是太平天国"天朝田亩制度"的佐证。"太平洞"则是当年太平军打造兵器的"兵工厂"。那"看灯台"是太平军将士用以观察敌情的"哨所"。在"一夫当关，万夫莫开"的长龙山上，太平军将士用他们的铮铮铁骨、盖天豪情坚持战斗了四年零五个月，谱写了一曲撼天动地的壮丽悲歌，为中国历史写上了辉煌的一笔。后为纪念太平天国将士的英雄业绩，改长龙山为"小梁山"。

一早的简餐，时至中午，已是饥肠咕噜，下得山来，临近12点，在山下一饭店饱餐一顿后，我们又往另一景点"江南天池"进发。

百杖龙潭游记

利用"五一"黄金周，作个短途旅游，放松一下心情，调整一下心态，暂别喧闹的都市，亲近幽静的自然，是我最为念想的。

出行前，约上几位同事，经反复酌商，热门线路不去，那里人声鼎沸太嘈杂，门票涨价，旅馆涨价，饮食涨价，无论从哪个角度考虑，都不划算。最终定了个浙江"百杖龙潭"和"花溪"。原因很简单，你去我去大家去的地方人满为患，违反了初衷。这在整个游程中得到了验证。

随后，匆忙联系旅行社，她们回话："你们定在5月2至3日，今天已是29日，宾馆、车辆早已没了，再说这两个景点，我们也没正式开通，不是太熟，去的人几乎没有。"最后答复是，我们工作人员已无法满足要求，须等经理回来再说。好在经理是我的学生，得知老师出行，想方设法，总算解决了我们出行的困难。5月2日一早，大家打点好行装，乘上大巴车，一路高速，直奔"百杖龙潭"。

经约6小时的车程，总算到达目的地，但未进景区门，先见门外树，一棵300年树龄的香樟虽已高龄，乃蓊蓊郁郁，遮天蔽日，英气勃发。

午餐过后，开始进入景区。我们拾级而上，满眼是绿，偶尔夹杂着些映山红，还有不知名的小白花、小黄花，远看犹如一匹巨幅花布。草香、花香、泥土香让你清醒又沉醉。

一路欣赏，一路留影，移步换景。我们开始绕着山腰走，一座巨型水库收入眼帘，它像一块翡翠镶嵌在群山峻岭之间，绿得可爱，绿得透亮。及至水库尽头，便听得阵阵轰响，那声音出自山中，来自天籁。自然的神力，让你未见其形，先闻其声，由此而生出无数的遐想，这就是最为经典的"百杖龙潭"。

这瀑布自上而下，一路跌落，似雾似雨，飞花碎玉，大有"飞流直下三千尺，疑是银河落九天"的磅礴气势。也就应了古人"百杖龙潭像玉盘，岩腰飞渡散林峦"的赞句。

　　瀑布分三层，每层均有百米，底层为"祈雨潭"，顾名思义，是人们祈求龙王降雨之潭；而中层为"米筛潭"，意为瀑布下落时，状如筛子筛出，晶莹剔透的米粒。顶层是"百杖潭"，传说更加神秘。据传，此地有白龙隐身其中，白龙，原是为寺庙内一老和尚看门的，每当老和尚外出回来，敲门三下，白龙便上前开门。后被一位樵夫知道，便试敲三下，白龙并没看，即开此门，才知开错了对象。老和尚知道后，一怒之下，拿起手中拐杖，一路追打白龙。最终，白龙逃到这里隐藏起来，再也没露面，而和尚刚好追打了一百杖，故此得名"百杖龙潭"。

　　我，明知是个并不真实的传说，但在这样钟灵毓秀、峰峦起伏的大山中，宁可信其有，不愿信其无。

　　原计划2小时的游程足足花了3小时，大家才急急上车，前往慕名已久的花溪……

独游桃花溪

东海云顶，本地村民都称"茶山"或"盖苍山"。它，位于天台山脉中段，浙江宁海县东北部，海拔872.6米。

从力洋镇到东海云顶约30多千米，大都在山里穿行，去这里游，没有公交，也没有的士。当然，自驾车或旅游车是很方便的。

一早，朋友安排一辆车，直送我到公园门口。景点买票后，真正进入景点，左边是去东海云顶，右面则是我打算去的桃花溪。

桃花溪，是该公园的一部分，沿途顺着山势，我徒步而上。

这溪，就在峡谷中，由于溪水从上到下，就有了时急时缓，时高时低的节奏。溪水，在山谷里时时变幻着曲调，有潺潺流淌的柔缓声，有哗哗跌落的回响声，更有各种鸟雀、知了的鸣叫声。斑驳而长满青苔，曲折蜿蜒的石道，沿途蓊郁的古木，缠绕的藤条。清澈的溪水，峡谷中，独自在溪边停停走走，赏赏拍拍，倒也觉得分外的幽静。真有"蝉噪林逾静，鸟鸣山更幽"的意境。

喜鹊潭，也称喜鹊瀑，因状如喜鹊，水涨时尾部伸展，又叫孔雀潭。在潭顶处有一跨溪木桥，人站桥中央，往下望，一道瀑布急泻入潭。两边30多米高的峭壁，把这溪水紧紧夹住，让它呈水柱状，奔突而下，极有气势。

玉床，顾名思义，状如大床，这是山谷里唯一最为平缓舒展处。在这里静坐，你能仿佛看到远古火山喷发时，岩浆摧枯拉朽的奔流熨烫后，留下平展展的石道，白花花的溪水铺展于上，那玉床就名副其实了。

美女瀑，青山是她美丽的容颜，瀑布是她长长的秀发，千百年的纯水冲洗，让她分外的清丽美艳。30多米的落差，白练在黑色岩石前铺展，水量大，水面宽，瀑布下的水潭，更像一颗硕大的翡翠戒指。

西滴水、东滴水：水量不大，很薄，但溪面很宽。较大的落差，时突时凹，时大时小的山石，让它抛珠滚玉般的飘落下来，形成一大片晶莹的珠帘。根据资料显示，东滴水瀑布，落差约60米，水量极小，岩面宽约10米，前有一浅水潭。西滴水水量较大，北侧、东侧均为岩壁，北侧岩面宽约10米，东侧岩面宽约15米，瀑布水流先向西斜流10米，再由岩壁西侧朝南喷洒而出，水面宽1米，水流急，下有一小水潭。东侧岩壁垂直，据说非旱期亦有瀑布流下，现可见大面积水迹。

途经半道，石阶上一只不知名的雀鸟，让我停住了脚步，见我依然一动不动，原以为它是受了伤。上前轻捉，它却没有半点恐惧感，只是静静地看着我。待我让它在手心里拍好照片，才扑棱一下飞进树林。

经3个多小时的攀登，到达"八仙女"与"四兄弟"处。旁边一块木牌上写着醒目的"警告：悬崖峭壁"四字。虽然没有像武松见到白额大虫样，酒醒大半，惊出冷汗，但看着杯里剩下的微量茶水，已剩一格的手机电量，手掌数码机红灯闪烁的提示。想着没带一点干粮，还有三分之一陡峭的山崖，自然有些顾虑。尽管体力没问题，但看着前后不见一人，这深山老林里，万一有个什么闪失，那倒真是叫天天不应，呼地地不灵，开始有些后怕。迟疑了半会，最终还是决定下山。

好在我要了那司机的手机号，他说这里没有的士，也没公交车，如果需要的话，还可以呼他。

心有不甘的我，回到公园门口，居然还是没见一个游客……

芙蓉峡

山里的天，亮得晚，早早起床，五点洗漱好。独自出门，天光未开，炊烟未袅，出奇的静。

凭着直觉，往右拐，顺着道往深里走。雾气氤氲的山中，能见度并不高。

四周很静，除了秋虫啾啾，还有隐约的水声。走约十来分钟，天色渐亮，眼前是一片宽阔水光，嫩绿的丰茂草滩。偶有长腿的白鹭，伸长着脖子在观察，稍后便扇动着它的翅膀，紧贴着水面盘旋。突兀间，一个斜斜的冲刺，小鱼便成它口中的活物，水面，只留下一圈圈荡漾开来的小圆晕。

云，飘飘渺渺，让远近的山若隐若现。眼前潋滟而宽阔，清澈且浅浅的水面；大小不一，形状各异，曲弯而不规则的丰茂草滩；一字形，灰褐色的长长石桥，静静地横卧于水面。让身临其境的我，无论从近，抑或至远，不管从哪个角度去欣赏，就是一幅幅恍若仙境的立体风景画。

七点，准时回旅店吃早餐，问及店主我去的地名，他说是叫"芙蓉峡"。

行行摄摄在下涯

　　下涯镇，在浙江的建德市，紧邻杭州"二江一湖"风景区的新安江中段。

　　在炎夏酷暑里去采风，并非冲着小镇因是孙权手下的大将——孙韶的出生地而去；也非这里曾因诞生过中国第一个女皇帝，唐代农民起义女领袖陈硕贞而前往。即便拥有古时风貌的石板街，古民居在我们看来，也是忽略不计，而游摄新安江的江雾，才是我们采风的宗旨。

　　"移舟泊烟渚，日暮客愁新。野旷天低树，江清月近人。"这是孟浩然在建德江留下的名诗。他的离乡赴洛阳，游吴越，借此排遣仕途失意的悲凉心境，对我们这些提着"长枪"，拎着"短炮"的摄影爱好者来说，早已被抛到九霄云外。除了自然赐予眼前江面的静美，还有留在我那心底的一抹亮色。

　　早出晚归，是咔嚓人的特征。我们每天四点多起床，八点多停摄。傍晚五点左右出发，八九点收工，在最适宜的光影里，在相同的地点，用不同的视角，不同的技法，把醉美的江景收入镜头。

　　天，还未大亮，四周极静，渔火未熄，耳边除了蛙声阵阵，还有那草虫唧啾。渐亮的天光里，下涯的江雾，也开始袅袅娜娜地向四周徐徐渲散。薄雾润苇蒿，玉珠停草尖，轻纱披绿树，浓雾锁青山。雾，丝巾似的飘渺，炼乳般的浓稠，羊脂玉样的温润。

　　稍后，渔桨开始轻摇，平滑如镜的江面，便有了道道水痕。渔民提网微蹲，双脚岔开，扭腰提臀，起势发力，挥臂斜上，大吼一声。渔网，在半空里徐徐张开，迷雾里，隐约甩出的渔网，看得虽并不真切，但那种朦胧的意境，有着不能言传，只能意会，妙不可言的韵味。

　　江面上，渔人不停的撒网，张开、下落，在哗啦啦的入水声里，飞溅起弧形的水花；拉网、起水、收网，被搅动的水，一圈圈荡漾开去，让江面不再平静。

在一网网的往复循环里，初阳徐徐升起，可江面上的雾，没有一点想离开，且依然我行我素的恣意。粉红、红、淡黄、金黄，江面的雾，不再纯白，且有了色彩。

新安江的水，流经"之"字形的下涯，便格外的生动鲜活起来。水流，时而平缓，时而湍急。早晚明显的温差，两岸连绵的青山，让江面的平流雾愈加氤氲，浓淡相宜，缥缈袅娜，恰到好处。沿江的山峦、杂树、亭台、村落……在雾气里若隐若现，像雾似云，难以分辨。现实版的仙境，连绵不绝，一路逶迤，奇得让人目不暇接。

夕阳西下，荡桨归舟，忙碌后的渔民，在晚霞里悠然自得，装上烟丝，点上筒烟，斜仰船头，在余晖中吞云吐雾，在暮色里肆意醉酒。

夜色中，我们也在繁星满天，弦月当空里，带着一天的收获，满心喜欢地进入梦乡。

和尚套

　　和尚套在嵊泗列岛最东端，据说是这岛上观景最漂亮的地方。它，面临茫茫东海，是观海上日出，赏千舟竞发的好地方。

　　从没听说这"和尚套"的公园名，总觉得啥名不好取，偏取了与皈依佛门，独身素食的和尚相连的名称。

　　查阅了资料才明白：传说1200多年前，是唐代高僧"鉴真"为弘扬佛法，率领众僧漂洋过海，东渡日本传经路过处。"鉴真"一行从扬州出发，中途遇上大风，船泊大悲山脚下海面。当晚，值班的小和尚"玄能"在巡视中不慎掉入海中，危急中抓住一块大木板，随潮漂泊，最后在嵊泗岛最东侧的海湾，抓住礁石才得以生还。死里逃生的他，凭借佛门的坚强意志，在岛上以种紫番薯为生，度过了三十多个春秋冬夏，且和岛上的渔民群众结下了深厚的友谊。"玄能"死后，乡亲们为了纪念他，特把他住过的地方命名为"和尚套"。但这"套"字是指停船泊岸，用绳索系住，还是指和尚最终生还后的定居，我没作考证。

　　景区内，有和尚观潮、将军石、返乡船、朝阳亭、观景台、乌龟石、海上石林、木鱼石等多处景点，但最让我喜欢的还是沿海而筑，悬崖峭壁上的一路栈道。即便有地陪的一路景点介绍，我也依然独游赏景。

　　我是一个绝对恐高者，但在陡峭的绝壁上，悬空的栈道上赏海景，既刺激，又满足。望远方，山头云雾缭绕；看脚下，海浪惊涛拍岸。零星的黑黑礁石，在排浪的冲击下，安然无恙，岿然不动。唯有将层层滚浪摔得粉身碎骨，又抛珠滚玉。这，就是大自然的神力！

　　玻璃地板观景台，虽然也不是一条长长的栈道，但对我这个恐高者来说，也是个不小的考验。十多年前，有了三清山走悬崖峭壁的栈道经历后，胆儿大了不少，今儿既然来了，总得走一走，留个影，不给自己留遗憾。

江南天池

从藏龙百瀑出来，午饭后，兴匆匆前往"江南天池"。此池在天荒坪风景区内，听起来很浪漫，且诗意，走进去，便觉得一点也不夸张。而天荒坪，以我之见，顾名思义，取其地老天荒之意，没建天池前，此名也实在。

没有比较，就没有鉴别，在浙江大明山，我见过山顶上的千亩大草甸子，但与天荒坪比较起来，草甸子有纵深感，但视野不宽，阔度不足。试想，在一个海拔908米的高山顶上，有这平整开阔的千亩洼地，很是少见。而在此建造成世界第二、亚洲第一的抽水蓄能电站，且与秀丽的自然风光浑然一体，不仅有其实用性，又有观赏性，是天人合一的杰作。

天荒坪镇原名山河乡，历史上曾称浮玉乡、南屿乡。随着国家重点工程天荒坪抽水蓄能电站的投资兴建，故取镇名天荒坪镇。在我看来，史上称为"浮玉乡"更为贴切，高山顶上的大水库，不就是浮在空中的一块巨大碧玉吗？

江南天池，作为抽水蓄能电站，2005年曾获国家第十一届优秀工程设计金奖、国家第九届优秀工程勘察金奖。状如梨形的它，大坝为沥青混凝土斜墙石坝，坝高72米，平均水深42.2米，库容量885万立方米，相当于一个西湖。它解决了电力系统日益突出的调峰问题，每天基本运行方式为"两发一抽"，夏天炎热高温时，电站甚至"三发两抽"。更有调压调相；事故备用的应急功能，对保证华东电网的安全稳定、经济运行，有着不可替代的作用。用最为恰切的比喻来说，它，就像在一条原有高速公路的前提下，又增加了一条。低谷时，线路可满载运行，而高峰时，起到了减压、分流的调节作用。抽水蓄能电站，则利用电力负荷低谷时，抽水至上面的水库，在电力负荷高峰期，再放水至下面水库进行发电。将电网负荷低时的多余电能，转化为电网高峰时期的高价值电能，更体现了它科学合理的经济价值。

据专家研究表明，兴建抽水蓄能电站，其投资少、工期短，不仅节约了成本，且大大提高了电网运行的安全性。由于抽水蓄能机组起停速度快，改变工况速度快，被誉为电力系统的"快速反应部队"。

山道弯弯，路却平整无比。车，盘山而上，峡谷里的水道，满眼的翠竹茂林。山，高低远近各不同，起伏变换一路景，从山下到山顶，估摸也得半个小时。进入天荒坪抽水蓄能电站景区，在远处的半山腰，"江南天池"的四个鲜红大字，第一个闯入我的视线。四周群山高低错落，林木葱郁叠翠，天空风起云涌，巨大的水库内，波光粼粼中有着明暗，天空的倒影里有着动感。池与山景、雾气、云气、天空浑然一体，真有浮玉天上的感觉。

在山里，说风来风，说雨来雨。稍倾，山风便呼啸而来，随后，乌云夹带着雨，在雷声闪电里接踵而至，狂风裹雨，倾盆斜下，即便在不小的遮阳挡雨的布棚下，打着雨伞也似乎无济于事，直唬得小孩女子们大呼小叫。好在夏天，都是一身短打，带着雨伞，即便裙衭不飘，下边湿漉，实无大碍。唯一没想到的是，竟然在海拔千米，有着这样的狼狈经历，估计也是有生以来最为难忘的了。我却觉得，在外游赏，玩得惊心动魄，未尝不可。经得起这样的狂风暴雨，电闪雷鸣，也应该是人类对自然界的一种挑战与历练，人生之路亦是同理。

雨过没天晴，但天边偶尔露出了片片纯净的蓝，山谷里，风起云涌，绿色，把它映衬得格外缥缈静美。在远处那一幢欧式的教堂建筑旁，俯瞰云雾中的山坳，村落、山道就在若隐若现里，一直延伸到天地相接处，真有身置仙境之感。

游山玩水，是人们对游客尽兴的一种表述，而我们这次的"江南天池"游，玩得有些刺激且惊心动魄，但不是人为，而是天意。

平板长溪醉游人

从"百杖龙潭"出来，时间已临近下午4点，但大家游兴正浓，又匆匆赶往"花溪"。约一小时后，到达目的地，从"花溪"山门进入，再转乘当地10多人的电瓶车，急奔"平板长溪"风景点，此时红日已挂山头，几位孩子听说溪内有鱼可套，拉着父母买上小桶、网兜才算作罢。

"平板长溪"是花溪风景区最为出名的，宋代书画家米芾有诗为证："此地风光三吴无，平砥清流世间殊"。它宽约15米，1000多米长的石板道，形似乡村里农人开挖灌溉庄稼的渠道，只是它的存在，是远古时期火山喷发后，岩浆一路流淌而形成眼前平坦坦的平板长溪。这样的奇特，也只有自然才能创造出如此神奇的杰作。

山，因水而秀色，水，因山而灵动。"平板长溪"内浅浅的诱人溪水，惹得小孩们迫不及待，激动之余，也给他们带来了小麻烦。马振元的右脚刚踩进溪水，还未踏稳，一个趔趄，瞬间成了一只"落汤鸡"。好在天热，大家七拼八凑了几件衣裤，使他少了些许尴尬。

张可赟有了前车之鉴，不敢贸然下水，挽起裤管，紧拉着大人的手，拎着小桶，拿着网兜，像鬼子进村般小心翼翼。为了防滑，大家上岸，去买来用布条编成的草鞋再次进入。薄薄的溪水柔柔地淌过脚背，凉凉的溪水倏倏地传遍全身，那种惬意在炎炎夏日里妙不可言。

在长溪的转弯处，顶上还架着一条长百米的木质花架廊，内有好多的秋千，可以想像出，在烈日下避避荫凉，溪水上荡荡秋千的感觉，会是何种滋味，遗憾的是天色已暗。看维纳斯是残缺美，游平板溪是遗憾美，而维纳斯的残缺已成永恒，但平板溪的遗憾还可补偿。

夜色渐浓，已有食欲，在溪边找了个农家饭店，根本说不上是店面，而这里的山民却淳朴厚道，见到我们进入，热情有加。

几张自制的简易方桌，四周摆着长凳。端上的虽是农家土菜，无论是鸡鸭禽蛋，还是各种蔬菜，却环保绿色，原汁原味。要上几瓶啤酒，听着溪水声，吃着土家菜，那与世隔绝的惬意妙不可言。一位跟着妻子前来的男士，吃到兴处，来了一句："想不到你们这些老师还真能玩！"

边吃边聊，不一会儿，时针已指向21点，抬头看，月上山尖，满天繁星，草虫喊喊，萤火闪闪，在弯弯的山道上，只有我们16人的身影在晃动……

前童，我轻轻地来过

前童古镇，未去之前，也从没听到过它的名字。原以为与周庄、同里、乌镇，西塘也没什么区别，是经好友极力推荐前往。进入古镇才知道，虽没有如雷贯耳的先祖，但它经700多年历史的沉淀，毕竟有其存在的价值。

前童，始建于南宋，地处浙江省宁海县西南，面积68平方千米，人口2.6万，现为浙江省历史文化名镇和浙江省旅游城镇。

早上五点，从力洋镇乘上"乡村巴士"，到宁海汽车东站，再经2次转车，一路颠簸，到达前童。进入才知，这独特的古镇，很有闺人锁深山的感觉。如果说周庄、乌镇，西塘是大家闺秀，那么前童就是小家碧玉。

它范围不大，但很精致，且保留完整，这与它地处偏僻的深山很有关系，少了与外界的接触与干扰。没有石条铺成的巷道，却有卵石石块铺成的各种吉祥的图案；没有店铺林立的繁华与喧闹，却有小巷深深的宁静与安适；没有明清马头墙的枕河而筑，却水绕堂前屋后；没有弯弯河道的桨声咿呀，却有溪水的潺潺流淌。洗菜净衣，聊天喝茶，人们就靠傍着溪水。

村落按"回"字九宫八卦式布局，童姓祖先按八卦原理，又把白溪水引进村庄。溪水户户环流，挨着青砖黛瓦，户通卵石坦途，动着足底经脉。在原汁原味的青藤白墙，镂花窗户，雕梁画栋里，显现出昔日古镇曾经的荣耀与繁华。

一个古镇，缺了文化积淀的滋养，是没有底气的。前童，仅明清两代，秀才以上有202人，现当代又有教授、博士、留学生等400余人。

泽思居：建于清代初年，应原来主人官于一品，故又称"宰相府"。整栋房子无梁不雕，无雕不精，号称"江南第一雕花大楼"。

职思其居：建于清嘉庆年间，为清代举人童桂林三子童汝宽居宅。这里曾出过三位秀才。红条石门台上刻着"量入为出，勤俭持家"的家训。建于明洪武十八年（1385年）。总平面布局由南向北依次为正门、戏台、天井、东西二厢及正厅，是封闭的四合院。正厅仍保留了明代风格，而宗祠穿斗抬梁混合结构的木架，卧蚕型的雀替，圆鼓型的柱础，覆盆式的礩盘，五凤楼状的戏台，在中国较为罕见。

五福临门，始建嘉庆年间。这左右对称，高耸入云的马头墙，俗称"五岳朝天"，不仅高峻险美，且有防火挡风的功效。马头墙是古代江南富户官宅威势的象征，其级数越多，职位越高，势力就越大。墙面嵌着雕花石窗，外墙上塑"群峰簪笏""清流映带"等浮雕文字；墙尖塑着冲天而起的跃鱼和飞龙，寓含"鲤鱼跳龙门"之意。

童氏宗祠，建于明洪武十八年，系方孝孺亲自设计。占地1.2亩，平面布局自南向北依次为正门、戏台、天井、东西厢房及正厅，是封闭式的四合院。门口竖有2对长方形花岗石桓杆夹。祠内天井宽阔，大厅有32根大圆柱，好比32颗象棋子，隐含全局一盘棋之意；每根柱子中间大，两头小，是典型的隋唐风格的明式建筑。方孝孺题写的"诗礼名家"匾额高悬当中，点出了前童历史文化的深厚。厅内立有一块清道光三年的"祖训碑"，是前童先祖，教育后代要"耕读传家""奉礼完课"的族训。

方孝孺（1357—1402），浙江宁海人，明代大臣、著名学者、文学家、散文家、思想家，字希直，一字希古，号逊志，生于1357年，卒于1402年，浙江宁海人。是朱元璋的皇长孙朱允炆的老师。因太子朱标死得早，朱元璋就把皇位传给了朱允炆，这就是建文帝。后来他的叔叔燕王朱棣起兵"靖难"，夺取了皇位。要方孝孺写即位诏书。方孝孺坚拒不从，被灭十族（九族加门生共十族），遭难者达873人。

在前童，除了8位学生与4位老师在巷子里作画外，还有的就是村落里的老人与小孩，鸡鸭鹅鱼。我，仅是浮光掠影，轻轻走过的游客而已，但在我的意念里寻思，这样安谧的古镇还会坚持多久……

散养的鸡

都聚农家乐建在董岭山上的一片空地上，按照预先约定，我们的一天费用是包吃包住90元。因而，农家主人在考虑成本的基础上，安排的菜肴相对就要简单些。

难得到这样的清静之地，农家饭菜虽然绿色本真，但人最易心生杂念。

我们食宿了2天，却没见到鸡影。问主人，你家养鸡吗？主人看着我们笑着说，有啊，手一挥，指着屋后，都在那山上呢，它们不回家，就住在山坡上的窝里，所以看不到。

"那你们可不可以抓两只土鸡，让我们尝尝鲜，钱另付，作加餐？"

"今年养了60多只鸡，现在就剩下十来只了，你们自己先去看看再说吧。"话语中，我们已听出他的意图，似乎有些不舍。

为证实这土鸡的活动情况，我们先带着好奇心，绕道去屋后的山坡。

紧挨着斜斜的坡面，蓊郁的树林里，杂草、灌木丛里，主人搭着一个不小的鸡窝。一群散养的鸡，就在树林里面闲适的散步，抑或搜搜小活物，啄啄青青草。

那些鸡还真是悠闲，见有一群陌生人，它们伸着脖子，眼睛警惕地盯着我们。

红鸡冠，羽油亮，一只只活物，在我们"好精神"的叫声中，让我们两眼放光。

"小王，你去给抓2只，两桌各清蒸一只，我们今晚就要吃。"

"白天我可抓不到，要不你去问我老爸，估计他也不行。"主人的儿子说。

"明天可以，今天不行，我们抓不住，今晚它们进了鸡窝，你们就随便抓，明天吃吧！"老主人说。

"为什么不行，我们自己抓去？"

"好啊，抓住你们今晚就有吃，抓不住我也没办法，白天真得很难抓，一定要今晚吃，你们几个得一起帮着逮。"

"没问题，我们这么多人去，还怕逮不住。"

随后，主人外出借来了一个长竿网兜。为不让它们注意，大家蹑手蹑脚，就像鬼子进村似的。

其实那长长的网兜在树林里根本不管用，施展不出"拳脚"，但徒手抓，还得动动脑筋。大家围成圈，然后慢慢把它们往矮树丛里赶，待它们钻入其中，随后束手就擒。说是这样说，但还是得眼明手快。几个轮回后，在气喘吁吁里，好不容易才抓到两只。

为更合口味，待主人把鸡收拾完毕，我们佐料自配。晚饭中，看着一面盆配上农家自制的嫩笋干，黑木耳的清炖鸡，有人提议，先把这鸡和鸡汤吃了，然后再吃饭。在大家一致赞同下，筷子、汤勺一起上，迫不及待的在第一时间，进行了光盘行动，那味道与口感，真让人留恋。

山顶石头村

石道石巷，石桥石屋，石墙石院，石门石窗，石凳石桌，石井石池……走进许家山石头村，便是走进了石头的世界，除了头顶上的白云蓝天。

石头村在浙江宁海，隶属茶院乡，近300户的自然村，就筑在海拔约200米的山顶，什么年代建造，没有听到有历史记载，谁也说不清，村上的老人只知道是上辈人留下的。唯有这里的古官道、古井、这些石头才明白它的曾经。

走进石头村，已近中午，从山脚下搭上了唯一的一班城乡巴士，听司机讲，一天就上下午各一趟。车随弯弯曲曲的山道向上，车窗开着。虽已大暑，日头很毒，但凉风习习，也没感到闷热，窗外就是一道道让人赏心悦目的山景。近20分钟后，车停下，司机指着旁边的房子说："这就是我们祖辈生活的石头村，你顺着这条石路，慢慢看吧，只是别误了班车。"问他要了手机号，独自进入村口的唯一石道，迎面一对年轻夫妇从石巷里走出，他们笑眯眯的打量着我：

"是来玩的吗？"

"是，你们呢？"

我们既是来玩，又是来走亲戚，走娘家的！

那女子笑盈盈的说："我是在这里土生土长的，小时候就住在这石头房里，小学一二年级也在这里上的，现在我是走娘家。"话刚说完，一位老奶奶从巷子里走出，看着那女子，说着我几乎听不懂的方言，大概是认出了是谁家的闺女，女子在连声叫着娘娘，好一阵交谈，意思是好多年没见，都认不出来了。临走前，她告诉我，这里有些什么值得看的大致方位，我便进入真正的石头村……

无论是铺成的石道，还是砌成的石墙，这里的石头，是有色彩，有体温的，总体灰色，却有明显的深浅，深似旧时青砖，又很像古时的青铜器，浅似现代灰砖，整体看，那一幢幢石头房，就是一幅幅厚重的历史彩色油画。村民说，这里的石头叫"铜板石"，它成片状，是上好的垒墙材料，坚硬且好取，只要用钢钎往石缝里插上，再用铁锤敲，多大多小自己决定。用这石头垒出的房，坚硬而实用，住在里面冬暖夏凉，没有蚊虫。

漫步在石巷里，从石头墙缝里，偶尔飘出袅柔的越剧乐音，静听细品，格外的幽雅。那些吃活物散养的鸡鸭，就在这石墙边，草丛里觅食，那自在，那安适就是它们生存的环境。

往里走，在山顶的最高处，我正打量着这一排并非石头垒出的木楼，里面家人正在吃饭，一位老奶奶见到我，连忙搬出木凳，让我坐。还没坐定，她又让我到里屋坐，说里面更凉快，这就应了许家山村年平均气温13℃~16℃左右，其中夏季平均气温为24℃~28℃，且少蚊虫，是避暑休闲好地方的说法。并一再问我饭吃了没有，我连忙道谢！告诉她，我是来玩的，一番交谈，很是自在。她说，我看得出你是从城里来的，我们这里不方便，生活不能跟你们比。我说，你们这里山清水秀的，好地方啊！"这倒也是，我们吃蔬菜的都是自己种，鸡鸭都是自家养的，这里的风是自然的，不用空调，空气也特别好"，老人高兴地说着。随后，她又挑了个西瓜，二话没说，一开两半，一定要我尝尝他们自己种的西瓜。她儿子也说："吃吧，我们就种在屋旁，你看看，山里的西瓜，不是很甜，但水口好呢……"

踩着斑驳光溜的石道，摸着凹凸不平的石墙，从石头村出来，太阳已开始西斜，回望这古村落，我想，今天仅是走马看花，以后我还会来。

十里红妆

浙江宁海游，听朋友说，有个"十里红妆"很有看头，原以它为与演艺舞台有联系，其实不然，进入后才明白，且让我惊呆。

这是一幢九开间，三层楼，地下一层的展览馆，里面全是浙江宁绍一带富户人家，大家闺秀出嫁时，异常精美的朱红嫁妆。出嫁那天，有钱人家，蜿蜒数里的红妆队伍，从女家一直延伸到夫家，浩浩荡荡，很是壮观，故称"十里红妆"。

进入展厅，第一眼就是三乘朱红漆，图描金，及气派，让人惊，精工细雕的嫁女"万工轿"。紧挨着的是有两人可抬的朱红描金嫁妆箱。试想，在商贾云集的浙江，那一路十里的朱红出嫁场面，该是多么的浩荡与气派，估计旧时皇宫贵族嫁女也无法与之相比。因而在当地的民间有"八抬大轿抬过来，十里红妆嫁过来"的说法。

展厅内有嫁妆场景，有木桶房、绣房、闺房、书房、婚房、妾房和百床风情等。也有形式各异的箱：杠箱、银箱、百宝箱、皮箱、首饰箱、大箱笼、小红箱、竹箱，还有梳头箱、梳妆箱等，而馆内所有的藏品，则是何晓道先生二十多年来，收藏的上万件精品中选出来的。展品紧扣"十里红妆"这个主题，边展边充实，从而形成现在的陈列规模。我好奇地问讲解员，她耐心地作答：

"这些器物大概是什么年代的？"

"明清时期。"

"展出共多少？"

"由于馆小无法放置，上万件的物品，仅展出一千二百多件。不过，我们马上要搬到新馆去了，就离这儿不远，大多了。到时你再来看，就是全部了，会让你更惊讶！"

"这些大都是复制件吗？"（主要看着很新）

"没有一件假货，全是民间收集来的！"（语气没半点犹豫）

"那真不容易！"（惊奇）

"而且都是私人收藏的，花了他几十年的时间。"

"是吗？"（我倒吸一口凉气）

"一点也不假，你想不到吧？！"

"那现在这么多珍贵的物品，得值多少钱啊！"（呵呵，惊叹后的通俗语）

"那也无法说！"

……

木桶，是日常生活中必不可少的用具。在展馆内，可以说在现实生活里该有的都有，米桶、水桶、茶壶桶、果桶、梳头桶、首饰桶、讨奶桶、洗脚桶、马桶、子孙桶等，是"十里红妆"中最丰富的了。桶体朱红透亮，造型各异优美，雕刻精细美观，即便用现代最时尚的眼光看，它一点也不逊色。在一对子孙桶前，我好奇地问着讲解员，子孙桶为何两个？她说："子孙桶，不仅是为了接生及幼童洗浴，如果生了女孩不要，就用上面的桶反扣过来，把她闷死在里头，所以要有一对。"我无语，这十里红妆，其实也不全是气派与喜气。

旧时，女子以务红为主，在手工器物的展厅里，从针线笸箩，线板针盒，荷包肚兜，香袋绣鞋到女人缠小脚的缠脚架，小脚鞋，虽然制作得十分精美，但在这缠脚用具和绣花鞋的背后，却给无数女子带去了多少裹脚的肉体之痛，心灵之疼，要是没有亲眼所见，亲身体会，是感受不到三寸金莲痛楚的。一件件务红器物，一双双小脚鞋，足以证明旧时的重男轻女，男尊女卑。

面盆架、担篮、套篮、提篮、菜篮、饭篮、茶壶桶、榨汁机……生活用具一应俱全；闺房、夫妻、小妾的床、柜、橱有着明显的等级制；小姐床、春宫床、婚床、竹凉床、罗汉床、架子床等目不暇接。尤其那不同式样的红木"千工床",当地又称拔步床、踏步床,"拔步",是床沿前的小平台,拔步前有挂面,设雕花柱架、挂落、倚栏、飘檐花罩,上有卷蓬顶,右边安放二斗二门的小橱,左边安放马桶箱,后半部为卧床。床的三面围着可拆装的雕花板或彩绘屏风,初看,像是一个微缩的旧时戏台。体现了古代"一生做人,半世在床"的传统理念。

在一个个展厅里,欣赏着这些物件,除了对收藏者的敬佩,工匠们的精湛手艺也让我惊叹。而这一件件的物品,在展示劳动人民聪明智慧,独特地域的嫁妆文化的同时,令人羡慕的背后,"十里红妆"也有着女人更多的辛酸。

熟溪廊桥

熟溪廊桥在浙江武义，始建于南宋，距今800多年，九个孔，十个墩，桥长140米，宽4.8米，桥屋49间，省级文物保护单位，有人把熟溪廊桥称作世界桥梁"活化石""中国廊桥之祖"。

据有关资料显示，唐代的武义县，原名武阳川。孟浩然有写武阳川的诗："川暗夕阳尽，孤舟泊岸初。岭猿相叫啸，潭影自空虚。就枕灭明烛，叩舷闻夜渔。鸡鸣问何处，风物是秦余。"据说当年这一带青山环绕，土地肥沃，水源充足，稻谷丰熟，熟溪桥由此而得名。

每次出游前，我总爱做些功课，唯恐漏了近在咫尺的人文景观，留有遗憾。到了武义，知道了熟溪廊桥就在宾馆旁，但不在游览项目里，估算一下，走走也是20分钟左右的路程，当即约上两位能起早的朋友，翌日清晨6点准时出发，回宾馆，最晚也不超过8点，不误大家出游。

天，还未大亮，不看不知道，一看就惊叹，晨曦里的"熟溪廊桥"果然名不虚传，气度不凡，10个桥墩，稳稳地托起暗红色的廊桥。走进去，偶见一二人影，安静得很。宽宽的廊桥，桥身两旁设有独具江南特色的木栏杆，既安全又美观，依栏远眺，可饱览小城美景。两侧又间隔设置长长的木条凳，供游人小憩。桥中央的廊顶上，还有翘角亭台，它不但给廊桥带来视觉美，还可供游人登高望远，可惜的是，本想上亭台观望，但时间尚早，无奈楼梯门铁将军把关，只得望门兴叹。不过，比起宾馆里大部分的兄弟姐妹来，我们毕竟有了意外收获，看到了熟溪廊桥。

在回宾馆的路上，我在想，这熟溪廊桥要是在别处，不卖个20元门票，至少也得给个10元，这武义人真厚道。转念又想，那140米宽的水道，叫溪似乎不妥，但也想不出比它更合适，更书气的桥名来……

仙山湖

　　仙山湖，国家级4A旅游景区，面积1673.4公顷，在浙江长兴的泗安镇，位于苏浙皖三省交界处。此湖因紧挨165米高的仙山而得其名，是个名符其实的湿地公园。但未去之前，压根没听说过它。

　　去过各处的一些湿地公园，但都是大同小异。除了绿色植被的覆盖率极高，花木的丰美，水域的宽阔，滩地的众多，各种鸟类，水生植物与昆虫的多样外，也没什么特别之处，而仙山湖却极具个性。

　　很多很多年前，这一带由于地势低洼，只要遇到雨期，好多村庄都要受到水灾。为保住村落不再遭受水患，在仙山湖的位置进行围堰筑坝，水便淹没了这里的村庄，因而，湖底有着沉没的古村落。如今，它早已静静的躺在湖底，唯有村落里被淹的柳林，依然顽强的生长在水中，成了一道独特的风景——水柳林。那主干的一个个结节，斑驳而苍老的枝干，充满生机的绿叶，在游船里看，就像一幅幅静美的写实油画，恍若在记录与诉说着古村落曾经的喧闹与繁荣。成了湿地以后，为增加游人的观赏性，人为的在湖里种上了柳林，但没有一棵成活。除了枯干枯枝依然泡在湖中外，与原被水淹，且依然充满勃勃生机的绿色柳林，形成了鲜明的对比。

　　在旧时，这里没有水库，泄洪又缓慢的泗安，每年山上的大水直冲而下，淹没庄稼，而大水过后又是大旱。为维持生计，平日里，村民摇一小船，带上自己的土特产，换回他们的生活必需品。农闲时，泗安男人都会推上小车，去广德等地跑运输。木排、竹排则通过河道，运往湖、杭、苏，因而当地有"推不完的广德，装不满的泗安"之说。这些真实的历史与留存下的说法，虽有些许苍凉，但也是人类对自然神力敬畏的理由……

　　1673.4公顷的仙山湿地，在我眼里是完美的。水上有柳林3.3公顷；芦苇面积3.3公顷；栖鹭岛5.7公顷；153种脊椎动物；黄嘴白鹭、白琵鹭、小天鹅、水獭、虎纹蛙、斑嘴鹈鹕、疣鼻天鹅、獐等国家二级重点保护野生动物。

　　宽阔的湖面，唯有我们一艘电动游船，在曲曲弯弯里缓缓而行。丘林中，草滩边，抑或蒲苇里，时不时噗愣愣飞出几只水鸟，几声鸣叫，静中有动，动中有静。而酷似迷宫的港汊苇荡、魅力无比的仙山湖湿地，水浅阔达，波澜不惊，滩岸舒缓，这为它们在这里安家、生息、繁衍提供了独特而优越的地理环境。

　　湖中有一长堤贯穿东西，将整座仙山湖分为南、北两大水域，其中南部还正在开发之中，因而游客尚少。随着进一步的开发与开放，它的知名度也会迅速提升，未来的几年里，游客会越来越多。如何科学合理的开发旅游资源，让它基本保持原有湿地的风貌，应该是摆在管理者面前的一大难题。

长荡湖——不经意的遇见

长荡湖，一次不经意的邂逅。

在宜兴一小镇午餐后，虽已近2点，但与4点多准备回锡的时间尚早。

问店家老板，附近有没有值得去看看的景区，她说："有啊，我前几天去过的长荡湖就不错，那里常有美院的学生去画画，里面的明清建筑可好了，你们自驾过去也就几分钟。"还拿出手机，点开相册，给我看她拍的照片。

长荡湖，又名洮湖，系古太湖分化湖之一。北至金坛建昌，南至溧阳南河，南北逾50千米。郦道元《水经注》中称此湖为"五古湖"之一。

也许名声没遐迩，园内游客极少，很静。十来分钟后，眼前出现大片各色的波斯菊中，夹杂着飘洒的格桑花。"长荡湖"也就在不远处。

天，有些阴沉，能见度不高，宽阔的水域，就格外的茫茫。唐代诗人张籍曾有"长荡湖，一斛水中半斛鱼，大鱼如柳叶，小鱼如针锋，浊水谁能辨真龙"的感叹。虽然诗人的"一斛水中半斛鱼"有夸张之嫌，但没有一点污染，清凌凌的水中，鱼虾一定丰沛。

江南之地的常州，咋冒出个徽派建筑，打听了才知道，原来是当地的一位企业家，在安徽山村里，发现了好多濒临倒塌的明清老房子。为让它完整地保留下来，选中长荡湖为搬迁地址，然后出资买下后，对所有的构件进行编号迁移，最终原样恢复。

不看不知道，一看真奇妙。那雕梁画栋，亭台楼阁的老建筑，惊叹之余，唯有敬佩古代劳动人民的聪明智慧，还有那心灵手巧的高超技艺。

走出园门，我在想，这一幢幢的老房子里，一定有着许多的老故事。企业家要是让这些老建筑，在原地的祖宅大放异彩，是否会更好……

浙北大峡谷

去临安的浙西大峡谷，那是10多年前的事了，印象已有些模糊。这次去浙北大峡谷，也是心血来潮，临时决定，没有出行方案。

网上搜索很便捷，但要住宿就犯了难，打了七八家电话，都说没有，最终问去过的好友，总算有了着落，让我们直接去高山上的董岭村。

浙北大峡谷在安吉，与临安接壤。总面积38平方千米，有着浙江"青藏高原"之称。起初有些不解，进入之后，便恍然大悟。

为免路堵，5月1日清晨6点刚过，朋友开车，上国道，转锡宜高速，一路导航，一路顺畅，三个多小时便到达目的地。午饭过后，在农家小王的带领下，抄近道，七八分钟便到达景区后门。

也许是开发没有浙西大峡谷早，进入后，游人并不多，山道弯弯，鸟雀叽啾，满眼绿意。大小不一的卵石、怪石，就在溪水里躺着，把并不丰沛的水源支配得曲曲弯弯，水声不一。

一路向下，一路溪水。沿途是茵茵的绿草，各色的野花，茂密的树林。粗大的古树，时不时迎面相遇，但没看到诸如树种、树龄、编号的蓝色小牌，也没有亭台楼阁。没有人工的痕迹，总觉得很原始，这样的状态，便是一种本真。清润的空气，凉爽的山风，山野之气，是都市人最想要的。

走走停停，坐坐赏赏，不经意间，已及半路，不知是谁在惊呼："快来看那山上的杜鹃，好漂亮！"紧走几步，眼前的悬崖峭壁上，几棵映山红，正在阳光里灼灼的开着。那朱砂红，在绿色里格外的抢眼，艳而不妖，媚而不俗，像几片红云缭绕在绿色与山石间。又像凌空跃起，翩翩起舞的仙子，美得惊艳！随性里有着不拘不惧；随情里有着放荡不羁；山风里有着超凡脱俗。可遇不可求，可观不亵渎，在这样的境遇里，凌空之美，凡人无法想象，不可思议，自然舞台，唯她独有。拉近，对焦，我把她无法言语的美，永远定格在我的镜头里……

在庐山，我远远见到李太白写过的庐山瀑布，那是一条线，且隐隐约约。"飞流直下三千尺，疑是银河落九天"的气势，我是没有这样的感觉。而在浙北峡谷里，近距离的亲密接触，才真正感觉到"浙江源头第一瀑"果真名不虚传。几簇艳丽的映山红旁，一道白练似的瀑布倾泻而下，山风乍起，抛珠滚玉般，洒落在半空，跌落于池水，镜头已无法把它的全貌收进。在一池清水边，听一听声，那是天籁之音；沐一沐手，那是天宫圣水；静一静心，那是修身经书。

董仲舒在此传授儒家思想；大禹治水，在太湖源头种下太湖柳母，洪水不再泛滥；汉武帝在此安营扎寨，带兵打仗，一夜醒来，小汉岭的士兵神秘而死，而大汉岭的士兵安然无恙。于是，大汉岭和太平石是块福地的说法，就在当地百姓中流传开来，而在山中见到"福报村"的村名，不知是否与这流传的历史故事有关。

这些真实的，抑或流传的历史故事，其实，也太遥远了，对我来说并不重要。而能与眼前那一静一动的映山红、源头第一瀑相遇，我则心满意足。

走马观花游西塘

喧闹的都市，高频率的工作节奏，让我一逢上假日，便想找个能全身心放松的歇息处，冲刷冲刷闹市的尘埃，呼吸呼吸清鲜的空气，洗涤洗涤浮躁的心灵。

我到过江南名镇周庄，那是因吴冠中老先生的画慕名而去，景物虽好，但人满为患，分贝极高的噪音，使本该宁静的水乡没了韵味，让我望而怯步，无心再次光顾。我也到过甪直，人虽少，却又总觉得与周庄有雷同之外，显得逼仄了许多，宽阔不足，狭窄有余。

近日，无锡的旅行社组织了千年古镇西塘一日游，虽是浮光掠影，走马观花，倒让我着实留恋，这里的廊、弄、桥该阔的阔，该窄的窄，该通的通，要是有机会的话，还想去一趟，只是要多住几天才过瘾。

江南水乡的特色，不外乎古老的廊、桥、弄、园，但西塘的廊，依我的眼光看，绝不比周庄、甪直逊色。那里的"烟雨长廊"名副其实，长得让人感到没有尽头，廊极宽，空间大，游人少。尽管炎阳高照，气温33度，但天然的风，自然的水，就像一只巨大的中央水空调，乃给人凉爽之感。我想，要是遇上烟雨蒙蒙的时节，邀几位朋友坐于古朴的廊内，品品沏上的绿茶；看看婀娜的柳条；瞧瞧活泼的游鱼；望望隐现的石桥；说说名人的老宅，定会生出许多遐想……

如果说廊是西塘的一大特色，而这里的弄也很有个性。

唐家弄、石皮弄、苏家弄、叶家弄、计家弄、毛家弄、野猫弄、礼耕堂弄……还有数不清的无名夹弄，其中大多数的弄均能联想到与弄内人家的姓氏有关。而石皮弄最为有名，但由于游览时间匆促，来不及考证，想来必有古老的传说，或是旧事掌故。

这里的弄可谓大弄小弄弄弄相通，有的弄小得几乎只能容下一人行走，面对面，须侧身才能通过。有趣的是，我们乘坐的金龙大巴，到指定的停车场歇车，由导游引领着来到一个狭弄处，让司机把车开进去，司机也觉得纳闷。由于弄太小，转弯角度稍大了些，无论如何也进不去。无奈之下，只能退出，重新调整好角度，才勉强进入，里面却豁然开朗，惹得一位游客嘀咕："一个西塘镇，旁边的房屋拆了两间不就行，偏要往死弄堂里钻"。

另一位游客道："这比驾驶员路考还难。"我则想，或许就是西塘人的精明处，给你第一印象是弄在这里无处不有。但夹弄与前面提到的弄却大不一样，弄小得更可怜，不能对穿而过，俗称"夹死弄"，极短。往里是一个小院，左右两边是两三户人家，有的则夹弄进去，就是一个大院子，类似北京的四合院，可谓"柳暗花明又一村"。

西塘的廊和弄固然让人玩味，而西塘的桥多而式样不一，也很值得观赏。环秀桥、来凤桥、永宁桥、安境桥、万安桥、狮子桥、五福桥、吴家桥、戌寅桥、胥塘桥、安仁桥、卧龙桥、迎秀桥……我没有到过威尼斯，但能想象出，就一个西塘镇，这么多的桥，这么多的河，绝对可与威尼斯媲美。从式样看，有的状如弓开满月；有的形似流星划弧；有的宛若水上浮桥。桥面上有的宽，有的窄，有围栏的，有敞开的。那些斑斑驳驳、凹凹突突的块块条石，更会把你带进遥远的年代……

西塘，以它古朴的明清建筑，美妙的江南水韵，神秘的廊弄桥园，吸引着越来越多的游客，但我希望西塘别重蹈周庄之辙，给它一方净土，一片宁静。

丈量远方

宏村，散落人间的仙境

宏村，我又来了。

十年前去，是深秋的季节，那时斑斓中金黄居多，古村落就镶嵌在秋色里。这次去是大暑，但进入宏村，就是进入浓绿，夏，有着与其它季节不同的另一番情趣。

始建于宋代的宏村，距今已八百多年，粉墙石道，小桥流水，历经风雨沧桑，凹凸中有着历史的沉淀，斑驳里更不缺精致。青砖黛瓦的马头墙，没有光彩照人的容颜，却有深稳沉着的坚毅。依着层叠的山，傍着清澈的水，披着浓绿的村，让它多了一些厚重，少了一些浮躁；多了一些灵动，少了一些刻板；多了一份安适，少了一份烦恼；多了一份宁静，少了一份喧嚣，进去了就不想出来。

古徽州，百姓建村很讲究风水。宏村，从地图上看，是一条卧着的牛。村口两棵400多年的红扬树与白果树，为牛头上的牛角，而村中的"月沼"则是"牛胃"，当地村民称它为"月亮湖"。湖中有一泉眼，四季泉涌不息，清凉甘甜。村落里，九曲十八弯的水圳是牛肠，清澈见底的虞山溪成了牛舌，流动不息的溪上四座木桥，便是牛腿。

宏村西头的虞山溪，说是溪，其实比溪大得多，确切地说是河。这里的祖先很会利用自然水，在村西的虞山溪上拦河筑坝，利用地势落差，引水入村。水圳曲曲弯弯，穿堂过屋，流经月沼，最后注入南湖，出南湖，灌农田，浇果木，又重新流入滩（suī）河。水系良性循环，让静谧的山村多了分灵动，创造出一种"浣汲未防溪路远，家家门前有清泉"的意境。

南湖，是游览宏村的第一景，有"黄山脚下小西湖"之称。建于万历年，湖面占地2公顷，是牛形村落中的"牛肚"，呈"弓"形，弯弓部的湖堤分上下2层，上层为石板卵石人行道，下层栽柳植杨。湖上建有石坝，坝上一座小巧玲珑的半圆石桥，把南湖一分为二。湖面上白云蓝天，荷叶田田，船可荡桨，鹅鸭嬉水，美到极致！

在牛形的村落里，月沼，从村民生活用途上说是必不可缺的。从美学角度看，更是一泓清水，异常柔美，因而当地老百姓称月塘，此塘建于明永乐年间。当时宏村有个汪思齐，他发现村中有一泓天然泉水，冬夏泉涌不息，三次诚请风水先生，族内高辈能人，遍阅山川，详审脉络，制订规划，扩大宏村牛形水系蓝图。

引西溪之水，围绕村屋，其牛肠水圳九曲十弯，又把水引入村中心天然井泉处。建月沼池塘，以蓄阳水，供防火、饮用等。

据说开挖月塘时，很多人主张挖成一个圆月型，而当时的76世祖妻子重娘却坚决不同意。她认为："花开则落，月盈则亏"，只能挖成半月形。最终，月塘成为"半个月亮爬上来"。不管这传说是真是假，但村民们对美好的向往是一致的。当你走近它，月塘常年碧绿，塘面水平如镜，四周青石铺展，粉墙黛瓦，蓝天白云，倒影水中，让你真正感受到名符其实的，成为世界文化遗产的"中国画里乡村"。

绿树成荫的宏村，百年大树不足为奇，但两棵400多年，高20米，树围6米多的红扬树，20米高，树围3米多的白果树长在了村口，且正好在牛头上，成了牛角。蓊郁的红杨树冠，遮天蔽日，也成为人们纳凉避暑的好去处。每当村庄里有红白喜事，重大事情，村民们都会在这树下举行仪式，把这两棵树视为吉祥树，神树。

"玻璃三百顷，隔岸袅村烟。"散落在人间仙境的宏村，同处浮躁的大开发环境里，愿它不受外围的影响，永远保持这原汁原味的状态。

黄山印象

黄山，早年去过，这次再去，就因儿子、外甥女及她的美国同学要去。为省入住在玉屏宾馆的昂贵费用，攻略是两个月之前做的。

临行前，看着黄山近阶段的天气预报，大家的心理糟糕透顶。儿子说下雨咋去，小舅也来电说，你们定的那段时间，天天是下雨，能否改期。我说宾馆早已订好，车票也买，无法回绝，我也不急，你就别操心了。

一早到达黄山脚下，天，阴沉沉的，作好最坏打算，寄好大件行李。背起包，带好必备的雨具、面包、水果、矿泉水及当晚住"玉屏宾馆"的必要替换衣物，尽量轻装上阵。

一路上山，虽然雾气弥漫，能见度极差，但至少没下雨。

我们到达玉屏宾馆，已是午后。

孩子们上山速度很快，看着天气稍有好转，心情不错，手机得悉，说他们已在去天都峰的路上。

午后三点左右，他（她）们从天都峰下来，在玉屏宾馆汇合，稍作休息。在客房内向外看，天空已开始明朗，山风呼啸里，云雾从山谷中开始涌起。忘记了劳累，提起相机，大呼小叫地冲出客房，就因没想到本来下雨的天气，居然天朗气清，且风起云涌。

云，从山谷腾起，缥缈袅娜。风，将云瞬间吹散，薄如蝉翼，状如丝巾，散若游丝。群山忽而清晰，忽而迷离，变幻而莫测，壮观而震撼。感谢老天赐给我们最好的礼物，让我们不虚此行，也留下了难忘的影像，感恩！

傍晚前的兴奋还没过，大家又在琢磨着翌日的天气预报，翻看手机，盯着屏幕，关注着时间段的天气变化。查询完最佳日出点，设好4点闹钟，沐浴更衣，早早歇息，期盼有个好天气，能看到一直心系的日出。

一夜睡醒，拉开窗帘，那明净的天空里亮亮的启明星，弯弯的月牙儿，再次让我们兴奋。顾不上洗脸刷牙，打开衣橱，取出羽绒服，拎起相机，直奔日出观赏点，六七分钟即到达。

在足有耐心的等待里，天边开始有了亮光，远远近近黑幽幽的群峰，开始有了轮廓。稍后，线状的泛红，渐渐地成条状，就像一条红色的地毯在向外铺展。静静等待的人群里，不知是谁，压低了的声音在惊呼：来了！来了！那深红的小半点儿，已开始一点一点儿向上冒。没有海上日出的跳跃，却有徐徐上升的梦幻。从小半到一半，从大半到滚圆，从深红到蛋黄，从蛋黄到金黄，最终放射出万道金光。周围的山、树、人全被染成了金色，耳边的咔嚓声也连接不断。

宾馆里的服务员都说，我们这里，一年365天，200多天是阴雨云雾，你们这次的游黄山，既看到了云雾，又看到了日出，真幸运！

赏完日出，用好早餐，7:45，我们一行便开始边玩边下山。当日预报说十点左右有雨，可从玉屏到光明顶、白鹅岭、云谷寺，直至午后近4点，到黄山脚下，一路安稳。准备买票乘车出山门，才开始下起淅淅沥沥的雨来。

黄山之行，除了出游的愉悦，更有老天的眷顾。与自然的美好相伴。你喜欢它，它更爱你，这也许就是自然界天人合一，相互依存的铁律。

屯溪老街

屯溪老街在安徽休宁，它，很写意的被新安江环抱在怀。

十年前，说是去采风，但还是去也匆匆，走也匆匆，因而印象并不深刻。这次再进，属自主游，加上三天的入住，就在屯溪的广交大酒店，没挪窝，且夹江相对，从11楼的窗口，俯看老街，尽收眼底。

屯溪，屯，在字典里解释为村庄；溪，即山里的小河沟。但老街为何取这名，其时有些不解，而"屯"的解释能说通，毕竟距今已有500余年的历史。而这"溪"字，就值得琢磨了。老街紧依开阔的新安江，咋与溪沾边，唯一的理由是与水有关。现在细想起来，也许与老街特定的地理环境，祖先的意念上，有着密切的联系。

老街全长1273米，精华部分853米，宽5至8米。包括1条直街、3条横街和18条小巷，呈鱼骨架形分布，西部窄，东部宽，300余幢徽派建筑构成一个整体，就像一条巨型的鱼，是目前中国保存最完整的，具有徽派建筑风格的步行商业街。因而成为"全国重点文物保护单位"，也就不作为怪了。如今，老街的建筑，尽管显现在流光溢彩中，但那些鳞次栉比的马头墙，青砖黛瓦的木屋结构造型，斑驳凹凸的蜿蜒石道，昔日的容颜依然没有改变。

这古街，北靠四季蓊郁的华山；南依终年澄碧的新安江。它，就镶嵌在青山绵绵，绿水茵茵之间。作为经商之地，徽商们自然希望能日后繁荣富强，因而取地名便不能随意。这次在绩溪游赏，也是具有异曲同工之妙，胡氏宗祠旁的龙川河，绝不比大运河窄，它的地名也称绩"溪"。由此看来，先人还是很智慧的，溪与江比起来，更柔美，更诗意。

靠山临水的老街，其实在夕阳西下，晨曦初露时为最美，也最接近宁静深幽的古意。就因没挪窝，自主游，入住近，步行也就十分钟不到。每当夜幕降临，人们还忙于做饭用餐时，街面上，人影稀疏，灯光渐亮，把一幢幢徽派建筑的棱角，勾勒得美轮美奂。没了摩肩继踵与人声鼎沸的老街时，我会在街面上，缓缓行走于厚重的石板道。而每当天色微明，忙碌了一天的人们还酣睡于梦乡时，我又悄悄穿过古老的"屯溪桥"进入。其时，街面除了自己，还没其他人影，铺面还没打开，街灯还没熄灭，而天幕已开始淡蓝，启明星，弯月亮还没谢幕，这样的境遇，唯我独享。

在老街，让我最为心系的是万粹楼，从史料记载上可见一斑：万粹楼——中国首家古建筑形工兵私人博物馆。面积2000多平方米，糅合了徽派民居、园林、府第、商铺的风格。馆内陈列着主人收藏的大批文物，以及500多件当代名人字画，900方珍贵砚台。此楼建于1996年，楼高四层，采用明清时代古建筑遗存的石雕、砖雕、木雕等旧构件中的精口，按徽派建筑的风格重新组合而成。一楼"九百砚堂"陈列、经营以歙砚为主的四大名砚及文房四宝。其中一方号称"歙砚之最"的砚台，重达25000多斤，这块砚石出自婺源的龙尾山。一对曾经高踞在状元府前的华表上，俯瞰人间的时代石雕独角兽，也被请到了"九百砚堂"。"九百砚堂"的一些展品，还反映了徽州人的思想观念和生活状况。一台20世纪30年代生产，至今还能调速并摇头晃脑的日木电风扇，一台1905年德国产的缝纫机。那时徽商虽然在晚清时已开始衰落，但他们的日常用品依然高档时尚。

二楼展出的是各种文物和艺术品，像瓷器、祖容、名人字画之类的，甚至还有龟群化石和五千万年前的四川自贡恐龙化石。还有祖容（徽州人把祖先的遗像称作"祖容"，一般是夫妻像）。三楼是楼主的起居室，按照徽州民居的传统风格布置得古色古香。四楼天台是一个小小的庭院，盆景、鱼池、假山、小树……一派徽州园林的风味。

屯溪，地处皖、浙、赣三省交衢，由新安江、横江、率水河三江汇流之地的它，古时被称为"宋街"，且被誉为流动的"清明上河图"的屯溪老街，只要有机会，我还会去。

雾锁桃花潭

入住"桃花潭农庄",已是薄暮时分。晚饭过后,文友们三五成群,边聊天,边散步。我则带着小私心,为隔日一早拍雾,捎带了解地形物景后,便早早歇息。

这里四面环山,杂树茅草丛生,是一个地地道道的湿地。农庄,就像在一个大盆地里。

翌日,五点起床,快速洗漱完毕,全副武装后,拎起相机,便独自出门。这时的山中,气温偏低,已明显感觉到它的寒气逼人。

山里的天,黑得早,亮得晚。圆月还悬挂天空,启明星尚在闪烁。

四周出奇的静,唯有咕咕咕的野鸽子,哆啰啰的小水鸭,还有那些不知名儿的鸟雀,已开始在叽喳叽喁。

草叶、树叶上,停歇满晶莹的露珠。空气清鲜而有些湿漉。几步开外,水面上的雾气在徐徐飘起,把近树远山,遮掩得若隐若现,恰似一幅幅水墨淋漓的中国画、水彩画。

山那边,太阳逐渐地升高,天色也开始出现了红晕。粉红、曙红、橙黄、橘红,天空,在时时变幻着或淡或浓的色彩,天底下的物景也在渐变。

或大或小的水面,湿地间的水道上,乳白色的雾气,越来越恣意地洇散开来,轻柔而袅娜,让整个天地,披上了一件轻薄的白纱。

"桃花潭水深千尺,不及汪伦送我情。"听导游说,李白就曾到过这里,因而留下了这首老少皆知的名诗。但李太白是否真到过,我绝不会去较真,反正这样的人间仙境,我还是第一次遇见。

小岗村的"大吉梨"

晚上得知我买的"大吉梨"已到锡，不等对方第二天给我送来，就有些迫不及待想吃，立马赶去自己取货。

回家细看"大吉梨"，感觉个头特别大，每只都有一斤多。据说，大的还有二斤多的。品尝过后，皮薄细嫩，甜而不腻，脆且汁多，香味浓郁。

吃着梨就想起了种梨人。他不仅与我有着深交，也是值得我敬佩的无锡老乡——安徽凤阳县小岗村"梨园公社"的创始人黄庆昶，他已在小岗村安营扎寨整9年了。

他，在地处小岗村最僻远，地势低、土质差，杂草丛生，流转了600亩无人要的土地。在被当地人称之小岗村的"大西北"，栽下了梨树，辛勤呵护到如今，他硬是在这块贫瘠的土地上，让它硕果累累。

别处的梨，大都在七八月间采摘结束，他栽的梨树结果偏晚，九月中下旬才开始采摘。树上挂满了一只只小到七八两，大至一二斤的"大吉梨"。这梨肉多核小，及至内核也是甜的，且不用冷藏，放上半月一月也不会坏。秋燥时节、雾霾日子，它正是润喉生津、清肺保健的好水果，再加上"大吉梨"还有着抗氧化的特殊功能，自然受到众人的青睐。

黄庆昶知道现代人对安全食品的关注度。梨树种植全程有机肥，不施药、不催熟，太阳能灭虫，环保套袋，纯天然，纯绿色，这使大吉梨的品质有了保障。

耳听是虚，眼见为实。去年12月初，随无锡市作家协会去小岗村采风，在梨园的路两旁，见到了一堆堆乌黑乌黑的堆肥。问过黄总，这是什么肥料？从哪里来？他告诉我，是"小岗宝迪种猪科技有限公司"猪场的猪粪，一车车免费运来的。猪场的废物，成了梨树的绿色有机肥，这是真正变废为宝，生态循环的范例。当然，梨园内几百、上千的鹅鸡，在梨园里吃草，既成了"除草能手"，又为梨树增加了肥力。立体种养，鹅梨两利，和谐相处，相依共存的科学种植法则，让"大吉梨"名闻遐迩。

2016年春，习总书记去小岗村，重近3斤的果王"大吉梨"，成了小岗村展示的土特名产。随后，从今年梨花盛开后的梨花节，到果实采摘，散客的，家庭的，组团的，观赏与体验同步。乡村旅游，观光度假，成群结队，一伙刚走，一拨又去。

无锡电视台、江苏电视台、安徽电视台、中央电视台，各大媒体，各路记者跟踪报道。一群刚走，一拨又去，一期又一期，一档又一档的做节目，拍专题。央视去梨园，以"向党的十九大献礼"为主题，向全国观众播出。

撸起袖子加油干，让"大吉梨"走出小岗村，走进千家万户，走向全国，写好土地流转和改革创新的新篇章。这是黄庆昶永不气馁，不达目的不罢休的最终目标。

查济，深山里的闺秀

查济，是泾县大山里的一位秀闺，自然得体，大方从容，温婉清丽，美得惊艳。

对泾县的了解，只知道这里出宣纸，那是上好的书法、国画专用纸，却不知泾县有查济这样的"美女"。

自驾车从高淳出发，一路奔突，进入泾县后，便开始七弯八拐，在大山里迁廻，眼往外看，心在查济。

据查考：查济村，原有108座桥梁，100座祠堂、108座庙宇。现尚留古代建筑140余处。其中桥梁40余座，祠堂30座，庙宇4座。元代建造的"德公厅屋"，位于村中水郎巷，三层门楼，厅内前檐较低，檐柱楠木质，粗矮浑圆，柱础为覆盘式，无雕琢。明代的"涌清堂""进士门"，雕刻细腻，结构精致，是目前保存较为完整的古建筑群，国内十大处女古村排行位列第二。

"十里查村九里烟，三溪汇流万户间，寺庙亭台塔影下，小桥流水杏花天。"经历了一千四百多年风雨历史，成为全国重点文保4A景区的查济，容颜未改，风韵犹存。唯有斑驳的墙体，光溜的石块，凹凸的石道，各式的小桥，在告诉我它的古老，但生命依然旺盛，老也优雅。

在村中，穿过的那条溪，说是溪，其实比常见的溪要大，比河小而已，最宽处估计也要六七米。就因夏日里是枯水期，游客完全可以在水中感受它的清凉，要是雨季的话，水源一定充沛。清凌凌的溪水里，孩子、游客在嬉戏、捉小鱼。

江南水乡，枕河而筑，查济古村，临溪而建，靠山而筑，这是它独特的地理优势。不用刻意去梳妆打扮，却出落得妥妥帖帖，自然美丽。没有晨钟暮鼓，却有鸟鸣鸡啼；没有水平如镜，却有溪流潺潺；没有灯火璀璨，却有炊烟袅袅；没有高楼大厦，却有粉墙黛瓦；没有林立烟囱，却有茂林修竹，生活在这样的境遇里，唯有查济的村民们独享。远离喧哗与噪杂，在空气清新，绿色翁郁中游赏，这里能让人忘却一切烦恼，让心自然安静下来，虽不能超凡脱俗，却有远离红尘的感觉。

古时没有整体规划的查济，村民们既有宅地建造的合理布局，也有通风透光的基本要素。这样各自为政的随意性，反倒形成了错落有致的美感。古居古道，古井古桥，古树古坊，古寺古塔，形成了查济独特的人文景观，也吸引了唐国强、赵薇等，更吸引了许多美术家在此安营扎寨，成为"安徽美术家村"。这，并非他们的到来而声名鹊起，而是查济的自然之美，为他们提供了优质资源，更为他们的艺术创作带去了灵感。

古朴的木廊，几乎没有人为的做旧与修缮痕迹，它，连着一幢幢并不高大的明清建筑及院落。千百年来，这里的墙面马头斑驳，灰色的青砖早已裸露，院墙偶有坍塌，木质的窗棂老旧得已近发灰，但这样的原汁原味，越让游客感到它的自然古朴，厚重里有着异样的沧桑。

查济有独特的桥。这里没有那种宏伟气势的，横跨一条溪，最长也就七八米，但树桥我是第一次见过。它，就地取材，用坚硬却不失柔韧，大小不一，粗细不同的树干与枝干，组成桥面与桥栏，既有实用性，又有观赏性。一字形桥，大都是金山石，偶有青石，就在两边石墩上一搁，就是最简易的桥。由二三条石铺成的，更有独块的，走在其上，总觉得，那独块的金山石，在一千多年前，是咋样运进来的。拱形石桥，有高有矮，有长有短，桥两面有的爬满了藤蔓，有的成了足有七八米长的藤条，从桥上直垂近溪面。而造型不同，材质不一的桥，经历了一千多年，山里的村民，早已把它踩成光润的石板。查济的桥，便捷里有创意，小巧中有原始，古老里有气韵。

在这里，美术爱好者，写生者随处可见，有老师带着中小学生的，有来自各地专业院校的，有自发组织的。他们就在画里乡村，住上十天半月，抑或更长。沿途碰到一位美院学生，她来自浙江，我说："你们浙江有西湖、富春江、千岛湖……咋还跑到这儿来写生呢？"她说："这里的美更原始！我已经来了四天，啥时打道回府，还没计划。"

沿着溪流，踩着石道，看游鱼，赏村落，拍美景。优越的生态环境，也吸引着一群群白鹭在这里栖息。在村头，游人极少，溪边时不时扑棱一声，在溪水边，飞出一只白乎乎的精灵，随后歇落在溪边树杈，盯着溪流里的一群群小鱼，绿色里的它，就愈加可爱！

临走前，走进了一自酿米酒的酒家，这里品种不少。淳朴的店家女主人，笑盈盈地介绍着各种酒，有纯米酒，有山里各种果味的酒。为了保证她家各种酒的纯真度与真实度，特意用小勺，在大玻璃瓶内舀出，让我们一一品尝。虽然对我来说，酒不是钟爱之物，但还是买了两瓶现装的猕猴桃竹筒酒。

"门外青山如屋里，东家流水入西邻。"在钟灵毓秀的查济，虽然停留短暂，但即便在梦里，我还会再与你见面……

烟花三月去丫山

　　烟花三月没下扬州，却去了丫山。丫山，国家4A级风景区，在铜陵、池州、芜湖三市交界处，它的全称是"丫山花海石林风景区"。起初读起来很不顺畅，总觉得拗口，未去之前在想，为了吸引游客，花海、石林是否有夸大之意，而走近它，便觉得名符其实。

　　丫山，因两山形似"丫"字而得名，远望极像，是九华山的余脉，不算高，但盘山而上，游览观光车还得开个二十来分钟才能到达。

　　"横看成岭侧成峰，远近高低各不同。"山宜远观，才有逶迤起伏，蓊郁氤氲的气势。但进入山中，便是"不识庐山真面目，只缘身在此山中"。那坡上坡下的牡丹，更需要近距离接触。

　　山东的菏泽牡丹，河南的洛阳牡丹，广西的石林早已蜚声中外。而我认为"丫山花海石林风景区"的牡丹，那是因它藏于深山未曾识。

　　牡丹园在山上，说是园，其实远比园大得多，东一片，西一片，南一片，北一片，坡上坡面，上上下下，满是牡丹。白的、粉的、红的、黄的、黑的、大红的、深红的、浅浅深深。单瓣的，复瓣的、重瓣的、骨朵的、含羞的、盛放的，它们国色天香，且以不同的姿色，吸引着游客。一朵朵，一撮撮，一丛丛，游人就像追星族，与明星们亲密接触，合影留念。

　　丫山，是中国牡丹原产保护地，也是著名的"牡丹之乡"。四月的丫山，牡丹盛放，点缀于山石峰岩之间，花与石相映成趣。在这里赏牡丹，没有一望无垠的气势，但很立体，有层次，多变化，石头垒成梯田式，高低错落，大小不一，极富观赏性。

　　其实，除了景区，在村落的家前屋后，全是村民们种的牡丹，白色居多。起初不解，而看到当地的一个个种植基地，一块块广告牌才明白。当然听了从小在这儿长大的"小航妈"的现场介绍，就更加清楚。原来，它的叶可泡茶，根可入药，是当地具有很高经济价值的药用作物。

丫山，景区面积25平方千米，是我国长三角地区石林分布面积最大的喀斯特地貌景观。石林景区内，真有怪石嶙峋的感觉，近似于太湖石的质地，里面溶洞、瀑布、峡谷、天坑、暗河浑然一体。石林里，有像美人如鱼的，蝙蝠翩翩的，老鹰欲飞的，野猪拱地的，虎狮匍匐的……在这石林里细品，足够让你生出许多物象来。

半天的时间，对于游人来说，只能是走马看花。我们在金华农家院落里，吃完地道的农家晚餐，已是7点多。大家兴冲冲从丫山景区出来，"小航妈"的姑夫（胡太平——芜湖市最美村官），怕我们的司机不认得山道，已让儿子在那里停车守候。当我们上车的瞬间，天空已下起了小雨，雷声、闪电也接踵而来。路，曲曲弯弯，雨，越下越大，看着前面开道车红红的尾灯，总觉得，这远比警车开路来得更温暖。

这次入住于一个四面环山，极幽静的"红龙山庄"是唯一的建筑，睡前，刻意打开窗，在雨声、蛙声里入睡，在鸟声、雀欢中醒来。

临走前，"小航妈"的爸爸还把精心炒熟的花生，每人一份，分送给大家。他说，这还是没有经过改良的品种，口感极好。

这次丫山游，"小航妈"在幕后作了精心准备。食宿提前预订，游程合理安排，让我们心存感激。

梨园，鹅场

市作协的小岗村之行，于我来说，仅是浮光掠影，走马看花。来到安徽凤阳小岗村，虽无法深度采访，但至少了解了轰动国内，震惊世界，改革包干第一村以外的一鳞半爪。

在这短短的两天中，地道的无锡老乡，"梨园公社"的创始人黄庆昶老总，他的助手董贵玲，给予了全程的关注与极大的帮助。当天午后，黄总亲自陪同我们，去了他的梨园及鹅场。他说："最初，这600亩的地，是小岗村最偏远，地势最低，土质最差，无人要的贫瘠地。不管是最初的开垦种植，还是后续的管理，他也每天都得走在这坑坑洼洼，下雨时，泥泞不堪的土道上，即便走个来回，时间也得一个半小时。"

我们踩着不成形，有着道道车辙，且偶有泥泞的乡道，进入他辛劳付出的梨园。那一棵棵，一排排，一行行，一人多高的梨树，在蓝天下，并不萧条。落光了的叶子，一根根的枝条，裸露在阳光下，恰似书法的线条，遒劲而不失张扬，曲中求直的屋漏写法，铁线篆似的线条，在这里没有半点掩饰，倘若你静静地面对它，也许能让你悟出刻骨铭心的人生来。

临近核心区，未见其面，先闻其声，那曲项向天歌的嘎嘎声，已从空阔辽远的乡野里传来。一个不大，也不算小的河塘边，那浩浩荡荡的白鹅大军，见有来人，边嘎嘎叫着，边扑扇着翅膀，从岸边一只只跃入水中，溅起的水花，让整个水面也愈加生动起来。

鹅下蛋，我是第一次见，而在小岗村的六百亩梨园内，亲眼看到鹅在茅草丛里下蛋，更没想到。问鹅场主人，咋一只不见鹅在河塘里，她却笑眯眯的指着不远处说，都在下蛋呢，你仔细看那茅草丛里，隐隐约约能看到，一只只鹅就蹲在里面。

征得鹅场主人的同意，尽管轻手蹑脚往前挪，还是让它们有些警觉。

稍后，一只只鹅，边嘎嘎嘎嘎的叫着，边摇摇摆摆的在茅草丛里钻出来。主人说："这几百只鹅，就在这梨园的茅草丛里下蛋，你可跟我一起去拾蛋，一只茅窝里，有一个，也有三四个，甚至七八个。"我，摸着那热乎乎的蛋，总觉得好亲切。主人则不停地拾，那喜悦，在她兜里，在她脸上，更在她心底。

黄总还告诉我们，他们的鸡鸭鹅蛋，作为官方注册的农副产品，只要你在"梨园公社"公众号的商城里下单，在保障品质，保证绿色的前提下，他们可以送货上门，到后付款。这样有底气，有信誉的服务态度，我们有足够的理由相信，无论是他的梨园果品，抑或他的鸡鹅禽蛋，前景一定美好！

感谢三清山

凑秋高气爽时节，我们搞宣教工作的同仁，一路高速，一路欢笑，直奔江西的三清山。

三清山为道教名山，但依我看，不管哪个教，在这里安营扎寨，绝对是清绝尘嚣，天下无双的福地。游此山，既有美景的乐不思蜀，留恋忘返，又有自然的绚丽多彩，鬼斧神工。

大自然，就像一位法力无边的魔术师，魔杖一点，衣袖一拂，便把三清山点缀得如此精彩。有人说秋天是金色的，我说秋天是绚烂的；有人说秋天是收获的季节，我说秋天是T型舞台。乘坐于40分钟的缆车内，你无论是仰视，还是俯视，左看右瞧，总会有一种莫名的感动。山上，挨挨挤挤、层层叠叠的杂树相互依存，相互映衬，以不同的色彩来打扮自己，展示自己，鲜艳而不媚俗，深沉而有风雅。

金黄的、蛋黄的、浅黄的……

墨绿的、深绿的、浅绿的……

深红的、大红的、淡红的……

还有说也说不出，见也没见过的，恐怕再高超的画家也难以调出的色彩。那密匝匝的小红果，它们都毫无掩饰、坦坦荡荡地让你尽情地赏，细细地品。朗朗的日光铺满群峰，树叶愈加光亮，山也愈显精神。三清山，因为有了它们而光彩夺目，魅力无穷。自然创造了物，上帝创造了人，身临其境的我，自然也多了一份感悟。芸芸众生，你想舞台有多大就有多大；你想空间有多大就有多大。展现自己，活出精彩，万物同理。

自然的神力，是肉体凡胎的人类所无法想象的。它既是位非凡画家，也是位能工巧匠。"巨蟒出山"在群峰中拔地而起，180多米的柱形巨石酷似蟒蛇，站在它身边，似乎有摇摇欲坠之感。据说，美国有位攀岩高手——蛛蜘人也来到这里，想攀而最终以失败而告终。

"司春女神"是景区内更能让人浮想联翩处，相信只有自然的神力，才能把她雕刻得栩栩如生惟妙惟肖。传说女神为西王母第二十三女，名瑶姬，是在想春天的早日来临，还是在思念远方的亲人……谁也说不清道不明，只有天知道。女神的身边，则是漫山遍野的映山红，要是在薄雾笼罩的春天里，这掌管春天的女神，不就是一位下凡的仙女么！

"神龙戏松"的奇特，"神猫待鼠"的灵动，"玉女开怀"的逼真，"三龙出海"的神奇，"观音听琵琶"的虔诚，"老道拜月"的恭敬，"一线天"的险竣，"南天雄狮"的威武……定让游客过目不忘，魂牵梦萦。

如果说自然的美丽神奇让你心驰神往，而一路互助的团队精神，更令人回味无穷。

我们二十多位同仁，在两天的游览中，给每一位都留下了深深的印记。女同志爬山累了，大家一起停下来休息片刻，鼓励着继续前行。山道上，大家时不时相互扶一把，说一声小心点；口渴了，有人说，我这里有，拿去喝；行囊沉了，有人说，我替你背；相机里没胶卷了，有人说，我还没拍完，凑合着够了。"谢谢""不用谢"在这里随时都会在你我的耳边响起。

记得那天在"西海岸"景区，看着凌空修筑的西海栈道时，有恐高症的我犹豫了。而就是两位年轻的老师，用小木棍在外边前后牵着，让我靠里走。并时时的鼓励我，让我领略到险道上的无限风光，夕阳西下的壮景，感受到人与人之间的真诚。在回来的栈道上，又是他们给了我独自前行的勇气。

曾听经商的人说过："中国人与外国人谈生意，一个人是一条龙，三个人是一条虫。"我不知道此话是真是假，但我相信：具有团队精神的人不仅是条龙，而且比龙更强大。

薄雾氤氲起石城

未去之前，原以为石城，不是一个城市，至少是个不小的街镇，抑或全用石头垒筑起来，且易守难攻，固若金汤的旧时战略重镇。有这样的猜想，就因它是在革命老区的江西，其实不然。

石城，我从没听说过，很陌生。这次是随摄协外出采风，才知它是国内著名的摄影点，因而不用像以往出行得网上搜，做详案，只要带上相机与简单行李就行。

石城，在江西的婺源，与安徽黄山靠近，村落不大，也不算太小，但就因旧时行政区域划分，隶属于古徽州，所以从村子的外形看，几百户人家，也是粉墙黛瓦的明清马头墙。村庄，就在四周青山环抱的盆地里。

借着月朗星稀的天光，双脚走在坑洼不平的山道上，小心翼翼地前往。大家各自找寻最佳的摄影点，或山坡，或山腰，或山顶。架好三角架，调试好长枪短炮，静静地在那里等待适度的天光。

沉浸在一片静谧中的村庄，只有偶尔传来鸡鸣狗吠声。

稍后，紧挨着半山腰，薄如轻纱的平脚雾，先是一条线状，开始向前缓缓移动，渐渐变粗变长。不一会儿，纵横错落的巷子里也开始起雾，一条条，一道道，恰似仙女群舞甩出的长长水袖，柔美的舒展开来。雾，漫过白墙，漫过屋顶，漫过树梢，浓浓淡淡，深深浅浅，一幅淋漓的水墨画，就在你面前。雾气笼罩，村庄若隐若现。

天光渐亮，站在摄影的制高点俯视，整个村庄群山环抱，一百多棵高大的红枫，耸立与镶嵌在白墙黑瓦中，村庄成了名副其实的仙境。无论是游客，抑或摄客，唯恐打破小村的宁静，只有轻声的惊叹。慎怕驱散飘渺的雾气，没有高声的言语，除了快门声。不知是谁在小声说，快看，那一处农家的烟囱，只见那炊烟袅袅上升。稍倾，整个村庄陆陆续续，炊烟四起，与那雾气相互交织，奇妙无比。

远处的天边，青黛里有了些许亮色，深蓝、淡蓝、曙红、桔红、橘黄、金黄，自然的魔笔，让黑白的村庄也有了色彩。那色调，那境遇，再高级的画家也无法描摹，更无法企及，而我们的相机，却把眼前的仙境，真实而不失时机地拷贝了下来。

太阳渐渐升高，我们从山上转入村庄。村庄内，到处都是的古红枫，古樟树，用遮天蔽日这词来形容，一点也不为过。一束束的阳光，从黑黑的树枝里透进来，让它更富质感；一束束的阳光，从叶缝的空隙中挤进来，让叶面的色彩愈加丰富。

黑白的马头墙，黄红的土夯墙。深黑的树干枝条，金黄微红的枫叶，绿色浓郁的樟叶，相互映衬，或主或次，有浓有淡，有明有暗，在阳光里显得特有韵味。

石城，藏在深山里的农家闺秀，不卑不亢，不温不火，天生丽质。她，不仅有着天仙般的娇容，更有着诗意般的内秀。

月亮湾

月亮湾，顾名思义，状如弯月。这名听着诗意，也名符其实。以我的眼光看，应该比想象中的更浪漫，就因它是自然的造化。

婺源的月亮湾在紫阳镇。为了能拍出水墨淋漓的感觉，五点准时出发，到达月亮湾，天色还暗。弯弯的江心洲，恰似女子蛾眉，把江面一分为二，成活脱脱两弯新月。找好拍摄点，支好三脚架，取出相机，一切准备就绪，就待时机开拍。

水面静谧流淌，山峦跌宕逶迤，渔船上，灯火里，戴着斗笠，身穿蓑衣的打渔者，开始进入视野。

桨，搅动着水面，桨声、水痕、圆晕、波纹，静谧中的月亮湾已不再平静。那隐约的江边杂树，大小不一，高低错落，倒影水中，江面也不再单一。有着柔美曲线的江中小洲，把弯弯的水道衬托得格外养眼。这样的境遇，大家有些迫不及待，长枪短炮已开始对焦咔嚓。

东方开始微红，江面雾气氤氲，竹排在薄雾里移动。渔人也开始撒网捕鱼，弯腰、轻吼、发力、甩臂，哗的一声，渔网，就在湖面上徐徐散落，一幅幅极有韵味的江南水墨长卷，在快门连拍里立马生成。

月亮湾，自然赐给人类的美好，我，喜欢这样的遇见，感恩！

篁岭的调色盘

在篁岭采风，老天爷很给力，虽已节气是立冬，但依然风和日暖，艳阳高照，穿了单衣还嫌热。

篁岭，典型的梯田式民居。无论是远观，还是近瞧，整个明清村落，呈扇形梯田状，高低错落。它独特的"晒秋"奇观，更让它闻名遐迩，世界独一无二。

走近梯田式的篁岭古村，无论你身处在哪个角度，似乎都被色彩包围着。房前屋后，自家窗台，房顶、小院、矮墙，有挂晒的鸡鸭鱼肉，玉米棒子。有圆有方，有大有小的竹匾，里面摊晒着瓜籽、银杏、柿子、萝卜、薯片及各色辣椒……那深浅不一，颜色各异的匾中之物，恰似一只只挤满色彩的调色盘。

篁岭，不仅保存着良好的徽式古村落，且有原汁原味的民俗风貌。村庄的房屋结构成开放式，家家户户木条伸展出去，连成一体，用以农副产品挂放，既不占地，又便于晾晒。五颜六色的农作物，与粉墙黛瓦的古建筑，重重叠叠，相映成趣，很是壮观。

如果说，婺源古村是中国古建筑的大观园，那么篁岭，无疑是藏在深山中一位色泽艳丽，楚楚动人的闺秀。

穿越古东森林瀑布

古东森林瀑群，在大圩古镇的古东村蝴蝶山麓。瀑布四季不枯，清澈透亮。全程落差90米，平均宽度为20米。古东森林瀑布分为二级，每级高约20米。瀑布虽然水势不是很大，但还是有些冲击力的。

在这样的瀑布群里，景区设置一个穿越活动项目，应该也是个创意。

我总想挑战一下自己的体力与意志，与外甥女一起，戴上头盔，穿好雨衣，换上草鞋，披挂上阵。我们拉着瀑中的铁链，人似乎悬空在山壁上。面对瀑布的冲击力，身子也有些左右摇晃，脚踩着山体上开凿的，勉强可以受力的一个个凹陷处，小心翼翼地攀登，全身就在清凉的瀑布中穿越。其实，这样的攀登，也没耗多大的体力。在炎炎夏日里，与水打交道，反倒觉得清凉惬意，且有着坚持与征服的快感。

"常在河边走，哪有不湿鞋？"虽然是全身武装，但在瀑布里穿越，"不失（湿）身"是不可能的。攀爬结束，卸下"全副武装"，把一双早年自己也会编制且穿过的草鞋，晒干后带回了家，也算是留下的一个纪念。

大圩古镇

　　去桂林古东的大圩古镇，并不在我的游程与计划里。就因游完"古东瀑布"还早，尚有见缝插针的时间，问过导游，又随机搜搜周围的景点而临时决定的。

　　午后，从"古东瀑布"出来，日头有些毒，大家商议后，又前往不远处的"大圩古镇"。

　　据史料记载，大圩古镇，汉代已形成，北宋时就成为繁华的商业集镇，后为广西四大古镇之一。清光绪三十一年《临桂县志》称"水陆码头"，抗日时期有"小桂林"之称，赶圩人数高达万余，泊船多达二、三百艘，地方商业文化积淀深厚，特色鲜明。

　　明清时，大圩南北商贾云集，商行应有尽有。明代解缙诗曰："大圩江上芦田寺，百尺深潭万竹围。柳店积薪晨爨后，僮人荷叶裹盐归。"各地商人在此均建有会馆，如有名的广东、湖南、江西会馆及清真寺等。到民国初期，大圩已形成八条大街：老圩街、地灵街、隆安街、兴隆街、塘坊街、鼓楼街、泗瀛街、建设街。沿江形成十多个码头，有"逆水行舟上桂林，落帆顺流下广州"之说，可见当时大圩的繁荣。

　　古镇长2.5千米，就紧挨漓江边，那些青石板道，虽已凹凸不平，但光润得能照出人影来。道中间，是宽2米的青石板路，两边的家宅店铺门口，则是青砖铺成。青砖木梁、木门木窗、木栅木廊组成的老平房，就不离不弃，安安静静地守候在那里。

　　踏着石板路，漫步在古镇老街，两旁的老建筑，似乎在向你诉说着一个又一个的古老轶事，让我仿佛来了次千年穿越。古镇上，许多竹编作坊、草鞋作坊、草医诊室、老理发店等依然存在。无事的老人，或坐于家门口看着来往游人，或摇着扇子聊着天，或是聚集一起喝茶打牌，很是悠闲。

　　古镇内，一座"万寿桥"，始建于明代，是用金山石砌成的一座拱形桥。桥面及石阶，石面已被踩得凹凸不平，溜光发亮，夹杂石缝内的小草，则妥妥帖帖地生长期间，让整座桥显得既古朴，又自然。

　　游走在大圩古镇，见到最为气派的是一座四层楼高的什么庙，庙顶正中的石匾上，第一两个字，已无法辨认。下方是"国泰民安"四字石匾。两边高高的石柱上，两条栩栩如生，雕工细腻，威猛无比的石龙，盘绕于石柱，很能让人联想起，在水势盛大的漓江边，人们祈求风调雨顺，国泰民安的心理与美好愿望。据导游小周介绍，这古镇上除了电影《刘三姐》在此取了很多镜头外，还有十几部电影、电视剧均在这里进行过外景拍摄。

　　来大圩古镇的游人三三两两并不多，老外倒也时有遇见。与好多游人熙熙攘攘、摩肩接踵的古镇比，这里的安静，更让人走心。一个多小时的游赏，根本无法深入，只能是浮光掠影，走马观花，但已经足够的震撼我⋯⋯

　　这次桂林之游，美中不足的是，这大圩古镇与象鼻山的相机照片已全部丢失。唯有几张手机的照片留存了下来，也算是这次影像资料的缺憾美了。

洞中极品银子岩

善卷洞、张公洞、慕蠡洞……类似的溶洞到过不少，原以为这些洞已算得上数一数二的。来了桂林，见了阳朔的银子岩，才让我知道，它，才是溶洞中的极品！

银子岩在桂林荔浦县马岭镇；距桂林市中心85千米，占地面积1500亩。1999年对外开放，为国家5A级景区。用当地的俗话说："游了银子岩，一世不缺钱"，这话听起来有些俗气，但也是人们的一种美好愿望。

贯穿十二座山峰的银子岩，典型的喀斯特地貌，属层楼式溶洞，现已开发游程2千米，分为下洞、大厅、上洞三大快。洞内汇集了不同地质年代发育生长，各种类型的钟乳石。有此景只应天上有，人间哪得几回闻的水镜倒影，美轮美奂的"瑶池仙境"；有如来佛祖盘腿高坐讲佛经，赶来朝拜，满怀虔诚的众弟子听经的"佛祖论经"；有飞流直下三千尺，疑是银河落九天的"雪山飞瀑"。而珍珠伞、广寒深宫、独柱擎天、金银群塔、惊峻天桥、音乐石屏、玉树琼枝、双柱擎天……一样的栩栩如生，形象逼真，令人叹为观止。

钟乳石晶莹剔透，洁白无瑕，像千年榕树的根须，像晶莹剔透的冰凌，像男女爱情的伊甸园……洞内奇特景观遍布，数不胜数。这些钟乳石、石柱、石塔、石幔、石瀑……用鬼斧神工来形容，一点也不夸张。这些自然界赐予我们的宝物奇景，在霓虹灯里，犹显色彩缤纷，绚丽幽美。人们称之"世界岩溶艺术""世界溶洞奇观"，也就成了必然。

银子岩的溶洞，迂回曲折、神秘莫测，走进去，犹如置身广寒宫，更能忘却尘世烦。

拜水都江堰

刚进"离堆锁峡"入口处，站停瞬间，目之所及，便惊得我目瞪口呆。

内江水，恍若一条淡蓝的大丝巾，在风中舞动，但分明是奔你而来。酷似一条溪流，但远比它激越宽阔，令人震撼。质是一样的清澈纯净，更有着人见人爱，不掺一丝杂质的天蓝。

没有汹涌澎湃的浩浩汤汤，却有波浪滚滚，一路奔突，荡涤一切污泥浊水的气势。没有如雷贯耳的轰鸣声，但低沉得让人感到，它是从地壳深处发出的震音。

2200多年前的都江堰，为秦国蜀郡太守李冰及其子率众修建的一座大型水利工程。"水旱从人，不知饥馑，时无荒年，谓之天府"。保留自然资源，进行科学合理的开发，使人、地、水三者高度统一。岷江之水，科学导引灌溉，让蜀地成为了名符其实的"天府之国"。这是自然的赐予，但更加体现出古代劳动人民智慧的结晶。

都江堰，不仅仅是世界遗产，它的功能，还将世代延续，实属世界级的一项伟大"生态工程"，更是一项顶级的世界奇迹。因而被列入世界文化遗产，国家5A级风景区。

都江堰水利工程，充分利用当地西北高，东南低的地理条件。根据特殊的地形地貌，水系水势，乘势利导，无坝引水，自流灌溉，使堤防、分水、泄洪、排沙、控流相互依存，共为体系。把防洪、灌溉、水运和社会效用发挥到极致。都江堰水网干渠和分干渠共38条，全长2163千米，支渠566条，总长5777千米，大型水库3座，中小型水库347座，无论有灌溉着600多万平米良田，抑或灌溉有1064万亩土地的不同说法，我们都毋庸置疑，即便科技发达到如今，当你站在它面前时，这古老而伟大的工程，足以让人瞠目结舌，浮想联翩。

都江堰，渠首枢纽主要由鱼嘴、飞沙堰、宝瓶口三大主体工程构成。

鱼嘴分水堤，是都江堰的分水工程，因其形如鱼嘴而得名。它昂头于岷江江心，其主要作用是把汹涌的岷江分成内外二江，西边叫外江，俗称"金马河"，是岷江正流，主要用于排洪。东边沿山脚的叫内江，是人工引水渠道，主要用于灌溉。

飞沙堰溢洪道又称"泄洪道"。它，具有泻洪、排沙和调节水量的显著功能，故又叫它"飞沙堰"。它确保了成都平原没有水灾之患。其作用是当内江的水量超过宝瓶口流量上限时，多余的水便从飞沙堰自行溢出。如遇特大洪水的非常情况，它还会自行溃堤，让大量江水回归岷江正流。飞沙堰的另一作用是"飞沙"，岷江从群山丛中急驰，挟裹着大量泥沙、石块，如果让它们顺内江而下，就会淤塞宝瓶口和灌溉区。古时飞沙堰，是用竹笼卵石堆砌的临时工程，如今已改用混凝土浇铸，确保一劳永逸。

宝瓶口，起节制闸作用，能自动控制内江进水量，是湔山（今名灌口山、玉垒山）伸向岷江的长脊上凿开的一个口子，它是人工凿成控制内江进水的咽喉。因它形似瓶口而功能奇特，故名"宝瓶口。"留在宝瓶口右边的山丘，因与其山体相离，故名"离堆"。离堆在开凿宝瓶口以前，是湔山虎头岩的一部分。由于宝瓶口自然景观瑰丽，有"离堆锁峡"之称，属历史上著名的"灌阳十景"之一。

从"离堆锁峡"后背穿过，左边是平阔洁净的观景大道，右边是连绵不绝的岷江水，依傍着蓊蓊郁郁的群山。

有山的地方，不到山顶观景，是一种遗憾，但从景区进入到对岸的道，极像"n"形，得绕着走，须穿过安澜索桥。上山，极费脚力，很耗体力，虽然进景区后，有一半的路程可乘景区游览电瓶车，但赏景需要走走停停，赏赏拍拍才过瘾。

"安澜桥"又名"夫妻桥"。据资料显示：它位于都江堰鱼嘴之上，横跨内外两江，被誉为"中国古代五大桥梁"之一，是都江堰最具特征的景观。始建于宋代以前，明末（公元17世纪）毁于战火。古名"珠浦桥"，宋淳化元年改"评事桥"，清嘉庆建新桥更名为"安澜桥"。原索桥以木排石墩承托，用粗竹缆横挂江面，上铺木板为桥面，两旁以竹索为栏，全长约500米，桥为钢索混凝土桩。

桥面上，尽管游人们故意晃荡，胆小者扶着或左或右的缆绳，大声惊呼。但对曾摇船出力，徒手可走船舷的我来说，不扶围缆，依然行走，在桥上左右赏景，照样拍景，很是享受。

过了索桥，沿着山路拾级而上。路不陡，山不高，到达山顶，临近薄暮，眼前群山逶迤，雾气氤氲。村落炊烟袅袅起，水系连绵穿川过。

"拜水都江堰，问道青城山。"这是余秋雨先生留在都江堰的名句，且刻于石碑，我在想，这"拜"字用在这一伟大工程上，是再也恰当不过了。

宽窄巷子

成都的"宽窄巷子"，这名，不霸气，不洋气，挺朴实。如与古村或古镇连起来，倒觉得很合拍，但它偏偏在四川省会城市的成都市内，这是我没有想到的。

宽窄巷子，是由宽巷子、窄巷子、井巷子三条平行排列的老街道、四合院群落组成。众多清末民初的老街民宅，洋楼院落，各式各样，高低错落，老成都的休闲生活，就在这里得以体现。

未进巷子，先见标志。进与出有两个标志，其中一个极像央视台的建筑外形。另一个是两个不规则的正方形，是下宽上窄的柱子，顶部又对称着成"7"字形，中间有个缺口。也许是下宽上更窄之意，斜斜的矗立在巷子口。

刚进入，一点也没有逼仄的感觉，而古朴的墙面上，一个个老成都衣食住行的立体标志，让我极感兴趣。

院落里不同样式，不同石质的老井，有青石的，金山石的，有圆的，有方的，有六角形的，很有创意的把古老的井栏圈，镶嵌着砌在墙壁里。对于游客来说，既能看到实物，又能通过触摸，感受到院内主人，曾经给他们带去生活用水上的便捷。最早的自行车，车上栩栩如生，笑容满面的长者，正与坐在轮椅里的一位小女孩对话，这样的生活场景，真让你回味无穷。

"百变门神"中的川剧变脸，名扬四海，闻名于世。在如今还是私人宅院门前，我见到了两个门神依然如故。一个红脸，一个黑脸，穿着五彩战袍，脚蹬战靴，戴着头盔，手持大刀和宝剑，威风凛凛的一副卫士做派。

家书抵万金。书信，曾是我们重要的通讯方式，而随着网络的兴起，邮差、邮包、自行车已渐渐淡出人们的视线，但再过十年二十年……这种书信联系的方式，会离我们越来越远，最终消失在我们的视线里。到那时，回头再来这里看一看，想一想，成都人用这样最纪实的方式记住它，且留存给我们的后辈，是一件功德无量的事。

骠骑思征，宽窄子巷，曾驻留满蒙八旗军。马，是历史中最重要的见证之一；形态多姿，重叠变化，门楼成圈拱的"宽窄重门"；石磨、灶头、壁橱，先前老式的电话机、缝纫机、收音机、唱片、算盘等，都在这里真实地一一展现着。

进入核心部分，游人便越来越多，而窄巷子里更是摩肩继踵。巷子里可说应有尽有，极像上海的田子坊，有风情小院，有娱乐休闲，有书局消遣，更有好多成都名小吃，但所有的巷子里却很洁净。

巷内，起源于成都"三只耳"的品牌饮食店，很让我感到新奇。据说，它有多重含意：首先是"三只耳"来源于三只耳创始人姓"聂"，"聂"为三耳，重叠即为"聂"。三只耳在古意里的含义是：听天听地听君王；如今三只耳的人，把它大胆的诠释成"听天听地听民声，顺风顺水顺口福"的理念。其次："三只耳"饱含了诸多的文字乾坤：一生二，二生三，三生万物，"三"字蕴涵通天彻地，融于大众，合于王侯！而"只"倒过来看是八个口，暗喻四面八方的口味、口福、口碑。在这样的饮食文化氛围里，这儿自然食客盈门。

老字号"隔壁子"，则有表演，既适宜小资光临，也适合大众消费，更适宜情侣约会、朋友聚餐、休闲小憩。"隔壁子"的意思很广泛。本意为"隔壁"的意思。但也常被理解为"附近"，"隔壁子"的"壁"并不是单单只表示"一墙之隔"。三块砖、上席、花间、滴意、琉璃会、香积厨1999、百力咖啡……这些看着就让人就生出无限遐想店名，就足以诱人。只是类似饮食休闲的店家太多了，无法一一罗列，而各种小吃更是目不暇接。

当然，除了饮食文化，在这宽窄巷子里，也不缺各色小商品，小玩意儿，依我看，"囧Box创意盒子"，就是一个有特色的店家。店里每个格子铺上，都附有小盒子设计师的名字及小玩意儿的创意或目的，从而能感受到设计者的灵感和创作者付出的努力。即便是简单的小小手链，也能感受到这里融入了设计师的制作理念，在这独一无二，讲究个性的今天，恰好迎合了很多人的心理。

　　宽窄巷子，无论是建筑风格，还是风味小吃，抑或娱乐休闲，既有古老的历史沉淀，也有现代的时尚元素。它的存在，就是浓缩了过去与现在，人们在不同时期，最为真实的生活场景。在里面，其实还有好多古色古香的私人住宅，大门紧闭，游人无法进入一探究竟，但对于一个匆匆过客来说，已不再重要。

漓江山水

世界自然遗产地，国家5A级旅游景区的漓江山水，是世界上规模最大、风景最美的山水游览区。

在网上查询一周的天气，却是连续的雨。可老天爷却特别的开恩，游赏不下雨，上车倾盆大。尽管没有足够的蓝天，但已天随人意，心有感恩。

《桂林山水甲天下》的课文教了几十年，那是文字的描述，再精妙，总没有亲历的那么印象深刻。

在游轮上赏漓江山水，虽然云层很厚，但并不影响水的晶莹透亮，清澈见底。山的层层叠叠，雾气氤氲，那淋漓，那朦胧里的柔美很是应景。

"江作青罗带，山如碧玉簪。"从桂林至阳朔，全程83千米的水路，除了午餐，几乎没在船舱内歇息，在清凉的夏风里，赏赏拍拍，即可尽兴。

漓江，用清、秀、奇、巧四个字来概括，绝无半点夸张之意。

漓江的水真清，清得能照出人影，映出翠山。时而像一条青绸绿带；时而像玉带盘绕，游轮犁出两道"V"形的白练，游艇在江面转出"S"状的图案。静与动的搭配，让漓江生动有加，充满意趣。

漓江的山真秀，秀得层峦叠翠，清晰里有隐约，朦胧里有柔美。"桂山之奇，宜为天下第一。"这是诗人范成大对它的评价。

漓江的山真奇，奇得惟妙惟肖。苹果山、螺丝山、青蛙山、仙人推磨、九马画山、猴子抱西瓜……有着"处处呈奇观""足够一生看"的意趣。

漓江的山真巧，巧得鬼斧神工，石崖上光怪陆离，绚丽多姿的石纹石色，构成无数的画面，足够你生出无限的遐想。

漓江，奇峰夹岸，碧水萦回，青山浮水，风光旖旎，它，犹如一幅百里画卷，一切都那么养眼惬意。

诗意平乐

平乐古镇，就在成都市管辖的邛崃市，古镇依山傍水，明清时期的建筑面积达23.54万平方米，且保存完好。因而，2004年2月被国务院六部委命名为全国重点镇，随后成为全国历史文化名镇、全国重点镇、全国环境优美镇。

平乐，古称"平落"，据史料记载，史前蜀王开明氏时期，平落因四面环山，中为平地，后又修水利，兴农桑，在此安家落户而得此名。穿镇而过的白沫江用飞沙堰分为"内江""外江"，形成一江分三水的独特格局。到西汉时期就已形成集镇，迄今已经有2000多年历史。

小桥、流水、回廊、塘面、青砖、黛瓦、马头墙，名人故居，高墙大院，古木参天，这是我对古镇的固有解读，总觉得缺了这些，便不成古镇。

去过甪直、周庄、锦溪、西塘、西递、宏村、查济、前童……而这次的川西平乐古镇游，却彻底颠覆了我原有的思维定势。

"平落"为何更名为"平乐"？当地人告诉我，1993年3月实行镇管村体制后，更名为平乐镇，但我觉得后者也有道理，至少在原有修水利，兴农桑的创业基础上，有了更大的进步。在当今生活富足后，人的心境确实达到了平和，心情得到了快乐。这里的古街、古寺、古桥、古树、古堰、古坊、古道、古风、古歌，也成为平乐闻名遐迩的"九古"。

午后，在一个"禹王古街"的简易牌楼下，不用买门票，便直接进入一条很窄的，比弄大些的街道，看着两边的简陋的房屋，心里咯噔一下，这就是古街？！但据史料记载，当初大禹治水时，曾来平乐治理白沫江，其时他们就住在这里。老百姓因感恩于大禹治水的功德，就在这修建了这条"禹王古街"。

径直走了百来米，左右的街道也逐步宽起来，让我有了"柳暗花明又一村"的感觉。古街后，一百多米宽的江面就在眼前。

大概是枯水期的缘故，整条江，分为三段，水不算丰沛，但在不远处青山层叠，鸥鸟翔集里，很有韵味。两旁古老的木结构房高低错落，有亭台楼阁的，飞檐翘角的，人字形的……青石铺成的街道，光滑而洁净，冠盖如云的榕树则盘根错节，枝繁叶茂，紧邻房舍，沿水生长，似乎遮去了半个江面。

发源于天台山玉宵峰的白沫江，自西向北流经古镇，碧水萦绕，虽是初春季节，但这里的春天明显来得比我们江南早。江两岸古木参天，上千年的榕树众多，远远望去绿云盖地遮江。而最让我心醉的是，两岸的老榕树下，沿江那长龙似的茶座，游人尽可在享受袅袅茶香的同时，看看古树，赏赏江面，那惬意中有着说不清的快意与诗意，来了，你就会觉得值。

镇内，没有回环流水，但有宽阔的白沫江。这里的江面，用围堰的方式，把其分为三段，上游水源充足，可供游人乘竹筏玩水。中游水量较小，在不违反自然流水规律的前提下，就地取材，用河床里大小不等，形状不一的块石、卵石，筑成折带状，成梯田形。利用它的落差，让水在流动时，改变一下角度，使其有长有短，有宽有窄，有小有大，有缓有急，有明有暗。有屡屡流淌，有哗哗作响，节奏有强有弱，有快有慢。下游则以裸石取胜，游人可以自由地玩耍，尤其是孩子，特喜欢。进行科学合理的布局设计，白沫江，有形有声，大气中不缺精致，更具美感。

"沫水西来，奔长江，汇九省商贾，繁荣千年埠镇；骑龙东去，通锦城，聚八方物货，富裕百里黎民。"这是镇前牌坊上的一幅对联。这里没有形态各异的小桥，江上却有始建于清代同治元年，如今已有一百四十多岁高龄的"乐善桥"，是四川现存最大的古代石拱桥。桥有七孔，孔形似桃，长120米，高16.6米，宽10米。民间认为，河上有了桥，水妖们再也不能兴风作浪，轻而易举地俘获人畜。而为了镇杀水妖，将桥墩砌成船形，上压重石，既消除了水患，又获得了源源不断的财富。桥两端，一对石狮虽历经一百多年，却保存完好，栩栩如生，风貌依然。而石狮下的图案是什么？我也没去考证。只知道，此桥由乡贤周潼宣、张大宾等人出资修建，从采石到竣工，整整花了十年时间。整座桥，长满了青苔，桥石凹凸不平，斑斑驳驳，但桥面光亮润泽的石条，在告诉我它的年轮与沧桑。而早在先秦，这里确实是川西南一座重要的水陆码头。

兴乐桥，为砖石结构，建于1992年，可通车辆，虽没有"乐善桥"那么精致与气派，但朴实里有着实用。两桥相距500米左右，也是便捷南来北往的要道处。而站在桥上看"一江分三水"之景，更是佳绝处。尤其是长在桥头的一棵1500多年的黄桷树，虬曲的根、干、枝相互缠绕，嶙峋突兀，树冠重叠葱茏。抬头看，真有遮天蔽日的感觉，当地人称它是一棵祛病消灾，求得平安的神树。紧挨着它的还有一棵1000多年的大榕树，许多游客摸摸树身，抑或系条红绸带，也是人们在内心祈求幸福的美好心愿，更是对自然界物种的虔诚与敬畏。

平乐古镇，距今已有两千多年的历史，从古到今，人来人往，商贾云集，一块块条石铺成的街面、桥面，就像一张张写满文字的书页，记录着过往与未来时代的变迁，真正读懂它，得有足够的时间与耐心。

雾谒青城山

青城山，为国务院首批列入国家5A级风景名胜区之一，后又列入世界文化遗产名录。

中国的道教名山一百多处，而在众多名山中，最为出名的是湖北的武当山；江西的龙虎山，安徽的齐云山，四川的青城山。

我到过齐云山，110平方千米的景区，相比较而言，景区面积200平方千米的青城山更大。海拔1260米的青城山，与海拔585米的齐云山相比，它更高，更有气势是不容置疑的。前有闻名于世的都江堰，背靠水势盛大的千里岷江，且有"青城天下幽"的美誉。它与"桂林山水甲天下"有着异曲同工之妙。沿途的石道两边，葱郁的绿树中，偶尔也夹杂着一团团，一簇簇白色的早樱。

"青城山中云茫茫，龙车问道来轩皇，当封分为王岳长，天地截作神仙乡"是宋人白逊的诗。连皇帝也来问道的神仙之地，自然非同一般。这里的幽，是白云缭绕的幽；是深宫大园的幽；仙风道骨的幽；令人生畏的幽。

"遍参尊宿游方久，名岳奇峰问此公。五月半间看瀑布，青城山里白云中"是唐代诗人贾岛，送给白云洞高僧灵应和尚的诗。能被著名的诗人，如此敬重与极力的推崇，那是独上高楼之幽；静心修炼之幽；瀑水清冽之幽；瀑道隐现之幽；瀑声回音之幽；白云飘悠之幽。贾岛，就在这样的境遇里云游四方，拜僧问道。

青城山，林木葱茏，群山环抱，宛若绿色城郭，以形得名，名符其实。但另有一说更让游人感到它历史的悠久，青城山原名清城山。道教创始人东汉的张天师创立天师道，以清城山为基地，并主张"清虚自持、返朴归真"的教义。

　　到了初唐，佛教发展势头迅猛，清城山发生了佛教与道教之间的地盘之争。官司打到皇帝唐玄宗那里，他亲下诏书，判定"观还道家，寺依山外"，道家自然成了赢家。可唐皇却把诏书中清城山的"清"字，写成了没水的"青"。皇帝是金口，何况还有文字见证，谁都不敢违命，故最终成了"青城山"。虽说"这个故事并非传说，山上保存的唐碑诏书全文具在，足以作证"，但我没考证，也没见碑文，不敢肯定。不过，从当时历史情况看，可能性还是有的。

　　有着2000多年厚重历史的青城山，对我来说，仅是远道而去的匆匆过客，对它的了解，即便用上一鳞半爪、走马看花一词，也有夸张之意。

　　山道中，印象最深的是上清宫。它是青城山现存38处宫观中位置最高的一座道观，宫门上"上清宫"三个大字为蒋介石手书，两旁楹联"于今百草承元化，自古名山待圣人"，是书法家于右任所书。大意是说，青城山的草木都得到了道家仙气的沾染，这座名山从古到今，就等待圣人的来临。两棵1700年的古银杏，挺立在宫门左右，据说是张天师亲手所栽。其中左边一棵，在2010年一场罕见的特大暴雨袭击青城山景区中，电闪雷鸣，竟把这棵古银杏劈断。看着伤痕累累的古树，总觉得老天为何如此狠心！……

　　殿的右侧楼前，有两井并列，称为鸳鸯八封井。井旁刻有国画大师张大千手书"鸳鸯井"三字。井深均为一丈，两井位置相距不足一米，井口形状为一方一圆，圆者为鸳井，方者为鸯井。两井位置等高，深度相当，且井中之水为同一源头所聚。但井水清浊不一，圆井长年浑浊，方井则长年清澈。两井虽属同源，深度一致，但水平线却从不一致，有时圆井水位高，方井低，时而方井水位高，圆井低。据说，有人专门用温度计做过测试，圆井水温高，方井水温低。鸳鸯井为何出现这些现象，至今也没答案。

　　"大德无为"是在三清宫大照壁前看到的，另一面是一个大大的"道"字。在我看来，大德无为即是一种境界，老子提出无为主张，是他修行达到了绝顶。而修行达到一定高度即是无。老子已经超越，所以，他明白一切"为"，都是"无"，都是空。

看山是山，看水是水；看山不是山，看水不是水；看山还是山，看水还是水，这是宋代禅宗大师青原行思提出的参禅三境界：

涉世之初，万事万物还原成本原，山就是山，水就是水。懵懂里固执的真实，但往往会碰个鼻青脸肿。

步入红尘，受到万事万物的诱惑，如雾里看花，但开始用心去体会这个世界，对一切多了一份理性与现实的思考，故看山不是山，看水不是水。

历练后的人生，已到世事洞察后的反璞归真，明白了自己追求什么，要放弃什么。这时，便看山还是山，看水还是水，只是这山这水，看在眼里，已是一种最高境界的体现了。

下山途中，游人不多，却遇到一拨抬滑竿的山民，他们穿着桔红色外套，胸前挂着服务证，正沿着曲曲弯弯的石道，弯腰蹬腿，一步一个脚印，之字形向上登。尽管他们仅是一个劳力者，但他们是在用自己的汗水，换来生活里最踏实的费用，依然值得我们敬重。

"来路原是去路，看山何如游山。"即将走出山门的那一刻，抬头又见这副对联的瞬间，似乎有些顿悟与通透。上山也是这条道，匆匆赶路且视而不见。而来路原是去路，现实一切未变。由此看来，变的只是看者的心情，而生命的轮转，不也是来路即去路……

意外在南桥

从都江堰出来，已是薄暮时分，华灯初上，游走了半天，肚儿空空，已觉疲惫。宾馆预订在成都市区，都江堰到宾馆的高铁票，早在无锡提前买好——晚10点。现在首要解决的是找个晚餐店，顺便坐坐歇歇脚。

打探到去都江堰高铁站，那里连家小店也没有，还得在南桥坐30来分钟的4路公交车，末班是8：45。这就为我们下定决心，就近找个饭馆，先喂饱了肚子再说，顺便南桥转转。

压根儿没想到，就在车站旁，又是一个景点——南桥。包里掏出事先做的6张出行方案，却没有南桥的介绍，不管咋样，去看看再说，想必景区吃东西的地方总会有。

不去不知道，一去不想走。

南桥，位于都江堰宝瓶口下侧的岷江内江上。桥长约133米，4排5孔。他不仅是南往北来的交通要道，也是一座雄伟壮丽的廊式古桥，在暮色的灯光里，美得惊艳！据说此桥宋代以前，没有它相关的史料记载。最早叫"凌云桥"，后改名"凌虚桥"，清代又称"普济桥"，1959年重建，更名为"南桥"，被誉为"天府源头第一桥"。

清光绪四年（1878），县令陆葆德用丁宝桢大修都江堰的结余银两，设计施工，建成木桥。1925年重建，桥面加宽；1933年军阀混战，毗河战争爆发，木桥中孔被拆毁。1958年，桥毁于洪水，重建时改木桥桩为混凝土桥墩。1979年改建，加高了桥身，加固了通道，桥头增建了桥亭、石阶、花圃，桥身雕梁画栋，桥廊增饰诗画匾联。1982年，国务院将南桥划入都江堰文物保护区范围。2008年汶川大地震再受重创。它，经历了绳桥、土桥、木桥到钢筋混凝土结构的演变，更经历了种种劫难，但如今的它，依然傲立，且更加坚固美丽。

2008年汶川大地震，让南桥受了重创，当地政府按照"修旧如旧"的原则，耗资490万元，再次重修。拆除的大部分木结构都被安装到原位，既保持了原有古朴的风貌，又减少了重建成本。原来的88根混凝土柱子全部更换成厚度达1.2厘米的钢管，用掉90多吨钢材，达到8度抗震。在4个桥墩的上下游方向，新加了8个喷水大龙头，加装了50盏彩色射灯，超过2000米的LED彩灯。

从四川总督丁宝桢大修都江堰，县令陆葆德用丁宝桢大修都江堰结余的银两，设计施工，建成木桥，到新中国成立后，也不断进行灾后修缮。直至2009年改建至今，桥头的亭台楼阁，雕梁画栋，描金填彩，壁画诗词。屋顶上的《海瑞罢官》《水漫金山》《孙悟空三打白骨精》等民间彩塑，形态各异，栩栩如生，这是川西能工巧匠，美术大师的杰作。从古到今，南桥得到了历代清官的关注与修缮，更得到了当地百姓的支持与赞誉，让它在夜色里更加绚丽夺目。

进入南桥，看那气势，廊桥下，翡翠似的岷江水，从桥孔里奔涌而出，发出低沉的轰鸣声，朝着下游滚滚而去。

沿江两岸，是至少可并排放上两桌，足有里把长的廊式夜排档，灯火璀璨里，它像两条火龙，一条白龙渐渐远去。暮色里，袅袅的炊烟，隐约的群山，山顶的宝塔，灯火里的江水、廊桥、人影……倒映在江水中，有韵味，足够醉。

饥肠辘辘，靠江坐定，服务员已把茶水递上，看菜谱，点好菜，说明南方人，鱼汤微辣可以，其他菜看不放辣。大约20来分钟，饭菜上齐，不一会儿，我们便来了个一扫光。

走出南桥，回望它，心在念，下次我还会来，且要在这儿住上一夜。

醉在鹤乡

有着"鹤乡"之称的扎龙国家级自然保护区，位于松嫩平原，离齐齐哈尔市30千米，面积21万公顷。由乌裕尔河下游流域，大片永久性，季节性淡水沼泽地和无数小浅水湖泊组成。这里河道纵横，水网稠密，湖泊沼泽星罗棋布。丰沛的水系，茂密的芦苇，广袤的草甸，独特的气候，成了丹顶鹤栖息的天堂。

保护区内，沼泽地最深不过1米，湖泊最深达5米，该区生息繁衍的鱼类有46种，昆虫类达277种，鸟类260种，兽类21种。其中丹顶鹤、白枕鹤、白头鹤、闺秀鹤、白鹤和灰鹤均为国家重点保护的一、二级动物。每年4～5月份丹顶鹤来此处栖息繁衍，白鹤近1000只来此栖息逗留，后继续北迁至俄罗斯，为迁徙性停息鸟。

扎龙自然保护区中的"观鸟旅游区"长8千米，宽9千米，面积1550公顷。从齐齐哈尔市出发，经约半小时，即到达我心系已久的扎龙自然保护区。乘着电瓶观光车，稍后便进入腹地，随着曲曲折折的木栈道，前行十多分钟后，来到了丹顶鹤栖息的核心区。天很蓝，蓝得透明；这里的云很白，白得纯洁；这里的水很清，清得晶亮。这里弥散的清新空气，让你感受不到一点杂质。

那天，放鹤观景台的游客并不多，十点左右，随着一阵吆喝和游客"来了来了"的惊呼声，不远处便传来扑啦啦的声响。稍倾，那一群群白色精灵，箭般的迎面而来，继而直上蓝天。它们时而追逐，时而盘旋，时而鸣叫。蓝天里，白云中，多了这些精灵，便多了几许生动。随着放鹤人的呼唤，鹤群瞬间又停歇在土丘，它们边觅食，边戏嬉，或浅水里寻觅鱼虾，或岸滩边闲庭信步，或土丘上振翅欲飞。红顶、白羽、黑尾、长腿，它们无论是在空中、地面，抑或在水里，总是姿态优雅，洒脱自如，无忧无虑。

如果说是神奇的土地滋养了它们，而古老的传说，更让自然保护区蒙上了一层神秘的色彩。

据传，这里曾是一片盐碱地，土地十分贫瘠，村民们生活艰辛。一天，疾风顿起，乌云蔽空，飞沙走石，约半个时辰后，云散风定，天空骤晴，酷日如火，随着阵阵哀鸣，一个庞然怪物从天空中扎落下来。人们惊慌不已，纷纷关门闭户。这时徐大胆提着木棍赶去察看，发现一条巨龙扎落在干涸的地上。村民闻讯，前往围观，只见巨龙明目如珠，双角高矗，锋利的龙爪深深地抠进干裂的土中，龙身数十丈，粗如几人合抱不拢的老榆树，上面布满簸箕大的鳞片。那巨龙双目垂泪，挣扎着曲摆首尾，欲飞不能，叹望九霄。一位银发长者告诉大家："龙是水性天神，能为人间行雨造福，大家赶紧搭棚浇水，救它脱凡归天。"于是，人们凑集了很多木杆和被褥，给巨龙搭了一个巨大的凉棚，还从远处担来清水浇于龙身。

村民们的举动，也感动了天上的"百鸟仙子"，她派丹顶鹤率领白鹤、白头鹤、白枕鹤、灰鹤、蓑羽鹤、大天鹅及众多小鸟飞到人间。它们展翅盘旋，为巨龙遮日蔽荫，呼风唤雨。不出几天，浓云密布，电闪雷鸣，顷刻间暴雨狂泻，洪水猛涨。巨龙得水，则腾入高空，随后俯首下望，曲身拱爪向救它性命的人们叩首三拜，人们欢呼跳跃着为巨龙送行。

巨龙飞走，奇迹出现。人们发现在巨龙飞起的地方，竟成了一眼望不到边的大泡子，泡中鱼虾丰盛，荷花菱角艳香诱人。从此，这里成为风调雨顺、物产丰富的宝地，丹顶鹤也留下来定居。人们为了纪念与神龙、天鸟的缘分，就把这里称为"扎龙"和"鹤乡"。

乘着游兴未尽，我们又乘着竹筏，穿行于绿色的苇丛，那窄窄的水道两边，时不时扑愣愣飞出些水鸟野鸭。竹篙入水、竹筏缓行，水面上划出长长的水纹，很写意。蓝天、白云、飞鸟，倒映在清凌凌的湖面上，苇叶、菖蒲、水草相互交织，浑然一体，在这样的风景画前，谁能不醉呢？！

喀什老城与高台民居

到了新疆，不到喀什就不算到新疆：到了喀什，不到老城，就不算到喀什。在老城区游赏，这里的民居建筑艳丽华贵，富于维吾尔族民族特色，让我看得目瞪口呆。

从老城区出来，紧挨着的是名闻遐迩的"高台民居"。它建在高40多米、长800多米的黄土高崖上，已经有600余年的历史。

房屋依崖而建，家族人口增多一代，便在祖辈的房上加盖一层楼，意味着后辈不能败家，要更上一层楼。这样一代一代，房连房，楼连楼，层层叠叠，挤挤挨挨，据说最高的有7层，住过7代人。这些房屋大多是土房，在这些看似随意建造的楼上楼、楼外楼之间，形成了四通八达、纵横交错曲曲弯弯，忽上忽下的50多条小巷。如果没有本地人带路，外来人一定会迷路。有的小巷，两边看都是土坯房，进了各家院门，里面却别有洞天。院子里种着葡萄、无花果、花草盆栽，干净整洁。有的房屋建造装饰不仅富于民族特色，且十分精美！高台小巷除了民居奇观外，还有很多土陶作坊，历史悠久。高台上最兴旺的时期，有近百家土陶作坊，现在保留的已经不算很多。高台民居是喀什展现古代民居建筑和风俗风情的一大景观。由于里面在修缮，我们无法进入。但即便在外围看，这样的建筑已足够我们穿越时光隧道，去感受它沧桑的历史。

普吉岛

普吉岛，泰国南部岛屿，位于泰国南部马来半岛西海岸外的安达曼海。原以为岛就是个岛而已，大不了，进入后才明白，这是一个统称。土生土长的地陪阿兴告诉我，这里仅大大小小的岛就几百个，加上广袤的海域，海陆总面积仅次于新加坡。

普吉岛，是泰国最大的海岛，但也是泰国最小的府。它以丰富的旅游资源被称为"安达曼海上的一颗明珠"，有"珍宝岛""金银岛"的美称。

首日，乘车前往出海码头，导游说，根据今天的风力，是否能出海，他心里也没底，只能到时看大家的运气了。好在到达目的地后得悉，风浪还在可出海范围内，但救生衣一定要穿好，且反复交代了注意事项，不能拍照，不能站起来，座位两边体重要均衡。

乘着快艇，迎着风浪，在浪峰与浪谷里抛起甩落，艇后白浪翻卷，与海浪相撞，飞沫四溅。从未有过的颠簸与刺激、激奋与惊险，让惊叫声不绝于耳。

临近攀牙湾，沿途的小桂林、红树林、帝王岛，美得我目瞪口呆，用风景秀丽的词来形容，总觉得是远远不够的，尽管人们常把美景喻为瑶池仙境，却是一个虚无缥缈的梦，并不真实。而眼前的天，蓝得纯净透明；云，白得轻盈洒脱；海，绿得迷人心醉；山，怪得嶙峋奇特。阳光下，海湾里，沙滩上，游人并不如织，沙滩日光浴的，海水中游泳的，游人就在那里尽兴。

借天借云的，借山借礁的，借海借船的，游游歇歇的，泳衣泳帽的，丝巾墨镜的，沙滩上，她们时不时摆个pose，或躺或坐，或站或跳，海风吹拂，丝巾飘飘，恣意的心情，在一次次快门的咔嚓声里瞬间定格。什么身心疲惫，烦燥不安，不悦不顺，统统被抛到九霄云外，扔进天涯海角。

情人沙滩，又名加勒谷岛，普吉岛中的一个小景点。但前者无论从地名，抑或意趣上，既吸引游人，也更能让人浮想联翩。

快艇，在海浪中颠簸，浪谷里穿行。一眼就能看透的加勒谷岛，其实是一个很柔美，略高于海平面的沙丘，不大，但成了我们的独有。

极目四周，空阔辽远，略带弧形，一字儿排列的双人快艇，祖母绿的海水，肆无忌惮的阳光，组成了一幅远中近的立体画面，静谧而热烈。

白云，漂浮天际，洒脱得无拘无束；天空，湛蓝得明净剔透；海水纯澈；白沙，细腻得可爱温柔。

情人沙滩，没有贝类，没有卵石，没有杂物，洁白的细沙；舍不得触摸，但谁也控制不住在她的怀里逐浪、跃动、翻滚、纵情……

遇见

海上有明月，星星还忽闪，淡蓝的天幕下是深蓝的海水。

入住泰国一酒家，临海，没几步路，便是沙滩。一大早，我们就去海滩踏浪，海风轻吹，清凉无比，踩着细沙，踏着海浪，除了哗哗的海水声，海滩是安静的。

我们起了个大早，去海滩踏浪。沙滩上，一只只指甲大小，在朝霞里透明无比的海蟹，悄无声息的快速横行，未待靠近，它已钻进了一个个沙滩上的小黑洞。

不远处，一位金发碧眼的外国靓女，正抱着她未满周岁的幼儿，在海水里快乐戏嬉，见我举着相机在拍她们，一边（Good morning早上好！）的打着招呼，一边用手比划着，指指我，又点点她和孩子，啥意思，除我听懂了"早上好"的见面问好词外，其他一概不明白。好在我这一小撮人里，也不乏能讲一口流利英语的，同样问好之后，她们告诉我，要我把拍的照片让她看看。

在她翘着大拇指及纯净灿烂的笑容里，通过翻译，我终于知道了，她是德国人，到这里来度假的，说我拍得很棒！并邀请我们一起合影留念。随后，她们有说有笑，交谈甚欢。

临走前，她写上详细邮址及姓名，请求把她母子俩和我们一起的合照，通过邮箱发给她。

大清早的踏浪看海与遇见，除了心中装满了蓝天、碧海、海蟹，还有那来自不同国度的缘分。

初识圣约翰大学

　　圣约翰大学位于美国纽约州纽约市皇后区，是目前美国规模最大的天主教会大学，创立于1870年，距今已有137年，占地约97英亩，在寸土寸金的纽约市，不可多见。该校虽然在2017USNEWS美国综合性大学中位立第164名，但医药学院和教育学院在全美名列前茅，被《华尔街日报》评为100所"最可能在学生的事业和工作上提供帮助"的学校之一。

　　儿子从硕士到博士，已在该校的医药学院就读五年，昨天，随他进入校区，有了一鳞半爪的外部初浅印象。

　　虽是夏季，但15℃～25℃的气温，感觉还是春暖花开的季节。校园满眼绿色，葱郁的好多百年大树，在诉说着学校历史的悠久；绿色的片片茵茵草地，象征着校园旺盛的活力；盛开的鲜花，预示着学子斑斓的前程。整个校园，给我的大致印象是一尘不染，洁净如洗，安静里不缺生动与张力，优雅中充满温馨与浪漫。

　　学校内的图书馆，也是一幢标志性建筑。楼高四层，横向二百余米，成"凸"字形的图书馆，轮廓分明，线条简洁，造型稳固，意蕴着笃学、坚毅。说是图书馆，但它内部的功能十分人性化，楼下一溜的沙发旁，有着一架钢琴，既可半躺阅读，也可敲敲键盘，也可听听琴声。楼上桌椅整齐，宽敞明亮，可边阅读，边聊天，边喝喝咖啡，抑或交流交流，抄抄摘摘，随性随情里，有着人文的温馨。

　　校园内，一座中式的古代帝都建筑风格，屋顶是金色琉璃瓦的孙中山纪念堂，在欧式建筑的校园里，它特别抢眼，但无法进入。至于为何建造在这西方的校园里，对于我这语言不通，历史知识缺乏的匆匆过客而言，无法深入考究，但我明白，那一定有它的历史渊源。

旧金山——向上走的城市

旧金山，在美国加州西海岸的圣弗朗西斯科半岛，面积121.73平方千米，三面环水，风景优美。即便是夏天，气温也仅20℃左右，是典型的凉夏型地中海式气候。但在今日的富有里，且有着昔日的荒凉与艰辛。

1848年1月，在加州东北部的苏特坊发现了黄金后，消息很快外传。同年8月，加州发现金矿的消息，又传到东部的纽约，各地许多人怀着一朝致富的心，开始大量进入旧金山。1849年起，加州淘金潮也就真正拉开大幕。从美国各地到其他国家，梦想实现淘金梦的人络绎不绝。其中许多华人也被作为苦力，贩卖到这里挖金矿，修铁路，尝艰辛，从此，大批华工也就在这里安家落户。

当年，旧金山港口的帆船到处可见，市区的人口也急剧暴涨，从1847—1870年之间的500人，猛增到15万人。其时，除了世界各地前来实现淘金梦的投机者外，许多人在旧金山还开店提供淘金者需要的补给品。当时的公司，有些至今还在，如制造李维斯牛仔裤的李维·斯特劳斯、吉德利巧克力店、富国银行、加州银行等。

旧金山，起初只是一个县。随着旧金山联邦造币厂的成立，淘金便使得旧金山成了当时美国密西西比河以西最大的城市。这，也是"旧金山"城市名称的来历。

旧金山，在给淘金者带来福音的同时，自然的神力，也给人类一次次带去过灾难。由于它在加州主要地震区，历史上最大的地震在1906年，之前在1851、1858、1865、1868年也发生过大地震。地震，震出了独特的地形与地貌，成了一座地地道道的山城，"向上走的城市"，也在口口相传里自然接受。

其实，确切地说，向上走了，就必定会向下走，但为何偏重于"向上走的城市"别名，那只能亲自去走一遭，体验体验才会真正明白。

我们驱车进入市内后，无论是在车内，还是在街道行走，都有不一样的感受。城市内，街道纵横交错，但几乎每条街道，高低落差都十分明显。汽车，一会儿上，一会儿下，坐在里面，极像在大型超市乘上下电梯，又像游船在波浪上行的感觉。但在行走中，由于是下坡，相对轻松不费力，因而行人往往会忽略不计。而上坡时，走路体力消耗明显，这样给人感觉是一直在往上走。当然，是否这原因而得此"向上走的城市"名，我不敢下定论，至少我是这样理解的。

世人永远的伤痛

6月9日，天有些阴沉，在纽约世界贸易中心的一、二号楼的旧址前，所有来者，心情似乎格外的沉重，有人在默默地敬献一朵朵鲜花。

曾记得，2002年9月11日，在第一时间，收到了大洋彼岸，表妹发来"世贸双子塔"倒塌的电子邮件。随后，国内各大媒体也相继作了报道，两架被恐怖分子劫持的民航客机，分别撞向美国纽约楼高512、530米，世界贸易中心的一、二号楼。两座建筑在遭到攻击后相继倒塌。美国国防部事后公布了此事件的遇难者为2996人。

旧址前，一块块大理石，矮墙式的围成了大大的方形水池，四周顶部的黑色大理石上，刻着这次事件中遇难者的姓名。正中又有一口深黑的大方井，四周像珠帘样的水，永不停息地流向这口深不见底的井内。水流不息，世代铭记，这是美国人民，乃至世界爱好和平的人永远的伤痛。

曾经世界最高的姐妹楼，早已不复存在，但新的世界贸易中心一号大楼，13年之后，再次坐落于911事件中倒塌的原址上。高度为541.3米，1776英尺，象征美国建国的年份——1776年。地面82层，地下4层。占地面积241540平方米。

如今，911事件的发生地，已成为公园，并规划了数栋摩天大楼，与周围街道更好地融合在了一起。

游约塞米蒂国家公园

上午10点，从加州的洛杉矶自驾出发，至约塞米蒂国家公园，一路高速，经过6个多小时的长途速奔，下午4点多，才到达公园。进入园门前，工作人员依然根据车为整，五位也是30美元，凭票可在里面连续进出玩7天。

2849平方公里的约塞米蒂公园，想作些深度游，最好住在公园内。那大约百来幢的小白屋，外观简约，但内部设施一应俱全，可供全家在此歇息休闲，免了游人来回进出，路上耗时。儿子本想提前预订，但还是晚了，说得提前半年才行。最终在公园外租了一栋私家别墅，但离公园要有40分左右的车程。不过，这里既清静，又独门独院。取出主人告知安放处的钥匙，开门进入，整个屋内，就是我们的天地。楼下楼上，干净整洁，功能设施一应俱全，要烧烤，要做中国饭菜，全由我们自己决定。

看来，任何事物都有它的两面性，有弊也有利。

约塞米蒂公园，2006年5月13日，正式与安徽黄山风景名胜区结为友好公园。1984年列入世界自然遗产。位于内华达山脉西麓，峡谷内有默塞德河流过。我们第一个见面的是峡谷里的河。说是河，但那并不宽阔的河面，用汹涌澎湃来说，一点也不夸张，而这样盛大的水势，来自那高山之巅的一条条瀑布水流的汇合。远观，群山层叠，山高水长；远听，声如闷雷，不绝于耳；近看，飞花碎玉，似雾像雨。想见真面目，那高山之巅，飞流直下三千尺的水势，你就别想靠近它。即便是那些胆大的，准备好的雨衣，再想靠近点，成了落汤鸡不说，还冻得瑟瑟发抖。

在瀑布下的水流分道处，我们玩得尽兴时，只见小女孩牵着一只大白狗，闯进了我的镜头。再看父女俩，和善里的他（她）们极阳光，而这狗狗，见了水，格外的兴奋闹腾。见我在不停地拍它，似乎为了表示对我的友好，还主动的配合着我摆pose。除了与它的主人在水里撒欢，还时不时来我身边蹭蹭，主人说，这是它对我的喜欢。分别前，他又主动提出，请我们能否留个联系方式，把拍的照片发给他。

在十分友好的短暂交流中，他告诉我们，去年暑假，他带着女儿和狗狗去了黄石公园，今年又来了这里。他每年凑着女儿放假，都要带着女儿和狗狗出趟远门，陪着玩玩。

镜湖边的瀑布，从高高的山顶上倾盆而下，没有飞花碎玉，只有细雨纷纷，如牛毛密，像乱针绣，似轻纱舞。光影里的山体、瀑水、绿树也成了五彩的，像油彩点乱，似水墨渲染，若水彩洇散。东边日出西边雨，自然的魔力，让我惊喜里又多了一份敬畏。

这次在加州的约塞米蒂公园树林里，还见到了真实的啄木鸟。

红红的顶，尖尖的嘴，黑白的毛，单从头颈看，外形极像丹顶鹤。虽然早年的小学课本里，有过《啄木鸟》的文章与图片，但这样面对面的遇见，却是头一遭。

它，又长又尖又硬的嘴巴，不仅能啄开树皮，且能啄开坚硬的木质，很像木工用的凿子。细长而柔软的舌头，伸缩自如，舌尖角质化，有成排的倒须钩和粘液，非常适宜钩取树干上的昆虫及幼虫。

在寂静的树林中，"笃笃笃"的声音，是它在诊断树的病情。要是发现树干有虫，它的利爪就紧攀树干，先把树皮啄破，然后将害虫用舌头一一钩食，连虫卵也不放过。当遇到虫子躲藏在树干深处时，它又会巧施妙计，用嘴在通道处敲击，使害虫在声波的刺激下而逃出洞口，它则在洞口守株待兔。当遇到虫害严重的树，它又会认准这棵树，连续工作好几天，直到害虫彻底清除。

"丁丁向晚急还稀，啄遍庭槐未肯归。终日与君除蠹害，莫嫌无事不频飞。"它以终日辛劳与高超医术，被人们尊称为"森林医生"也是名符其实。

云里缝里的曼哈顿

　　纽约的曼哈顿，高楼鳞次栉比，让本不宽敞的街道更显逼仄。尽管街道纵横交错，但建筑的高度，严重影响着采光。无论是观光的游人，还是外出购物的顾客，都似乎隐淹在深黑的街面上，这是寸土寸金，发达国家大都市的通病，谁也改变不了。而不同风格，不同样式，不同色彩的建筑，却弥补了它宽阔不够，狭窄有余的不足，至少不让人觉得讨厌。

　　时报广场，未去之前，原以为是一个视野开阔的广场，其实不然，它，同样被压缩在狭窄里，只是以广场为核心，借助了四条狭长的街道延伸而已。但由于它无论是新闻媒介，还是娱乐购物，在世界上有着无法撼动的地位，因而被称为"世界的十字路口"。

　　时报广场原名为"朗埃克广场"，后因《纽约时报》早期在此设立总部大楼，而更名为时报广场。由于其知名度高，世界上不少著名城市，都有商场或建筑物取名为"时代广场"，这个名字便自然深入人心。

　　在时报广场周边，聚集了近40家商场和剧院，是繁盛的娱乐及购物中心。百老汇剧院上，大量耀眼的霓虹灯广告，以及电视式的宣传版，成为象征纽约的标志，从而也反映了曼哈顿强烈的都市特性。街头艺人、即时新闻，歌曲MV，电视节目的超大屏幕，足以吸引每个人的眼球。

　　时报广场还是纽约唯一在规划法令内，要求业主必须悬挂亮眼宣传版的地区。包括美国广播公司在内的世界多家新闻媒体，均在时报广场设有演播室和新闻中心。所以很多国外媒体在说关于美国新闻时，总爱把镜头切到时报广场演播室，以繁华的景色为背景。

　　如果说时报广场是全球著名的娱乐购物的中心，新闻媒介的舆论标杆，那么鹤立鸡群的帝国大厦，也是曼哈顿地标建筑物之一。它虽然与坐落在黄浦江畔浦塔高468米的"东方明珠"相比，还是矮了一截，但它保持着世界最高建筑地位最久（1931—1972共41年）是不用质疑的。帝国大厦楼高381米，103层，1951年增添了高62米的天线后，总高度为443.7米。观景台环绕大厦的顶部，能看到中央公园、哈德逊河和东河、布鲁克林大桥、时代广场、自由女神像等，可以360度俯瞰纽约市。

1945年7月28日上午，帝国大厦也发生过轰炸机撞击帝国大厦事故"。一架B-25轰炸机，转场到新泽西州纽瓦克机场时在雾中迷航，以每小时320千米的速度撞上纽约帝国大厦第79层，机上3人和楼内11人死亡。飞机燃油向外泄露，延烧至第75层，但帝国大厦结构完好无损，事故两天后大厦正常开放。在9·11事件后，大厦曾连续3个月，点亮蓝色灯光以示哀悼。

云里缝里的曼哈顿，在它的逼仄里，有着向世界开放的气度。

第五辑

闲言碎语

白露

　　白露，自然界二十四节气之一。进入这节气，就真正意味着秋天到了。

　　这时节，早晚温差很大，白天的阳光，尤其一到中午，虽然没有酷暑那么毒辣，但还是有些闷热，气温依然在30℃上下徘徊。而太阳一下山，气温开始下降，深夜的温度更是急剧下跌。由于昼夜温差的悬殊，水汽凝成水滴，密集地歇息于花草树木。

　　"蒹葭苍苍，白露为霜。"这是诗经中对白露节气，水乡清秋景物的描述。

　　湖边，洁白、蓬松、轻盈的芦花，在秋风里摇曳，密密的苇叶已渐渐由绿变黄。草尖、叶面、花瓣……自然界的所有植物，被晶莹剔透的露珠，点缀得分外滋润精神。在初升的阳光里，远远近近的小圆点，停歇在草尖叶面，灵动且可爱。

　　"白露身不露，寒露脚不露。"这是乡下谚语。意思是，到了白露节气，用无锡方言来说叫"夜暗白热"。由于一天里的温差极大，早晚很凉，因而，以前我在乡下时，要是一早出门去上街，或自留田取菜，即便是干农活，长辈们都会要求多穿件长衣和长裤，甚至戴个草帽，以防着凉，说宁可热了脱。

　　到了白露，除了乡下农人有保身护体意识外，也有对它十分厌恶的贬语。

　　"白露里个雨，到娭坏娭。"在乡俚俗语中，既有排斥，更有贬义。究其原因，白露，恰好是稻花飘香的时节，而这时的雨，便淋坏了稻花，连续的阴雨，缺了阳光的照射，会严重影响谷粒生长的饱满度。对于日出而作，日落而息，靠天吃饭的农民来说，从布谷到长成秧苗，防鸟偷嘴看秧板、上秧灰、施肥、除草、除虫，一道工序也不能少。从插秧到渐渐成熟，拔秧、莳秧、拔草、耘稻、施肥、除虫……经大半年的精心管理，忙碌付出后，眼看将要到嘴的粮食，就这样被白露里的雨所糟蹋，从内心里不仅有惋惜，更有怨恨。所以，农民对"白露里个雨，到娲坏娲"的"恶"语，也能让人们口口相传的保留下来。这样的恶语，虽然与"蒹葭苍苍，白露为霜"比较起来"，少了秋色无限及书卷气，但这样朗朗上口，通俗易懂的乡语白话，既朴素，又实诚。

白露里的雨，不仅对农作物有很大的危害，对蔬果的生长也有的影响。此时节下雨后，自留地里的蔬果菜叶上，就会看到一个个白斑。老人说，这是因为下的是酸雨，但有否科学依据，我也从没去考证，直到现在也不知是啥缘故。

"白露秋风夜，一夜凉一夜""白露里个雨，到娲坏娲"。人们既希望天气能很快转凉，增加舒适度，但又不愿看到它对农作物的严重影响。这样的矛盾心理，既有对现实生活的美好祈盼，也有内心咬牙切齿的痛恨。但自然界的这种现象，万事皆同理，有利必有弊。

采野茶

六点半起床漱洗，早餐后，七点准时出发，去采野山茶。三五分钟后，到达目的地。

在层叠的深山里，这两座小山并不起眼，山上种植的是板栗树。嫩绿的树荫下，茶树就一丛丛、一簇簇、不规则、星星点点地散落在山坡上。深绿的茶树叶间，那透出的嫩绿，便是要采摘的鲜叶。

去之前，已略做功课。看过采茶女左右开弓，双手并用，熟练采摘，也在采茶高手那里，了解了些采茶要领。采茶，不能用指甲掐，否则掐下处，烘炒后会发黑。指肚轻捏，手腕一翻，有着轻微的脆"叭"声，应是规范采摘的基本要求。

阳光，从树叶间挤进来，让茶叶上多了些许光斑，很有阳春白雪的感觉。

茶篓，用布条系在腰间，手指就在叶丛里不停移动，边摘边往竹篓里放。

近四小时的采摘，虽然算不得体力劳动，但在斜斜的坡面上，得站稳猫腰，眼到手到。

整整一上午的采摘，虽是腰酸腿酸，但看着茶篓里的"战利品"，自然也有小喜。到家后称一称，三人摘了近四斤鲜叶。晚上，又通过烘炒，再称，一斤未满。平均装了三袋，各得一份，满心喜欢。他们发到群里，朋友们都说多买点回来，答曰：采采少，限量版，不供应，来品尝。

放慢你的脚步

未到黄金周，同事及好友已在提议琢磨着去哪儿？我总觉得，这七天外出是花钱挤闹猛，找罪受，最终是以搪塞的一句："还早，到时再说"。

10月4日一早，《扬子晚报》头版，以醒目的《交管局发微博"别来中山陵啦"》为题头，报道了"昨天上午近5万车次涌入中山陵，只有2000车位的景区俨然成了停车场"，2版《故宫涌进13万游客"8万人限流"失守》的相关信息……这也应了好友蒋殊《把自己交给沙发》一文里提到"机票涨价，车票吃紧，宾馆窜红，旅游公司人挤人"的预言。

其实，各条黄金线路，经典风景名胜，大同小异，不挤就怪了。国人，大都有着从众心理，缺失理性分析，因而你去我去大家去，很易走向极端。以致造成本是用来休闲歇息的好时光，到头来，成了筋疲力尽的被动者。

走进成熟的金秋乡村，那一望无际的稻田，它的清净，它的质朴，它的稻香，远胜万人攒动的风景；邀上知己一二，泡上一杯淡茶，它的袅袅，它的清香，它的温馨，不亚噪杂喧闹的都市；书橱里，信手取一本，游走咀嚼在文字里，它的智慧，它的快乐，它的书香，绝胜摩肩接踵的人流；摆上笔墨纸砚，它的墨香，它的线条，它的造型，平添凝神屏息的几分安宁；静坐池塘边，握着钓鱼竿，它的浮子，它的微动，它的咬钩，足以让你平静且激奋。留一份清净，留一份清醒，让自己生活安静下来，节奏降慢下来，不浮躁，不随俗，这是我假日里所遵循的要义。

当然，有私家车的朋友，想停就停，想走就走，不急不躁，累了，床上就多赖会儿。想买些地方特产，就看着情况。有些山货之类的，农家仅是少了个外包装，但实物更绿色，更环保，少了许多中间环节，价格更合理，大可不必被人家牵着鼻子走……

喊吃饭

喊吃饭，在江南一带，是句最简单，最普通的乡俚俗语，这种现象，在我看来，即便地域不同，喊吃饭的方式与性质都是一样的。

子女婚嫁的喜事，老者仙逝的丧事，上了年岁的祝寿，好事成双的媒人，婚后生子的满月，新宅落成的上梁，新居搬家的乔迁，求助他人的帮忙，拜师学艺的请师，学成升学的谢师，职务升迁、获得各种奖项的，加上在各种传统佳节里，亲朋好友的喊吃饭……诸如此类，应该也有好几十种。

喊吃饭，在现实生活里，不可缺少，但很讲究，也是一门很深的学问。

在婚丧喜事上，无锡当地有句俗语叫"请吃喜酒挨吊耗"。意思是说，主人家办喜事，得亲自挨家挨户地送喜帖邀请。而丧事除了报丧，告知确定的出殡日期外，类似生前好友，虽没喊，可自到，以表示对逝者的敬重。这样的吃饭，对于健在的双方来说，友谊反会更进一步。

在吴地方言里，还有"办酒容易请客难"之说。喊吃饭，于主人来说，不论家境的贫富，有事请客吃饭，都在家庭预算中。现在大家生活条件好了，反正计算一下该请的朋友，酒店预订好，再多备几桌，然后一一通知就行。但对被喊者或家庭来说，半路上总会杀出个程咬金，往往会有其它更重要的事而无法前往，临时作出不能赴宴的决定。因而不来也罢，但出现了不必要的浪费现象。办酒席的主人要是经济条件很好，也不会上心，而经济稍有拮据的，一桌酒席，少说也得一千多，订多了几桌，虽在情理中，但从亲情与费用上，或多或少会有些小遗憾。要是很亲近的，还要后补。

喊吃饭，喊谁，怎么喊，哪些人坐一起，这些都是必须考虑的。首先亲戚是一个不能忘,而朋友喊哪些,你喊了张三,李四可别漏了,到时,人家"牵绊"起来,你咋说。即便为他补席,也许补不了他:"说明你眼里没有我,或不重视"的阴影。

好不容易喊的都答应来了,这些亲朋好友如何安排桌面。什么样的人物安排在一起,诸如亲戚好友,同事,坐在哪一桌,主人必须慎重考虑。辈分上的大小;烟酒上的嗜好;情感上的亲疏……凡此种种,弄不好会让你吃力不讨俏。

喊吃饭,酒,必不可少,但酒能成事,也能败事。如若安排不妥,酒过三巡,口无遮拦,酒后吐真言,对路的还好,不合道的在一起,那就事情复杂了。本来是皆大喜欢,结果会不欢而散。日后的矛盾,会就因你的喊吃饭而加深,甚至怪罪于你考虑欠妥。以后你再喊,他们会借故不来,从此断了往来。

现在人们的生活条件好了,喊吃饭的机会也更多了,但我还是觉得,一切从简为好……

忽略不计的后果

晚餐过后，坐在电脑前，准备换个"天竹"背景屏，刚起身，电话铃响了，在我一声"您好"后的三言两语中，我搁下了电话。换好背景，关上电脑，准备歇息。

洗漱完毕，上楼钻进被窝看"焦点访谈"。

八点过后，另一半上得楼来问："刚才是谁打来的电话？"我挠头抓耳，怎么也想不出是谁打来的，更不要说是什么事了，惹得她笑着说，我是提前得了老年痴呆，或是说不出来的事……

为了证实还没到这地步，我嘀咕着说："反正不是什么重要事，睡了一晚，说不准会想起来"。

一觉醒来，照例把自己身边的亲朋好友，同事学生在脑子里翻了个遍，就是没个影儿。

我这人，平时经常爱跟别人说："在现实生活里，有些事情完全可以不计较，不在意，更可忽略不记。"而这次轮到自己头上，有人想问个究竟，却想不起来，交代不出，憋在心里，实在哭笑不得……

到校后，我把这事讲给同事们听，他们都笑着，惹得那些不怀好意的问："是男的，还是女的，是中年的，还是年轻的，怕是说不出口吧。"有的说："哈哈哈，我们还从来没听说过，人家梦游醒来还知梦，你真是个大白痴！"

不过，直到家长为孩子有事请假，跟我打招呼才想起，昨天是学生来电……

鸡头米——藏在淤泥里的宝

芡实，别名鸡头米。早就听说吃芡实对人体益处多多，但即便在商场见过，也并不认识它。而它究竟长啥模样，长在哪里，也只是道听途说。直到前段时日，打听到厚桥的谢埭荡有种植基地，便有迫切想去探个究竟的念头。

给当地朋友打电话，他告诉我，"农人最近每天早晨三点多就开挖，要看，你得早起"。

天，还没大亮，五点刚出头，带着好奇心前往。百度搜索，高德定位，按图索骥，直奔种植基地。

大约半小时光景，到达目的地。

已是白露的末节，有些薄凉，在柔和的天光里，舒适度与心境极好。那200多亩的鸡头米，虽然算不上漫无边际，但在我看来，与高楼林立的逼仄城镇比照，乡野的这片鸡头米种植基地，也够得上广阔的了。一阵狂喜，随手拍拍，可四周张望，却没人在挖。电话再次联系好友，他说哪就不知道了。找到村上小商店打听，店主说，前段时间天天挖，昨天还在，你却不来。今儿听说去安镇胶山那里挖了，具体地址，我们也不知道，要不你去那里找找看。问及店内有否鸡头米卖，店主倒也爽快，"有啊，新鲜的80元一斤，干货120元"。买了一斤鸡头米的干货，驱车找寻，最终未见，失望而归。

回家后，没见到挖鸡头米，我还是心有不甘。与谢埭荡村委领导联系，回复说，直接给我负责种植的盛老板的电话，免得再扑空。

几天后，寒露刚到，电话盛总，他一再强调，要看挖，你必须在早上八点前到，迟了，我们就收工结束。

约定日期，按时到达。水面上，形似荷叶，状如小匾，绿绿的叶面上，满是有序的褶皱。淤泥田里，女人们穿着厚厚的皮裤，戴着厚实的手套，就在水下摸挖。二十来分钟，一只只鸡头米，便装满了竹编的大大篾篮里。为了解其内里的真面目，挖者还特意用刀剖开给我看，形似鸡头的里面，顶上是一朵收拢的紫花。那一粒粒状如石榴样的籽，就裹藏在软"肉"里。

在与盛总的交流中，我知道了鸡头米7月中旬还会开紫色的花，由于鸡头米的成熟期长，从夏到秋，恰好在炎热时节，每天得早上3点左右，穿上厚厚的皮裤开始挖。起初我有些纳闷，这么个大热天，干嘛还要穿上厚厚的皮裤，戴上厚实的手套。问及盛总，他说，鸡头米长出的杆子，就在淤泥与水中，上面全是密密麻麻的坚硬细刺，稍不留神，皮肉就破，这才让我恍然大悟。

每当大批成熟期，她们除了上午挖到八九点结束，下午4点后，还要挖一次。而让我惊讶的是，盛总不仅是位管理者，更是与员工一起下田的劳动者。问起营销方式，他说，网购快递，上门自选都可以。

交谈间，江阴新桥一农庄姓周的庄主，正开着车，赶来种植基地，他一下买了50斤。他说，虽然这芡实的价格贵，但他也知道，由于取出的不易，很少有人愿意种植。现在生活条件好了，这有利身体健康的绿色产品，已让越来越多的大众所认可。有的食客就是指名要有鸡头米的菜肴和主食的辅料。我也是通过多方打听到这里有，才开车过来的。

临走时，盛总送了我三个刚挖出的鸡头米，让我回家自己剥着体验体验，要吃到它的不易。

晚饭过后，切开，取出一粒粒黄黄的籽，洗去黏糊糊的表皮，原以为就算完工，与买回的，白白的芡实一比才发现，其实还少了一道工序。说是剥，得用力，那黄壳既厚又硬，整整花了近一小时，才剥出了七十来粒白白的芡实。

翌日一早烧粥，放入少许。半小时后，边吃边品，软软的，糯糯的，口感极佳。看来，那120元一斤的芡实，不仅是环保绿色，营养价值高，还有那份种植者的艰辛，一个字"值"！

如果说第一次剥，让我明白了剥的不易，第二次就更不省力。取出放置于冰箱的另一只。表皮已呈深赭黑色，剖开，取籽，那一颗颗的颜色，比上次的深了不少。指甲抠，坚硬得很；剪刀剪，无济于事；刀根劈，一道印痕。估计是老熟后，就这样子了。

无奈之下，想到了电工用的老虎钳，此时总算派了用场。使劲之下裂开，但内里雪白的鸡头米是粉身碎骨。再试，在软硬适中的用力里开裂，但剥开还是挺费劲，不过完整的很少。再琢磨，把鸡头米的脐与顶垂直成线，放进老虎钳，只听"啪"的一声，开裂成两半，完整的渐多。看来，口感细腻、营养价值极好的鸡头米，要成为口中之物，还得费不小的劲儿与工夫。

芡实，在西汉《史记》中即有记载；《神农本草经》列为上品。梁代陶弘景曰："茎上花似鸡冠，故名鸡头"；李时珍曰："芡茎三月生叶贴水，大如荷叶，皱纹如縠（hú），蹙（cù）衄（nù）如沸，面青背紫，茎叶皆有刺。……五六月生紫花，花开向阳结苞，外有青刺，如猬刺及栗球之形。花在苞顶，亦如鸡喙及猬喙，剥开内有斑驳软肉裹子，累累如珠玑。壳内白米状如鱼目。深秋老时，泽农广收，烂取芡子，藏至椑石，以备歉荒，其根状如三棱，煮食如芋。"以上历代本草所述的药用、食用的价值，已足以佐证它是个宝，我信！但种挖鸡头米的艰辛劳作者，更值得让我铭记！

惊蛰

昨夜的雨声里伴着雷声，应了"关门一夜"的乡俚俗语。它，恣意、任性，抑或有些飞扬跋扈。这，便是自然界里节气的真实，要知那是"雨水"的最后一天。

惊蛰，古时称"启蛰"，意味着仲春的开始。《月令七十二候集解》："万物出乎震，震为雷，故曰惊蛰，是蛰虫惊而出走矣。"动物过冬藏伏土中，不饮不食，称为"蛰"；春雷惊醒蛰居的动物，称为"惊"。

昨晚，雷声响在"雨水"与"惊蛰"的交节点上，也算顺应了往后的时日会多雨。但"未过惊蛰先打雷，四十九天云不开"的谚语是否会应验，不得而知，定论尚早。

春雷响，万物长。"到了惊蛰节，锄头不停歇""惊蛰吹南风，秧苗迟下种""惊蛰刮北风，从头另过冬"……老祖宗留下的这些老话，经过一代代的验证，还是很有参考价值的。这些农谚与气象谚语，且跟农事联系得十分紧密。

到了惊蛰，江南一带进入春耕季节，翻地耕作，开沟排水，浇水施肥。抢抓时节，不误农事最为紧要。"一年之计在于春"的道理，对于靠天吃饭的农人来说，最清楚不过了。

惊蛰时节，照理是气温回升的"九九"艳阳天，但天有不测风云，人有旦夕祸福。自然界的一切物象，祈求风调雨顺，从某种意义上说，也说明了靠天吃饭的重要。人定胜天，望梅止渴仅是鼓舞士气，激励斗志的一种手段与方式。

这段时日，天朗极少，凑着梅开，避开人潮，岔开假日，惊蛰这天，独自去梅园走走看看。尽管上午还是阴云密布，但午后虽不放晴，却有初开的天光。

　　节假日的园内，虽是花团锦簇，却人头攒动，那是看人，不是赏花。少了游人的喧哗与拥挤，也就清静了好多。

　　刚从春雨里润泽的梅树，黑黑的枝干枝条，弯曲里有遒劲，湿漉中有坚硬。梅花却在滋润中挨挨挤挤，开得热闹。瓣儿上，雨滴剔透，朵儿精神。午后暖阳里的她，没有丝毫慵懒，瓣儿透光，明暗有度，极富质感。枝条上的朵儿，已开始密集起来。纯白、淡绿、粉红、大红、深红，有含苞的、胀裂的、半掩的、羞涩的、盛放的，媚而不俗，艳而不妖，她们都以不同的姿态与方式，迎接春的到来。

　　惊蛰里，风也好，雨也罢；阴也好，晴也罢；冷也好，暖也罢。每天的日子，我没有过多的奢望，即便粗茶淡饭，我都会把它当成诗一样过。

立夏见三鲜

在乡下的习俗里，有着"立夏见三鲜"的说法，"三鲜"即苋菜、蚕豆、蒜苗。

这三种桌上蔬菜，在乡下当时也算不上稀罕物，家家都在自留地里种着，但爷爷奶奶，伯父伯母，叔叔婶婶们，一到立夏这节气，都会特意做上这几道菜。

进入立夏，暮春撒下的，极细的苋菜籽，已长成四五瓣叶片，这是经过农人精心管理的成果。这时的苋菜不高不矮，经过一夜的露水，滋润而娇嫩，红绿相间的"一点红"，密密层层，挨挨挤挤，一块块菜地，就数它最为抢眼。

初夏的早晨，还有些雾气，旷野中，在各家的自留地里，人影已在晃动。为了让它长得壮实些，主人会在密实的苋菜里，作些拔删，让它多些空隙，而带着泥土的根，则把它直接剪去。不一会儿，还带着露水的新鲜苋菜，竹篮里已是满满的。稍后，河岸边的码头上，奶奶婶娘，邻家媳妇，边洗着竹篮里的苋菜，话头也就接上了：

"今年我偷了偷懒，没混些细土，撒籽时吃不准了，所以长得细长，被我删了好多。"

"我家的还好，稍微稀了些，所以长得还算粗壮。"

"忘记浇了几次水，干坏了，长得稀稀拉拉，今儿去松松土，再撒些籽下去。"

苋菜，在边洗边聊中洗净，竹篮拎出水面，一阵哗啦啦的响。

午饭前，在刺啦啦的炒苋菜里，五六分钟后，一碗清香扑鼻，红中带绿的苋菜端上桌后，似乎不用咀嚼，即便没牙齿的奶奶爷爷也能吃，最后连玫瑰红的汤水也不剩。

据长辈们说，这苋菜的红，既表示红运当头的吉祥，也有驱魔辟邪的意思。如今，虽是一年四季都能吃上它，但大棚里的，浸水后难以烧烂的，那种原汁原味的纯真已很难吃到了。记得二十世纪六七十年代，村上的姑娘都用煮熟后玫红的汁水染白袜子，还真是不错呢。

蚕豆，三鲜中的第二鲜。它好种易活，冬日里，把事先发好芽的蚕豆，用铁锹或斜凿（无锡方言），往土里一插，前后一扭，空隙里放上二三豆种，铁锹、斜凿轻轻一拍即成，几乎不用问询。

一到春天，它的身影在河岸边，田埂旁，高岗上，从嫩绿的叶到开出中间黑心，四周洁白，边缘粉红的蚕豆花随处可见。立夏前，虽说豆荚里也有豆了，但那嫩嫩的，小小的，主人还舍不得采。而一到立夏，一个个豆角开始从下到上的饱满起来，这时才可以真正享用，但还要作些挑选。这时的蚕豆嫩而细腻，一烧即烂，配上香葱，稍放白糖，口感极佳，老少皆爱。

随着蚕豆越长越老，后来就要吐皮吃，再后来，就蜕皮，变着法儿做各种汤，豆瓣鸡蛋汤、豆瓣咸菜汤，豆瓣笋头汤，这样的汤，根本不用味精，却味道鲜美。

早年，乡下的孩子也没什么玩具，但就是能玩，我们乘着割草时间，就地取材，用蚕豆雕刻出一个活脱脱的美国大兵头像。先在蚕豆圆弧部分的两面，把表皮切开成半圆，成钢盔形。在中间又切割出两边的环形条状作盔带。最后剥去多余部分的皮，一个戴着钢盔，有鼻子，有眼睛，有下巴，栩栩如生的大兵头像，就在一会儿工夫里刻成。

蒜苗，立夏前后，从大蒜叶中间挺出来的那一根瘦长的茎，上半部分，弯弯的很飘洒，聚集在一起，很有女子长发飘飘的感觉，但对于乡下人来说，似乎既爱又恨。爱的是，蒜苗与蚕豆一起炒烧后，青绿的蒜苗，嫩绿的蚕豆，深绿的香葱，无论是和谐的同种色，还是扑鼻的香味，抑或嫩嫩糯糯的口感，真称得上色香味俱佳。恨的是吃后发出的废气，尤其在人堆里，总有不雅之感，很是尴尬。但这有利身体健康的绿色食品，大家都在享用，也就管不了那么多，谁也不会太在意。蒜苗，似乎就是为人们享用而长，过了立夏，长长的茎就成了硬梗梗，再也不能食用了。

早年的各种蔬菜，是在不同的季节里顺应自然生长，如今，反季节的蔬菜，尽管丰富了人们餐桌上的菜肴品种，但口感与应季蔬菜比，实在是差距很大。

立夏，它仅是二十四节气中的一个名称而已，三鲜，也因季节而有，乡下人却把它过得有滋有味。

七夕，与黄桃有个约会

今年四月中旬，应宜兴太华镇浓情生态果园园主董岳强的邀约，在桃花盛开的季节，带领"无锡文化精英群"一拨人马，去了他的黄桃园赏桃花。临行前，他一再说，四月来赏桃花，八月上旬，一定不忘来吃黄桃。

上周与董园主说好，今天前往。没想到今儿不仅是大暑与立秋的交接点，还遇上了七夕。

早上六点刚过，百度搜索，导航定位，上国道，转高速，一小时四十五分钟后，直接到达黄桃园。

未进园门，主人已在笑盈盈地等候，几句简单问好，我们直奔园内。

简易的棚架下，员工们围着一大堆黄桃，有的在分拣，有的在套包，有的在装盒，一派忙碌景象。

走进桃园，绿绿的草尖还停留着小露珠。一棵棵桃枝上，挂满了沉甸甸，毛茸茸，金灿灿，黄里透着些许红的桃。员工们正小心翼翼地把纸袋撕开一个小口，仔细辨认它们的成熟度。采的采，担的担，我们则把她们这一年辛苦得来的收获，定格在我们的镜头里。

董园主也随着我们在果园里转，时不时与我们交流着。他说，今年总得来说，老天还是不错，很随人愿，就是前段时间的毒太阳，酷暑天，让黄桃提前成熟了，要是气温再凑一点，让它长得再慢些，个儿会更大。不过，在他的眼神里，当他的目光聚焦在累累的果实上，那由衷的喜悦，尽写在脸上。

那些前来采摘的游客，则提着装满黄桃的篮子，边摆着姿势让我们帮她们拍照，边从桃园里喜滋滋，笑盈盈地提着满满一篮的黄桃出来。

也许是七夕的缘故，我们从桃园里出来，见俩幼儿。主人告诉我们，这是一对"龙凤胎"。他（她）们起初还在玩着吹泡泡，随后还是经不住这黄桃的诱惑，迫不及待地要吃黄桃，手剥、牙啃、舌舔，满嘴的汁水，让他（她）们愈加可爱。

当然，我们也不例外，进了桃园，必须得尝尝，那汁水，那甜蜜，只能意会，不能言传。主人说："你们到本月下旬来，吃着晚熟的黄桃，会让你们更忘不了。"

提起如今的销路，主人自信满满地说，现在这里的黄桃，根本不用去推销，都是上门预订的。

七夕，我与黄桃来个亲密接触，与园主人来个约会，也是难得的缘分。

人在书中自逍遥

室外的强光，透过大片明净的落地玻璃窗，把一老一少的轮廓映照得格外分明。

老者，脚两边一只小黑包，一把小黑伞，手中捧着一本不薄的书。身边是一位小姑娘，也许是她的孙女，抑或外甥女。她们就在熙熙攘攘的市新华书店里，靠在窗边，没有杂念，有着两耳不闻身边事的静读，以致在我相机的咔嚓声中，她们谁都没抬抬头，挪挪身，那种安静与淡然，让人顿生敬意……

怕惊扰她们，放轻脚步，在她们身边悄悄走过，不经意间，那身影很是熟识，细看才缓过神来，原是年近古稀的诸老师。依旧是一头爽快的短发，一身朴素的打扮。光阴荏苒，从退休时间算，估摸也10年出头了，可除了岁月不饶人的花白头发外，她却仍然洋溢着青春的活力，看来，丰富的精神食粮让她愈显年轻了……

她，曾当过校长，也曾和我合过班，她教数学，我教语文。待人上的真诚，个性上的率真，生活上的朴素，工作上的勤勉，在校内外是有口皆碑的。如今，年已临近古稀的她，依然用她对知识孜孜以求的实际行动，在影响着后代的后代。

已是午餐时分了，我在书店的拐弯处往里看，她们安坐读书的姿势依然，而那种专注，那份执着，让我分明感觉到，对她们来说，这精神食粮远比物质粮食来得重要……

色彩有温度，光影即生命

——读《蒋勋，破解莫奈之美》

蒋勋，近几年才开始对他有些大致的印象，他不仅是中国台湾著名的诗人与作家，还是个知名画家。

从他出版的诗集《母亲》《多情应笑我》《来日方长》，散文集《欢喜赞叹》《今宵酒醒何处》《蒋勋说红楼梦》《萍水相逢》，在艺术方面《齐白石研究》（雄狮）、《艺术手记》（雄狮）、《美的沈思》（雄狮）、《给少年的中国美术史》等书来看，他从诗到散文，从美术到历史，从书法到佛教，乃至玉器、铜器、陶器的宽泛学习与研究创作，是我始料不及的。

也许是我对突发事物，总会产生好奇心的缘故，得知他还是个著名画家，就有了急切去书店看看的想法。随后，床头便有了本《蒋勋，破解莫奈之美》，看看他对这位印象派代表人物与创始人是如何解密的。

我，非画家，最多是个业余爱好美术的人。但在他的解读里，我至少明白了，对作品的理解，得结合历史背景。其次，才是通过画面的布局、技法、独创，意图，去体悟蕴含其间的真实内涵。

"莫奈的《日出印象》是工业革命时期对光、对速度、对瞬间之美最早的礼赞。"这是蒋勋在他序中的一句话。他不仅提示了作品产生的历史背景，也对作品美妙之处作了最为精炼的解析。

天边的曙光，冉冉升起的红日，让湖面多了些许暖色调，通过冷暖色调的相溶，让我们看到了工业革命的曙光，给人以积极向上，追求美好的心理暗示。这也是我对《日出印象》的理解。

系列画《干草堆》，莫奈从1884—1891年，用了整整七年时间，在同一地点，却在不同的时间，不同的气候，不同的季节里作画。从日出到日落，无论是红黄暖色，还是蓝绿冷色；无论是逆光侧光，还是顺光顶光；无论是阳光普照，还是阴云白雪，他总能把不同的光，发挥到美的极致。从年轻到衰老，直至生命的尽头，他的爱妻——卡蜜儿的光影，就在这《干草堆》系列画里表达得淋漓尽致。

《四季睡莲·垂柳》，点与线的组合，淡淡的鹅黄与粉红，深绿的莲叶与柳叶，深浅不一的蓝，组成一幅天真得袅娜，堆砌出层次，密实有通透，狭窄显空灵的画面。莫奈能在不同的时空，对同一对象作多幅的描绘，且精准地画出变化莫测的光影，在自然的光色变幻，和谐且统一里，抒发自己的瞬间感受。

色彩有温度，光影即生命。怎样才是真正的大师，在我读完《蒋勋，破解莫奈之美》后，便有了茅塞顿开的醒悟。

说立秋

"万瓦鳞鳞若火龙，日车不动汗珠融。"烧烤模式的高温，持续了将近一月，且久旱无雨。在人们酷热的焦灼心理中，今儿终于等来了立秋。

15点39分58秒，是2017年正式立秋的精确时间。不过，立秋后，能否马上转凉，谁也说不准。

年少时，我生活在乡下，常听老人说"早起秋，凉飕飕"，意为凌晨时段的立秋，过后不会再热了；"昼里秋，热煞秋"，即为立秋过后，依然闷热难挡；"黄昏秋，闹愁愁"，是说虽然不会像正午那样炙烤，但即便到了该休息的黄昏，家中还呆不住，得在外乘凉。这样的乡里俗语，现在想来，虽然没有什么科学依据，但在口口相传里，似乎很应验，是啥原因，无从考证。

立秋后，按上辈人对立秋的定论，至少不会再很热。但老天爷是否会看在小暑、大暑热透了的份上开开恩，让气温迅速降下来，那只能它说了算，而人类是无法掌控的。人定胜天，只能是说说罢了。

"立了秋，扇莫丢"，这是谚语，也是老祖宗流传下来的经验之说。还有"立秋不立秋，还有一月热头""立秋早晚凉，中午汗湿裳"。要是立秋后碰到"秋老虎"，还真不容小觑。因而，我们在立秋后的心理上，还得有个心静自然凉的思想准备。

当然，老天爷的脾性，入秋后也是说变就变，忽而云，继而风，时而雨也不一定。来个"秋风秋斜斜，一日要落十八斜（"斜"，吴语里指雨）"。遇到这样的时日，那体感的舒适度自不必说。再过半小时，将是立秋，但愿心想就成。

天凉好个秋

2016年的夏天似乎没按节气，长而热，好不容易熬到立秋，但酷暑的杀威棒刚放下，"秋老虎"又粉墨登场。好在今儿一夜之间，秋风秋雨，天凉好个秋。

记得乡俚俗语曾有这样的说法：昼里秋，热煞秋；黄昏秋，闹愁愁；早起秋，凉飕飕。8月7日9点49分，是2016年的立秋时间，这样的时间段，便应了"昼里秋，热煞秋"的老话。

在我的童年记忆里，为了解暑，一到太阳下山，家家户户，在门前的小河里，用木桶拎着，抑或脸盆端着水，一桶桶、一盆盆往砖场上泼，呲啦啦响过后，那热哄哄的气，便像矮脚雾样的袅袅升起。随后是，长长的村子里，户户的家门口，板凳、椅子、长桌、条凳（类似现在的茶几，只是比它大而高）一股脑儿摆开，极像现在的大排档，简单的晚餐，也就在大汗与蒲扇里吃完。擦抹好桌子，收拾好碗筷，便是邻家互穿聊天，道家常理短，说邻家趣事。

乡村的夏夜，虽是月儿皎洁，繁星满天，萤火点点，蝉声四起，但二十世纪六七十年代，乡下生活很是清苦，没有电，家里也自然没有电器。室内几乎无法入睡，因而就把蚊帐从室内转移到室外，并在长桌、条凳下，放上盛满河水的桶及脸盆，用来降温。一家人，大大小小，也就这样在门前的大树下过夜。

乡下绿色多，蚊虫也多，为了乘凉、安睡，上辈人便用准备好的苦艾与大半干的草，点上火，再撒点那时用来杀虫的"六六粉"，慢慢烟熏。偶有家境稍好的，便去店家买类似如今盘蚊香形的"蚊烟条"，以此驱赶蚊虫。邻家叔伯婶婶，爷爷奶奶，则在这闷热难当的酷暑里，说着在我看来很是遥远的美好愿望："啥时能楼上楼下，电灯电话，那就是共产主义的日脚（乡俚俗语）了。"其实，他（她）们和我的想法都是一致的。

入秋后的气温，依然居高不下，但生活条件早有改变，家里的电风扇、冷风机、空调，可根据不同的温度，使用不同的电器，那蒲扇已难觅踪影，抑或成了怀旧的老古董。那些精致的团扇、折扇，不再用来扇风，而是成了文人雅士、旗袍秀秀摆pose的随身道具。

"落一斜，冷一斜"，在地方语里，意为秋风起，雨就下，且一天要下很多次。菲菲的秋雨，下一次，也就冷一次。这些上辈们口口相接，流传下来的吴言俗语，倒也一点不错，应验极准。

昨天气温还是摄氏三十几度，今儿大清早，望窗外，地面已是湿漉漉的，昨夜啥时起的秋风，下的秋雨，我一概不知。

推开窗，伸出手，秋雨冷，秋风凉。秋，真的来了……

挖笋

挖笋，粗听是个体力活，其实，掌握了技巧很简单，不费力。

在浙江赋石休闲的日子里，主人家的帮工，听说我很想上山去挖笋，午餐过后说："等我收拾好厨房里的碗筷，带你去挖笋。"我窃喜。

稍后，她带上两把锄头，几只口袋，搭上去茶园的车，直奔估计会有笋的山头。

山，不算高，但比较陡。我后面紧跟着，她说，下面的全都给挖得差不多了，很难找到。跟着她，只见到一个个笋坑，直至半山腰才停下来。

找到第一只笋，她边说边示范，不用四周掏空，只要认准一面，往下挖，看到笋有一个个的小红点，那就是根部，锄头一斩，就行了。她告诉我："也有人像你一样，喜欢挖笋，但还没挖多长时间，就大汗淋漓，力气全无。其实，他们不知道咋挖，只会用蛮力，掌握了技巧，很省力。"说完，她还告诉我，今年是笋的小年，不太好找，你有事就叫我，我也在附近。

山，有坡度，脚下，有厚厚的松软腐叶，有留下的一个个多年竹桩，有杂小而凌乱的丛树，在斜斜的坡面上找笋，脚下得踩实。

站稳后，在四下里看，虽不多，但还是能有发现。按她教我的方式挖，还真是省力，但由于在斜坡上，有失重的感觉，不踩实还真不行。

随着笋的增多，虽然很有成就感，但边走边找，一手拎着袋子，一手拿着锄头，才明白这活不省力。好在我没有任务感，想停就停，挖了几只，坐在坡面小憩，一阵阵山风吹进竹林里，竹叶沙沙，竹叶飘飘，独自享受着春风的清凉，笋味的清香。

边挖边歇，稍后再挖，又有了新发现。那笋，似乎也会伪装。不远处，一大滩隆起的青苔进入我的视线，走近看，才发现，那是一只不小的笋，除了露出绿绿的小笋尖，不细看，还真发现不了。

袋子里的笋，开始沉起来，也已装不下。同去的她更不见踪影，本想让她搭个手，一起拿下去，转念想，一个大男子，也不好意思让她帮忙，只能拎着六七十斤的笋，自己一步一步往下挪。

到了山脚下，虽然有些气喘吁吁，但看着这一堆的"战利品"，心里还是有着不小的喜感。随后，她又在山上叫我说，让我帮她把上面几处装袋的笋拿下山。来回两三趟，那笋已一大堆，一比较，她挖的足足比我挖的多了两三倍。

太阳，已开始靠近山尖，她叫来车，把笋运回家。主人笑眯眯地对我说："今天收获还真不小。"

晚饭过后，早早洗漱歇息，这一夜，睡得特别沉……

温暖2012

《温暖2006》，这是我在编辑2006年年末，正值校报创刊百期，而用于首页的醒目标题。随后在央视的重大节目里，也陆续见过以"温暖"一词作专题片头。时过6年的昨晚，在央视的《艺术人生》栏目里，主题是——"温暖2012"。再次见到这词，与央视不约而同、不谋而合的微妙高兴之余，便觉得，在这一年里，还真是有好多的人和事让我感到温暖，而这温暖的含义，在我看来更趋于平和。

2012年11月23日，区教育局组织宣教工作先进去浙江采风，晚上8点多，刚在武义宾馆住下，大姐打来电话，说母亲在医院抢救，要我马上赶到医院去。

母亲94岁了，做儿的哪有不回之理，但在这小小县城里，车也找不到啊！随后小舅也来电："医生说，随时准备后事，妈或许是最后一面了，与领导请个假，你无论如何要回来！"

一筹莫展的我，急找领导商量，随后是与导游商量，结果是她也无法解决。唯一办法是明天到金华后，她直接与车站联系，一早帮我买好回锡的车票。这一夜，我没有合眼。熬到天色未明，家里来电，妈抢救过来了。在终于石头落地后的翌日，大家的急切问询与安慰，还真是让我好温暖。

母亲从死亡线上终于挺过来后，我们子女虽也轮流值班，但护工的慢声细语，悉心照料，付出的辛劳，远胜我们子女。母亲出院前的那一刻，那护工为母亲所做的一切，让我倍感温暖。

这一年里，最揪心的，是儿子去美读研的事，为实现我们共同的心愿，他放弃了推荐研究生的名额。自学GRE，自己做材料，自己申请学校，焦急地等待，他的努力终于有了理想的回报与结果。而他的姑妈、晨晨妹妹，我早年的学生，也在我最艰难的时刻，都主动伸出援助之手，让我真正感受到亲情间，师生间的温暖。

孩子去美读研的手续一切办妥，心上的石头终于落地。一朋友老家在浙江宁海，听我说想独自去山里静待几日，他告诉我，公司很忙，只是无法陪我前往。但建议我去他家乡游览，地点及线路，包括住宿，都给我写好，安排好。5天的时间里，他家人虽也无法陪我，但他们的真诚与热情，让我时时温暖。

7月中旬，从宁海回来，写了6篇游记，其中《山顶上的石头村》，于8月13日在《扬子晚报》副刊"繁星"栏目里刊登了。待收到稿费，已过一月还没收到报样后，给编辑打去电话索求，她说："我这里除了存档的，一张也没多余的，但我一定给你寄张复印件。"三天后收到，虽非原件，但心有温暖。

9月10日教师节，收到了学生家长送我的《听南怀瑾讲幸福人生》一本书，并签上了她的祝语与姓名。在这极其浮躁，有着信任危机的当今社会，收到的不仅仅是本书，那是信任的暖。

其实，在这一年里，值得念想的，温暖的人与事还有很多……

刚刚接到儿子从大洋彼岸打来的新年问候，他说在人山人海的纽约时代广场，听新年演唱会，感受新年的气氛。这是亲情的温暖！

乡遇乡情乡味

还在去宜兴太华浓情黄桃园的半路，乡遇乾元民宿的掌门人——张红芬已来电，说你们到了黄桃园，可千万不能忘了来我这里。

说实话，这次还真是冲着太华镇董岳强的黄桃园而去。可电话的那头说，今天是中国传统"七夕情人节"，我这里正在做早年乡下的纯手工韭菜饼，现在乡下的老工艺，老味道难以见到吃到了，黄桃园结束后，你们就上我这儿来看制作工序，尝韭菜馅饼。

其实，这民宿，近几年去过好几次，也在那里住过一晚，觉得很不错，那是因为，不仅仅是主人让你有宾至如归的温馨舒坦，还有那浓浓的文化气息。即便是每一个小角落，主人都是精心设计，独具匠心。在这里落脚，静谧而清幽，洁净且惬意。

民宿，依山靠溪而筑，入住于此，可听潺潺溪水，鸟雀叽喳；可呼新鲜空气，食材绿色；可望日月星辰，风霜雨雪；可喝茶聊天，翻翻书籍。虽是民宿，也不算豪华，但走了进去，就不想出来。

从内心讲，到了太华，除非主人不知，也就罢了。不去就有些过家门而不入，欠妥且失礼的感觉。

从黄桃园出来，我们很快就到达乡遇乾元民宿，主人已在门口迎候。她说，你们好久没来了，要不是我得到消息，打电话你们，到了太华，也居然不来小聚。这暖心的话，真让我们有些不好意思。

主人与我们边聊，边交待厨娘，让她立马制作韭菜饼。

厨娘拿出长长的擀面杖，擀皮、抹猪油、卷紧、切块、捏窝、塞馅、压扁成月饼状。平底锅内倒上油，反复煎，待金黄油亮就出锅。这样纯手工制作的"韭菜饼"，油而不腻，香且酥松。出锅、装盆，尝了一个，又吃一个。临别时，主人还让我们带上几个，说这才是真正的乡下味道。

薤白

薤白，别称：小根蒜、山蒜、苦蒜、野蒜、小么蒜、小根菜、大脑瓜儿。这些名，估计就是在不同地域的不同叫法。在无锡乡语里，我们俗称"韭俚蒜"或"韭蒜"，"俚"字是否这写法，没有考证，吴地方言的读音而已。"韭"与"蒜"就不难理解，因其形似韭菜，根部那块茎像蒜头而得名。

韭蒜，这乡野之物，一开春便疯长。桑田里、高岗上、河岸边，茅草中，随处可见，但对我们农村的孩子来说，压根不是喜欢之物。依稀记得，早年在乡下用呈三角形的"斜凿（吴语方言）"挖过，也试着炒着吃过。它，略有苦味，闻着清香，食后却带着清凉的味觉，至今还记得。

韭蒜，从春天一直长到秋天，尽管没人去关顾理会，它依然长得自由自在。由于那时乡下自留地里新鲜的蔬菜丰富，所以，把它当作饭菜就没有必要了。

也许是在乡下常见的缘故，离开乡村几十年过后，再次提起与见到它，便不由自主地想起。

记得去年11月底，和朋友们一起去虞山看枫叶，在一山坡边，无意见到了它。我倒并不在意，而另一朋友却问我："老师"你知道这叫啥吗？我笑言，这不就是"韭俚蒜"吗？我不仅吃过，还亲自挖过，这又不是什么稀罕物！在她的惊诧里，她说我来设法挖回去，和着面，用来摊面饼会特好吃，也可以用来炒鸡蛋，当作饭菜，香香的，清清凉。另一位接着道：我到乡下去，就喜欢去挖"韭蒜"，回来洗净切碎，与面粉放在一起，加水后，在大碗里一搅和，铁锅里倒进油一摊，那油亮金黄，喷喷香的面粉饼，实在好吃！经她这么一说，我还真有被吊出胃口的感觉，无奈没有挖掘工具，也只能作罢。

人，对过往的旧事，随着年岁的增长，总会莫名地生出念想。前不久，凑着朋友邀约寿宴，特意带上小铲子，去了"九里河湿地"，想必这么偌大的地方，总会有其身影。寿宴结束，宾客散尽，就在里面足足找寻了近2小时，结果还是空手而归。

近日，又随朋友去宜兴乡下，再次说起"韭蒜"，其家人说，这有什么稀罕的，我家自留地里都种着。几十年未见，似乎有种冲动，即便下雨，也想见见它。撑着伞，拿着小铲子，挖出根部，给它留了个影，也算是对念想的一个交代。

元代农学家王桢曾说："薤，生则气辛，熟则甘美，食之有益，故学道人资之，老人宜之。"降血脂，杀菌消炎，利尿祛湿，抗动脉硬化，缓解肺部炎症，抑制血小板聚集，通阳散结，理气宽胸……这些都是它的药用功能。

小小"韭蒜"，乡野之物，不起眼，不张扬，却有用。但它的身影，似乎已消失在人们的视野里，我们的后辈，即便在乡村里长大的，也未必认识它……

竹篮碎碎念

难得去赶乡镇的集市，那是在朋友有饭吃的邀约下。

进入宽宽窄窄、摩肩接踵、人声鼎沸的街道，摊位卖主的吆喝，买主的讨价还价不绝于耳。从琳琅满目的小商品买卖，到各色各样的风味小吃，纵横交叉的街道上，男男女女，老老少少，挤得有些水泄不通。而我，却对竹篮子的摊位情有独钟，有着久违的感觉。

"多少钱一只？"

"30元。"

"25元行不行？"

他，略带着苏州口音的说："现在的年轻人是勿会做哉，等我俚勿做咧么，伊个行当也就呒不咧。今早拿来了很多，也就剩下这几只，时间勿早了，夜来生意，拿去吧。"我们在很自然的一问一答里成交。

竹篮，二十世纪七十年代前，无论乡下，还是城镇，去地里取摘蔬菜，或上街买菜，都得或提或挽着一只大小不一，形状各异的竹篮。去时空着，回来满满的一篮子，那是生活里必不可少的生活用具。里面装着希望，装着满足，装着人情。

在我早年的记忆里，常常见到篾匠劈篾编篮。老旧的布衣布裤，就等于如今的工作服，再系上一条厚实过膝的围裙。

握竹，站稳，节节竹稍，在一声声"啪啪啪"的脆响里，被竹刀背一一敲掉。随后，拉上一条不高不矮的木凳或竹椅子坐下，把一根长长的竹子，搁放于大腿。左手握竹竿，右手用小锯，根据篮子的大小，吱嘎吱嘎几下截成段后，再用竹刀劈成宽窄不一的竹条。

这些看似粗活的完成后，接下来就是劈篾。在我看来，这道工序，总觉得用"劈"字不妥，可乡下人都这么说。不过，我也想不出更好的字来替代。

劈篾绝对是个技术活。一根根的竹条，在篾匠粗粝但灵巧的手上，遇到竹节处，手腕稍一扭，软硬兼施，在锋利的刀刃下，嗞嗞嗞的声音里，一会儿便成了一条条薄而柔软，极具韧性的篾条。用口语说，这叫"头层篾"。再重复就是"二层篾"。相比而言，黄黄的"二层篾"，其柔韧性，光滑度要差些，所以竹篮的价格会有所高低。

篾条完成，紧接着是开始编织。

整体编成扁扁的圆形，还是鼓墩形，椭圆形，底部是圆形，还是五边形，都由篾匠师傅根据百姓需求而定。

编篮子时，他那左右开弓，上下交织，快速熟练的动作，很让我佩服。篮筐完成后，再用稍宽厚的竹条相互缠绕，做成篮绊，篮子，就在一双粗粝的手中完工。放在地上看看，是否平稳；拿在手中细瞧，是否圆整，直至自己满意。起身，取下系着的围裙，抖抖竹屑碎末，搭于椅背，直直腰，喝杯水，抽根烟，继续往复循环。

从年少到年青，不仅常常看到编篮子，篮子也没少提，有发现好多嫩草的惊喜过往，也有刻骨铭心的酸苦记忆。

放学后，星期天，暑寒假，父母哥姐，都在地里忙着农活，我们孩子除了做饭，还有就是割草，就因圈里的猪羊，笼子里的兔子，都在等着吃。

为了能快速完成任务，我们会去油菜地、麦地里、红花草地中去割，就因那里的青草多而嫩。但也时常会被队干部发现，他们几个一包抄，我们就只能束手就擒。结果是，把好不容易割到的一篮草，被罚送到生产队的猪场里。

最心疼，最紧张的是遇到难说话的，不仅把那篮子踩扁，没收割草工具，还要扣家属的工分。耽误了牲畜的食物不说，还给家庭找了麻烦，对我们孩子来说，已是一件不小的事。回家不仅得挨顿臭骂，弄不好还得受上皮肉之苦。当然，有些不买账的上辈人，也会找到当事人论理。在好话说尽不奏效后，软的不行，就来硬的。

　　"孩子错了，你把他割的草也喂生产队的猪了，我也向你赔礼道歉了，可篮子没惹你，咋把篮子也踩了？你以为自已的屁股干净得很？！你不赔篮子，就跟你没完！"。这一顿数落，也让队干部很尴尬。而像我黑五类出身的，长辈也去论理的话，他们就一句："你们想翻天是不是？！"，已足够让你闭嘴，只能自认倒霉。

　　今非昔比，往事不再。在如今生活的富足里，篾匠老了，年轻的又不愿干，也让编竹篮的手艺渐渐失传，它的身影早已淡出我们的视线，但它毕竟让我尝到了生活里的各种滋味。

　　如今，科技发展了，社会进步了，篮子早已被塑料袋替换。但在省事的或红或黑，或白或蓝的塑料袋面前，从环保的角度看，我们是否需要反省……

心灵有约

大爱无痕

——写给在天堂的姨妈

1999年农历2月16日晚7:38是姨妈去天堂的日子，屈指算来已整整十年，而每年的清明前，不知何缘，她总会慈爱地笑着来到我的梦中……

在我们江南，妈妈的姐妹都叫"阿姨"，只带个"小"或"大"而已。而规范的书面语言应称呼"姨妈"，但我从没去考证，也没有叫姨妈的习惯，在她最后的弥留之时，才恍然明白"姨"后要跟着"妈"字的道理。

那天晚上约七点，小舅在姨妈处打电话给我："大阿姨这几天身体不太好，在家挂盐水"。

其时，我已在床上休息，跟妻子说："今天得去看看她。"她说："天气很冷，你又睡了，明天去也不迟。"虽然平时姨妈身体一直很好，但我决意去了，这样的高龄，就怕万一。

随后，我带上折叠床，准备去陪上一夜。

当她第一眼看到我时，眼神放光，她说："正则，你工作忙，别来了，我不要紧。"而就在大约四十分钟后，她在我大姐的怀里看着我，嘴巴微微的张了两下，我知道她是在喊我，但任凭我抱着她哭喊着，她却永远永远离开了我们。

外婆家，在地方上也是一个名门望族。外公旧时在扬州盐务里做盐官，但由于他去世早，外婆孤寡一人，五个姐妹兄弟都在外工作，大家很不放心。由于姨妈排行老大，最终商量决定，由她辞去教师的工作，在家伺候外婆。随后她也精心照料外婆几十年至去世，终身未嫁。

我，是从三个月的奶妈那里，来到姨妈身边，整整待了七年。时间最长，也是她最为疼爱的一个。到了我成为大龄青年时，找对象也成了她的心病，但她总是逢人说："谁嫁给我外甥，她还得有福分。"

我从小体弱多病，出生后，爸妈就把我送到奶妈那里寄养。三个月后，奶妈又把半死不活的我还给了我爸妈，最后他们又抱着我到姨妈那里说："大姐，你养得活就养，养不活我们也不怪你。"在以后的日子里，在姨妈的精心调理下，居然把我从死神那里拉了回来。

为了让我睡好午觉，她给我讲了一个现在听起来假得不能再假的故事："有只猫咪，它会在你睡着后，把糖悄悄地放到床边的瓷缸里，你睡醒后，那里真会有。"因而，一觉醒来，第一件事是去开那瓷缸盖，尽管只有一颗，抑或半颗，在那时国民经济困难时期，真算得上奢侈了。

幼年的我体弱胆小，姨妈总是百般呵护，每天晚上，都在她温暖的怀抱中熟睡，一到半夜，怕我着凉，一只小木便盆就塞到被窝里，由姨妈抱着，在似醒非醒中撒尿。

每到星期天，妈接我回家，但从不肯在家过夜，吵着要姨妈。终于有一天，天上下着鹅毛大雪，到了傍晚，地面上已是一层厚厚的雪，而姨妈却徒步好几千米，冒雪深一脚，浅一脚地把我背回去。长大后，只要一到假期节日，我只往姨妈那儿跑，惹得爸妈叫我不要一直去，否则要揍我。这事让姨妈知道后，她当着我爸妈的面说："你们忘了，他出生三个月后，你们送来是怎么说的，现在他能自个儿来了，你们却不让他来，来了还要揍他，我看你们哪个敢！"有了这尚方宝剑，我自然来去自由……

外婆去世后，父母则和她一起生活。俗话说：牙齿与舌头也有嚼痛时，更何况人呢？她与父母有时也为一些鸡毛蒜皮的事拌嘴，为表示她的理由充分，便打电话给我去评个理。随后，我不痛不痒地责怪了父母几句，她会很得意，前面的不快也随之烟消云散。

自从工作以后，我就干脆住在姨妈家。婚后，虽然分开了住，但只要有空，总会去姨妈那里看看聊聊。

有段时间，我的工作地点有了临时变动，每天都要从她那里经过，她也似乎知道我会去看她，一大早便把门虚掩着，她只要一听到门响，就在床上叫着我的名，然后乐呵呵地说："你工作忙，不用天天来看我，别影响工作。"但我知道她心底里想的是什么？

"清明时节雨纷纷，路上行人欲断魂。"今天是清明节，清晨，我来到姨妈静静的墓前，默默地献上一束康乃馨。我知道，在天堂的她，过得很快乐、很幸福、不寂寞。因为她每次来我梦中，都是慈爱地笑着，因为她的后辈都在念着她……

送儿去远行

夜，并不星光灿烂，皓月当空，只有橙黄的灯光，勾勒出浦东机场2号航楼的璀璨轮廓。今晚，儿子将踏上去美利坚的航班，飞越重洋，求学读研。这是他第一次出远门，没有大包小包的沉重，仅带上简易的必需品。电子票换登机牌，各种安检，就在我们的眼皮下有条不紊的进行。

进入登机口的瞬间，没有依依惜别，恋恋不舍，他，依然是微笑着，跟我们挥手说了声最简单的"再见！"自信满满的，这才是我期望的男子汉。看着他的背影，唯有默默地祝愿他一路顺风……

他，从小跟着外婆长大，一步不离，粘人得很。上幼儿园时，他就是不要去，哭着闹着，每天回家就跟我说："爸爸，我明天不要去幼儿园了！"早上又是那句："我不要去幼儿园。"奶声奶气的声音里带着哭腔与哀求，我们也总是违心地说着重复的话，你乖点睡，明天一定不送你去，但我们总是不能信守诺言。他则眼泪鼻涕，哭得我舍不得送，没几周就病了。最终，还是外婆抱去带，小研也没上。随后，他妈调来东亭中心幼儿园，让他跟着妈，直接上中班才算安稳下来。

孩儿去美读书的计划，是从小学开始的，总觉得，开阔视野，走出国门，感受西方文化，对于一个男孩来说很有必要。

尽管自己书读得少，但我坚信，读书总是件好事。

出去读书，说说并不难，订计划也方便，做做就不是件易事，它涉及经济与自身的努力程度。上大学几百万，不可能，我们不是官二代，也非富二代，去烧钱，我们绝对沾不上边。

去美读研最合适，但过不了GRE，去读个一年半载的预科，既耗费用，还耗时间。GRE培训班全国也没几家，就上海、北京、天津几个大城市有，但培训及食宿费用也不是小数字，我们毕竟是工薪阶层，也得盘算盘算。他说："省省吧，培训就不去了，我就在家里自学，高分没把握，过关没问题。"我知道他，也在为我们的经济考虑，背水一战。

如愿以偿后，接踵而来的是申请美国的学校，面对那些烦杂的资料与证明等，图省力的话，也可以请中介，但又得花费用，儿又说："我自己做吧"。

我是个英文盲，除了尽力做好后勤保障工作，其他就一点也插不上手。在申请多少学校时，儿问，申请几所？我问，你与同学联系后，他们一般申请多少？儿说，二十来所，每申请一所学校，费用是近千元，他又说："省省吧，就申请个四到五所算了。"随后是焦急地等待。再后来，为节省费用，网上订最便宜的机票，自己网上找出租房，好在一切如愿……

萧耳，十足的《樱花乱》

萧耳新书《樱花乱》分享会，虽已时过两天，但现场的分享交流依然历历在目。市作协主席的黑陶亲临现场助阵，足见来者的分量。

提前进入会场，百草园书店有上下两层，地方不大，但很精致，很安静，与大街上的熙攘喧闹形成强烈的反差。记得萧耳上楼时说了句"不错的地方，就是觉得偏小了些"。我说，这地方挨着清明桥，枕着古运河，很文艺，刚刚好。

萧耳，披肩长发，一件红黑条状的宽松连衣裙，看她似有弱不禁风的娇小，轻得像一阵风能把她刮倒的身子，其实只是个假象，她的眼神里，既有风情万种，也有熊熊烈焰。她，分明开着"一辆可上山可越野可以开着打劫或者亡命的雄壮的SUV"。听她慢条斯理，不紧不慢，不温不火的话，她说是个爱花的人，而最爱的还是樱花和梅花，这就应着了樱花来得轰轰烈烈，去得潇潇洒洒样的秉性；梅花"墙角数枝梅，凌寒独自开"样的风骨。虽然仅读了《樱花乱》的《序》与《樱花乱不乱（代序）》，但已初露端倪。喜欢翻书，喜欢聊天，喜欢喝茶，喜欢摇滚，喜欢精致器物的她，不是个有故事的奇女子，那就怪了。

由萧耳的书名《樱花乱》而想起上海朋友L，自从十多年前开博认识后，她总会带着一拨爱樱的"狐朋狗友"来锡。为了能在最佳时间赏樱，我也会在满树盛放及落英缤纷的第一时间告知，然后她们或自驾，或高铁一早来锡。最为经典的是，隔日入住"太工疗养院"，就为在短短的一周时间里，到长春桥、樱花谷，看它一夜盛放的轰烈，说走就走的潇洒。他们说，有位无锡朋友真好！

从含苞欲放，到飘飘洒洒，与它近在咫尺的我，每年绝不放过。

萧耳的文字，润泽无声，得慢嚼细咽，在安静里才能读懂。

　　昨天，有位朋友见了我的微信，看了萧耳给我的签名书问，一位大作家咋给你写了"过正则先生批评"的字样。答曰："批评"一词是谦词，应有两种解读，一为斧正，二为批注点评，这就是她的高明与智慧之处。至于读者属哪一类，只能意会，不能言传，啥意思，自己掂量去吧。

　　早起早睡，一觉醒来，时近五点，继续读她的《菊事》《红叶》《梅花》……

山道弯弯路迢迢

在恩施大峡谷穿越，并不游人如织，摩肩接踵。虽然移步换景，峰回路转，赏尽美景，但近五小时的徒步翻越，毕竟很耗体力。所以，心有余力不足，望而生畏的大有人在，也只能作罢。

曲曲折折的山道上，相机咔嚓的，惊叹直呼的，高吼回音的，大汗淋漓的，拄着拐杖的，互相搀扶的，沿途歇息的，卖着山货的，他们都以不同的身份，不同的年龄，不同的职业，不同的经历，不同的心境，在大山深处感悟着不尽相同的人生。

"对不起，请让让！"这是山道上听得最多，话短局促的谢语。

两根竹子，两条扁担，一张藤椅，绳子把他们最简单的劳作工具，相互缠绕系紧。

两人一前一后，猫着腰，弓着身，弯弯的扁担，紧绷的绳子，勒着他们的左右臂膀。游客的重量，全落在他们的肩背上，腿脚上。

黝黑的肤色，矮矮的身材，厚实的肩膀，粗壮的小腿，他们挺着腰，低着头，一步一步往上登。脖子上的毛巾，早已是湿漉漉的。停一停，擦一擦，拧一拧，又接着往前赶。向上，向下，向左，向右，强健的体力，就是他们生存的本钱。

"你们太辛苦了，别那么急着赶，歇歇吧！"有着恻隐之心的游人说。

"很想歇，但不能啊，歇下来，就起不来啦！"抬滑竿的说。

旁边的游人在说："这二十来里的山路，抬着滑竿九百元，要是我，九万元也不抬！"

被人抬着的惬意赏景，扛着滑竿的汗流浃背。我，感恩上苍赐予的自然美好，更感谢靠着体力，抬着滑竿生存的他们给我的勇气。

放空

闭目、盘腿、静坐，这是佛教僧人修炼内心，每天必做的功课，佛语为"打禅"，用他们的口语来说，打禅就是放空。

放空，这词笔画不多，听起来也有些飘逸，但得排除所有生活杂念，抛开一切世事烦恼，凡人要做到很难很难。潜入空门，远离红尘的僧人，尚得天天做这功课，何况我们凡夫俗子。

年终临近，忙碌了一年的凡夫俗子们，个人、条线都在认真总结。初出茅庐的、三十而立的、四十不惑的、五十知天命的，都有着不同的经历与想法。但无论是忙碌过后的认可，还是奋斗后的升迁，抑或退休后的颐养，能常常静下心来作些放空，很有必要。我们做不到僧人真正的放空，但至少得把烦恼与杂念剔除，把快乐与收获打包。

庄子是圣人。在他的养生经里，"少私、寡欲、静心、超然"八字经，值得我们铭记。

少私：私为万恶之源，百病之根，私心缠身，斤斤计较，患得患失，日思夜虑，不得其安。必然形损精亏，积劳成疾。人，皆有私念，大公无私，只能是积极向上的说说而已，就因我们是凡人。不过，人虽不能无私，却能少私，圣人不说无私，是很合常理的，这就是知足常乐，健康长寿的奥秘。

寡欲：生活在这个纷繁浮躁，物欲横流的大千世界，你上有老，下有小，至少你得养活自己。说没有欲望是不对的，但你可以少些，钱的多与少，官的升与降，事的得与失，大可不必计较。争来的伤情；夺来的伤心，何必呢？！少情欲，节物欲，寡官欲，不投机，不钻营，知其荣，守其辱，安其分，图其志的人，才会身心健康，安然处世。

静心：一个人终日不安，杂念不止，那就一定多病缠身。心平气和，

"头空、心静、身稳"，有极强的自控能力，才能少受外界的诱惑与干扰，保持平静的心态和健康的体魄，这就是泰然自若，气定神闲。

超然：庄子能以十分超然的态度看待人生，一切顺其自然。生活艰辛时，有时不得不向别人借米来糊口，但他对这都抱无所谓的态度。

平和是为了知足，放空是剔除烦恼。让自己的生活更趋于平淡，这才是智者的选择。

回家

儿去美读研，完成学业，一晃2年过去，这时间，说短不短，说长不长。

2年前，一只背包，一只不大的拉杆箱，他挥一挥手，一声再见，没有儿女情长，自信满满的背影进入了登机口。

今天，是他回家的日子。6月4号中午11点50分，在浦东机场2号航楼出口处的他，依然是人群中行李最简单的，一只背包，一只拉杆箱。我们提前了一个多小时接他，但觉得，等待的时间比2年都长。

2年里，即便是3个月的暑假，他也没有回来过，就因来回的机票与产生的费用，我们都在盘算着，他用的每一分钱，我们都给他记着账。为尽量减少费用的支出，他自己租房换房，自己做饭，早上六点，去实验室工作。虽然与我们这一代所经历的苦难还无法相比，但比起同龄孩子，他得付出更多的脑力与体力。2年中，屈指算来，通话、QQ联系也不满20次。他妈说是养了只白眼狼，他却说，你以为我空得啊！……

在美国，学业完成的毕业典礼，授服戴帽的仪式得花2天时间，很隆重，但即便学院可提供家长邀请函，我们也没参加。

在他的QQ空间里，不经意间，看到了这样一句话：要是亲人也能一起来参加我们的典礼和仪式，是一幸事！看着照片上其他孩子与父母，抑或爷爷奶奶一起的合影照，心里便有说不出的滋味。这，也成了孩子与我心中最大的遗憾。尽管他安慰我们说，还要读博，你们以后机会有的是。但我知道，人生中的一道道风景，各不相同，过了这个村，就没那个店。但生活是很现实，抑或残酷的，我们必须面对，因为我们既不是土豪，也不是富二代。

该放手时就放手，这是我对孩子一贯的态度。小学阶段，他跟着我上学。放学后，对他的家庭作业，我与他的老师们说好，我一定会关注。但我的原则是会的不要做，重复的不做，可做可不做的不做。什么课外的辅导，一课一练的课外辅助资料，压根与他没关系，书包也放在我的办公室里，不用带回家。他的任课老师背地里跟他妈说，过老师对儿有些放任。孩子他妈在我面前也颇有微词，但我心里明白，良好的学习习惯，不是做大量的作业，孩子理应有他快乐的童年，我要的不是书呆子。学书法、吹笛子、滚铁环、读课外书，参加各种社团活动，都是在他很乐意中学习。

都说孩子是父母手中的一只鹞子，他飞得再高、再远，那根线永远在手心里拽着。这话一点不假，但在我的心里，儿子的心智已经成熟，手心里拽着的那根线，我已放了。

今儿，又要去上海美领馆面签，继续他去美读博的学业，被学院里聘为助教的他，在这里，我唯有再次祝愿，在他以后求学的道路上越走路越宽，越走越自信……

放弃，是一种智慧

　　放弃喧闹，你会静心；放弃烦恼，你会快乐；放弃平庸，你会淡然；放弃痛苦，你会幸福……学会放弃，它会让你积淀生活的厚度，增加你生命的长度。

　　小到个人爱好，大到部门权力，说白了，兴趣爱好具有两面性，并非多多益善。即便健康的，积极的，也只能当作生活中的调味品，权当工余之暇的休闲。若要成大器，就得忍痛割爱，学会放弃，集中精力，明确目标。

　　生活中，山珍海味没人不喜欢，偶尔为之，大多放弃，未尝不可。粗粮淡饭，蔬果常伴，却更利健康。部门里，无论是下属员工，抑或上层领导，追求完美，追求卓越，当个理想、目标、口号想想说说是鼓舞人心的，但不是现实。什么都想争第一，还美其名曰"不想当将军的士兵不是好士兵"作依据，这样的思维有误导人的嫌疑，也有些可怕。试想，在现实里，时间、精力是有限的，都想有作为，到头来，荣誉一大堆，但依然难以突破市门、省门、国门。尽管也许有些经济上的补偿，但透支了精力，用亚健康作为代价，值吗？小里说，是增加了家庭的经济负担与精神压力；大里讲，单位缺个左膀右臂，损失也不小。

　　舍不得放弃，就意味着忙得不亦乐乎，疲于奔命。其结果是岗位缺了，秩序乱了，造成恶性循环，怨谁去？除了上级部门检查时说说，某某单位的工作抓得全面到位外，劳民伤财的多了几个荣誉又咋样？认准了一件事，坚定不移的朝着目标前行，才会到达光辉的顶点。

　　凡事，学会选择，学会放弃，是一种智慧。连丢卒保车，抓大放小的常识都不明白，无论他是士兵，还是将军，结果不言而喻，只能是他自己给自己下了套，挖了坑……

跨年夜宿灵山寺

到灵山听新年钟声，少说也有七八次，而我在2016年本命年里，夜宿灵山寺，听跨年钟声尚属首次。傍晚时分，在家沐浴更衣，唯恐沾污了佛家清净之地。

因暖冬而并不凌冽。灵山之夜，十点刚过，便是人头攒动。灵山大佛前的广场上，张灯结彩，香烟缭绕。夜，并不寂寞，有着星光、月光、烛光、佛光、灯光、香火、人气、佛语的陪伴，清冷里有着丰衣足食的平安；有好运常伴的吉祥；阖家幸福的温暖。

"钟声传祝福，灵山颂吉祥。"新年的钟声在灵山里回荡，祈祷的人们齐声祝福："新年好"！

我不信佛，也不顶礼膜拜，但慈悲为怀，心有虔诚，情中有爱。

零点钟声过后，祥符寺前，香炉中，烛台上，香火袅袅的，旺旺的，暖暖的，美好的心愿，就在点烛、上香的虔诚里。

月光，从木格窗里飘洒进来，没有寂寞清冷，只有六根清净；没有"床前明月光，疑是地上霜"的感觉；没有"举头望明月，低头思故乡"的孤独；没有山雨欲来风满楼的凄凉，只有暂别红尘，羽化圆融，和敬清寂的美好。

在晨钟、诵经、鸟雀声里醒来，起床穿衣，嗽洗完毕。出门，上灵山，袅袅的香烟，已被弥漫的晨雾替代。近处的绿树，柔美的山势，隐约的寺庙，白色的鸽群，氤氲缥缈里有着佛门的禅意。

山坡上，那棵植于唐代贞观年间的千年古银杏，一口唐代的六角井，对我来说，很是念想，每次去，总会光顾。而这次在没有噪杂，没有打扰的境遇里相见，尤为奇妙。

曾记得，1986年暑假，朋友曾相约骑自行车到此，也留下了近30年前的印记，更有照片为证。其时，有当地父子俩在这里看护这棵千年古银杏，他们说，这银杏已有659年，但据专家考证，距今已有1300多年。而六角井，据史料记载，为祥符寺众僧饮水之井，茶圣陆羽游历马山，觅茶到祥符寺，品井泉清甜而推崇为无锡十二泉之一。现今的六角井，就距古银杏约三十来米，以我推测，1986年看到的一个直径为3米多，深不见底，很清冽的水潭位置恰好与之吻合。

古银杏，在冬日里看它，虽已在重点保护之中，但似乎与我在30年前相遇时，已少了山野之神，蓬勃之气。而古井的存在，则显示出不仅是对古文化，古历史的保护，更是一种推崇与敬畏。

在祥符寺，我靠着灵山大佛，安然入睡，又在晨钟、鸟鸣、诵经声中醒来。这一夜一早，便给了我对新年更多的期许与美好。

礼佛素斋大觉寺

　　始建于南宋的大觉寺，在宜兴西渚镇横山村王飞岭圬，占地二千多亩，紧邻横山水库，距今已七百余年。寺，就在茂林修竹，满目葱郁中。但由于饱受历代战乱，佛寺荡然无存。1938年在此出家的星云大师，决定在原址上出资进行重建。2005年10月14日奠基开工至今，除白塔在最后装修外，其余已竣工。

　　这次去大觉寺，除了游赏外，最重要的是去感受传统饮食礼仪文化。

　　可容纳千人左右的大厅里，法师边讲用餐的礼仪，边有2位义工分列两旁演示。用餐前，椅子得轻拿轻放，两手先扶住椅背两边，向后成仰状，再轻轻提起，往后放下，避免移动发出声响。随后是坐稳、挺胸、抬头，两腿成90度角，两手安放于大腿上。饭碗、菜盆、筷子如何安放？筷子都是银质的，如何使用得不发出声音？都一一作了示范。

　　虽然，我们这年龄对传统饮食礼仪不算陌生，但在这里有了更深刻的感受。

　　用餐时，长辈没动筷子，晚辈不能先动筷，夹菜不能翻来抄去。午餐前，先把筷子和装着饭菜的碗先后移近自己，然后拿起筷子，左手将饭碗平端在胸前。端饭碗时，拇指扣在碗边，其余四指平托碗底，古人称之为"龙含珠"。右手持筷子夹起食物送人口中，动作要轻柔而利落，古人称之为"凤点头"。稀饭、汤等流食，可以把碗端起来饮用，而固体食物，一律使用筷子夹起来。吃饭时嘴巴不能发出声音，更不能交头接耳，保持餐厅安静庄严。尤其是，饭菜汤一点都不能剩。

　　用餐前，吃不了就举手示意，一旁的服务生会前来为你减少，吃完后还不够，可为你添加。用餐完，那碗盆里的汁水，也得用菜叶捞得干干净净，然后吃尽。这也就应了"一粥一饭当思来之不易，一丝一缕恒念物力维艰"的古训。用餐完毕，将碗叠起，放在靠近桌子外沿的地方，将筷子放在碗右侧，距离约一寸的桌面上，筷子与桌沿垂直。

　　在大觉寺的一天里，总觉得，感受传统的饮食礼仪文化，远比游赏来得重要。

你，就在我心里

一样物件，用久了，自然淘汰也在情理之中，但尽管它没有生命，可总有不舍的感觉。

像往常一样，将电脑开机，绿色的指示灯亮了。在随后开机、关机的反复闪动里，屏幕，却始终没有跳出我那喜欢的雨荷画面，我隐约感到，它，也该退休了。

这台早年的手提"联想"电脑，在电脑还没进入寻常百姓家时，它，便默默地来到了我的身边。尽管笨重，且外形也不像如今的灵巧，但在它不离不弃，陪伴我这整整八年后，我不仅仅是喜欢，还得感恩于它。

在键盘的敲击声里，我在博客上，有了自己的一亩三分自留地，并暗下决心，一定要把它种得丰富而蓬勃。在2009年1月15日，我种下了第一块属于自己的绿色菜地——《百杖龙潭游记》。当我看到读者第一次的留评，第一次加好友时，那种窃喜便油然而生。

渐渐地，菜地越来越大，品种也开始增加，品质也在逐步提升。在开博7年169天里，我从不敢怠慢，尽力把这块自留地种好。因为我知道，在这块博园里，高手云集，藏龙卧虎，唯恐误了读者。

有耕种，就有希望；有付出，就有收成；有精耕，就有果实。一篇篇文稿，通过邮箱、QQ、微信，变成报刊杂志上或多或少，或长或短的铅字。

它，给了我不同职业，不同地域，天南海北的文友。虽然他（她）们并非都是如雷贯耳，但在各自的岗位上，都有不俗的业绩，让我有着仰望星空的感觉，我们在这块博园里真诚交流。

都说人走茶凉，那也许是人与人之间的一种世态，但人与物的亲情，却只能意会，不能言传。昨天上岗的新电脑，虽然已替代了旧的，但我依然恋旧，就因它赐予了我很多。

情

"过老师，今天在家吗？"电话的那头是学生。

"在，新秋，有啥事吗？"我问。

"没什么大事，等会儿就请你和师母一起来家吃晚饭，我搬了新居你还没来过，到时车来接你。"她回话。

"好的！"我丝毫没犹豫。

和学生的对话，简单得就像家人一样，清淡得像早春的绿茶，少了世俗的寒暄与客套，就这样自然妥帖。

进得家门，她的先生小何笑盈盈地招呼着。厨房间热气腾腾，小何的爸妈在忙着做晚餐。

在小何的引导下边看边赏。近四百平方米，足足三层的市区新居，我似乎进了迷宫。书房、茶室、会客室、健身房、露台、阳台、衣帽间、字画装帧……大块面的落地窗，让室内处处通风透光，视野开阔。专业美术出身的她，把新居打扮得书气大气，古朴里尽显高端，人文中感受温馨。

没有海量的美味佳肴，没有推杯换盏的客套。学生双方的父母孩子，加上我们，一大家的聚餐，敞开心扉，其乐融融，这便是家的味道。

席间，她说："我和我的两个父亲，一个给我生命和理想，一个指引我走上学艺之路。"但我总觉得，帮助每一位学生，是我们老师的义务与天职。

夫妇俩，都就读于南师大，都有着令人羡慕的教师职业，可小何在领导一再挽留里，义无反顾地辞职下海。他曾跟我说过："我是家里的男人，我不想让她太累，得帮她承担。"这样的男人，我也敬佩！

"君子爱财，取之有道。"如今，他们经营的"苏梨古典家具""新元素家装设计"，以质量为上，用信誉赢市场，做得红红火火，风生水起。作为老师，我唯有衷心祝福他（她）们恩爱一生！

世界那么大，想去看一看

"世界那么大，想去看一看。"有人称之为"史上最具情怀的辞职信，没有之一"。经过粉丝、网络、媒体的热捧炒作，时至今日，早已风平浪静。

回顾从2015年4月14日的这封辞职信，持续发酵也就一二个月，最终，还是让大众的理性，回归到生活的现实与本真。

自我第一时间看到这则新闻，也没往深里想。给我的感觉是，这样的洒脱浪漫，只是说说而已。但随着短时间的推移，多种渠道的传播，让我彻底明白，这事绝不是假新闻。不过，对于我来说，总觉得，这事并不值得大呼小叫，更不值得街谈巷议。

"世界那么大，想去看一看。"说实话，我也很想，估计有这样想法与情怀的人，绝不在少数，不说百分百，至少也得在百分之九十。试想，这样浪漫与潇洒的看一看，不想拥有，除非是傻子。但从理性的角度看，在现实生活里能否达到，那就不是说走就走，想看就看了。这样浪漫的情怀，当作茶余饭后说说一点没错，但是较真了，哪就值得商榷。要去实现这样的理想，得有足够的经济基础作后盾，否则就是空话一句。

人，想这样的潇洒看一看，钱，虽不是万能，但没钱是万万不能的，得有足够的资金。资金从何而来？要么是小家庭里有人赚钱足够的多，要么是啃老，不劳动，你拿什么去看世界？这位老师从教2004年至2015年，满打满算也就工作了11年，再省吃俭用，一个教育工作者，即便不吃不喝，能积赚下多少钱供你去看世界？只有十分爱你的亲人，且有雄厚的经济基础，才能让你如此的任性。

为了把这事进一步的发掘，众多的追随者，还就辞职信的字，也做了仔细的分析，赞其字写得漂亮，做事也潇洒，我却不敢苟同。说心里话，作为老师，这样的字，最多也只能说还行。其实，在我们教师队伍中，像这位老师漂亮的字比比皆是，而比她好的也多得很。试想，作为老师，写规范字，写好字是必备的基本功，通过师范院校专门训练，还不能写出这样的字，能说得过去吗？！

而有人称之为"史上最具情怀的辞职信，没有之一"，这样的说法更是欠妥，也不是什么新鲜事。要知道，史上有名头的辞职信多着呢，只是题头的说法不同而已。古代辞职是要上书的，得皇上同意，此书称为"辞表"。

"人无奋志，治功不兴，国俗民风，日就颓敝……今举朝之士皆妇人也。"这是海瑞的辞表。他，忧国忧民，不畏权势，铁面无私，但最终看破官场太乱，群臣皆庸，以自己身体衰惫，还要回家侍养老母为借口，摘下官帽，脱去官服回乡。

在陶渊明"悟已往之不谏，知来者之可追。实迷途其未远，觉今是而昨非"的辞表里，我们同样能看出，这些文人雅士的当时心境。他，一生辞职多次，在古代名人辞职行列里，是个不折不扣的"辞职专业户"，但最终是"采菊东篱下，悠然见南山"了。

李白酒后，让那位权宦高力士脱下了靴子，侮辱了那位不可一世的人物。但高力士也不是好惹的角色，最终，李白也没有办法，还是很有自知之明，向皇帝打了辞职报告，离京而去。

这位女老师，向校方提交了去看看世界的辞职信，学校也同意，但她现在到底咋样去看世界了，看什么样的世界，我们也不必深究，那是人家的自由。

人的思维方式，决定他的生活方式，不同年龄，不同时代的人，更有时代的烙印。像这样打辞职报告的人，只不过语言表述上有所不同而已，根本不值得这样大惊小怪，这种现象在现实生活里多得很。也许是厌倦了原有的工作状态，要换个工种；也许是人事上的难以相处，要换个环境；也许是原来的薪酬不能满足需求，要下海经商……凡此种种，纯属正常。

　　"凭这一笔好字，去哪儿都行！潇洒人生从这一刻开启。"这是网上看到的留评，从内容上看，很有积极意义，但仔细想来，是否洒脱的好话说过了头。现代的网友粉丝，新闻媒介，请不要再把类似者推到风口浪尖上去，若是舆论工具把他（她）们逼上了进退两难的境地，抑或绝境，那可是一种罪过。

悟道

闲暇看书有些眼疲，为了作些微调，在书房里写了几张字，这幅"观远"自以为可以，盖章后就留下了。

前些时日，朋友见了说整体看倒不错，但局部的笔画有些不解，故也有了下面的对话：

这"观"字的"甩钩"太夸张，咋这样"长"且"弯"到后面去了？

"也算是取其意吧，人的眼光需看得远，故长了。再则，不管看什么事物，最好是换个角度，别老瞧着正面，背面也得去看看，说不准还真能看出个子丑寅卯来，故"弯"到后面去了。"我说。

那"观"字的两个"口"不就是两只眼睛吗？怎么是眯着，几乎看不到呢？

"画素描时，为了把物体的明暗看得更清楚，你不是要把眼睛眯起来？"

这"远"字的"捺"咋这样"长"，"粗糙"且"歪歪扭扭"？

"人生之路说长不长，说短不短，既有康庄大道，也有崎岖小路，更有野草荆棘，这样的"道"咋能不长，不粗糙？！鲁迅说过："世界上本没有路，走的人多了，也就有了路。"

世界上，哪会全是笔直的康庄大道给你走？当你行走于斑驳的石道，抑或野草丛生的小路时，待惯了城市的你，会没有特殊的感受？！人这一生，从领袖到名人，他们的背后，哪个不是从风风雨雨，坎坎坷坷中，捧着鲜花，听着掌声走到前台去的？我们是平民，没有走过"歪歪扭扭"的路就更怪了。"

喔，朋友的神态有所顿悟……

享受喝茶时光

喝茶，我不谙茶道，也从没去研究过它的关关节节，追溯过它的根根源源，因为我没必要。叫上一二好友，邀上个别知己，选个清幽敞亮的茶室，泡上一壶，就喝个心境。

在锡城，喝茶的地方很多，但我并不欣赏，昏暗的包厢，似乎很有情调，却缺了自然界的物象与光影，总觉有点压抑；临街的窗口，敞亮了许多，却是车水马龙，夹杂着细微的噪音，总有些许遗憾。尽管还包吃各色风味点心，新鲜水果，随时需要随时拿，自助式的喝茶也很受用，更省了些额外的用餐消费，但都不是我想要的。

喝茶，其实是喝个心境，我对"心境"的理解是，喝心情，喝环境。而在"水晶坊"喝茶，倒很合我意，这也是我常常光顾的缘由。水晶坊，地处蠡湖新城，坐落于太湖之滨，掩映于绿色之中，面对于青葱鹿顶。

走进水晶坊，一长溜的靠窗茶几，落地窗若有若无，窗外是一片很开阔的绿色草坪，再前面，就是粼粼的湖，青青的山。老板是一位有学养，有品位，很干练，会打理的女主人。室内，班得瑞的《晨光》《安妮的仙境》《月光》《清晨》《雪中梦》……这些天籁之音，被她调到最低音，连那些服务生的招呼声也是恍若梦中。稍后，你必需的茶具，热腾腾的茶壶就上来了，绿绿的，柳芽似的茶叶，配以些许红红的枸杞子，那红与绿的色泽就十分的养目。

在这暖暖的春日里，与知己慢酌、浅抿、徐说，那丝袅里，清香中，惬意的笑，温软的语，便融合于一起，弥散在四周，又跌落在茶盅，与茶水一起，注入于心扉，那种自在，那种安适，在喧闹浮躁的都市里，是不可多得的。

少些喧闹，多些清净；少些浮躁，多些安适；少些烦恼，多些快乐，这就是喝茶的乐趣……

这里的女主人，眼光也真不一般！这是来宾们的共识。在初次与姚总的闲聊中，也证实了我的想法，她告诉我："这里是半开放式的，楼下喝茶，楼上也有酒家样的包厢，但不希望有许多客人来，太噪杂了，悠闲放松的心情就没了。至于经济上，因为我们有着雄厚实力的公司，这里仅是用来客户商谈业务，接洽高档团队，有品位，有文化素养人的一个场所，我只要能维持这里员工的薪酬就行。我之所以选址在这里，目的是在品味的同时，也在品味着文化，品味着自然。"

顿悟中的我终于明白，主人不把"水晶坊"叫作""水晶酒家"的道理。

仁者乐山，智者乐水。从她的话语里，我能感受到这位主人的非同一般，她的精明与干练中，有着胜人一筹的智慧。

假日里约一二好友，泡上一壶，听着低绕抒情柔缓的班得瑞轻音乐，慢慢地喝，轻轻地聊，靠在柔软的沙发里，透过明净的玻璃，落地窗外是粼粼的蠡湖之光，百米高喷水雾弥散，澄碧天空白鹭翻飞，蓊蓊郁郁鹿顶迎晖，比起那闹市区要清闲幽静得多。

我爱喝淡茶，不是舍不得，也不是没茶叶。拿着茶罐轻轻地抖两下，用开水泡上一杯，在温软的阳光里，微闭着眼，浅浅的抿，清凉里带有丝丝甜味，看着杯中袅袅上升的热气，真有似醉非醉的快意。我也曾试图泡过浓茶，但总觉得有些苦涩。其实，以我的看法，粗茶淡饭中的"粗"字应是"淡"的意思。总觉得，世上万事同理，什么都不能太过，太过了未必是好。其实，喝茶就像人生，在平平淡淡里，过着平常人的生活，也未尝不是一种境界……

平时，我也爱在自家院子里喝茶，前后三道门紧闭，没了外界的干扰，大有躲进小楼成一统的感觉。一张靠椅，一本闲书，一个鱼缸，一片绿色，一缕清风，一丝白云。读书中喜怒哀乐，看游鱼沉沉浮浮，观花草生生息息，邀清风移步徐来，望天外云卷云舒。一切烦恼迅即烟消云散。

心语室里的悄悄话

门外传来轻微的敲门声，打开门，一位低着头，很害羞的四年级女孩，走进了"心语室"。在她低低的问好声里，看着她怯生生坐下的样子，我心里已有了谱。落坐后，她边低着头，边有意无意的弄着衣角，欲言又止。

我请他抬起头，提醒她看着我说话，她终于说出了投在信箱里写的话："老师，我上课就是怕发言，所以不敢举手，怎么办呢？"

在我为什么不敢发言的追问下，她告诉我，主要是怕说错，让别的学生笑话。在我呵呵的笑声里，她好奇地看着我。

"你有没有发现其他发言的学生也有错，甚至班干部？"

"有，挺多的。"她肯定而没加思索地说。

"结果怎样？"

"老师或同学指出了错在哪儿，为什么错，给纠正了，同学们也都明白了。"她似乎越说越自信，越说越顺畅。

"你们就因为不懂，才来上课学知识，所以回答错是正常现象。而回答从来不出错，反倒不正常，你说是不是？再说，就因为你的错，而让大家都不错，都明白，不是很好吗？你的功劳不小啊！"

从她恍然大悟，很高兴的样子里，说着以后我尽量举手发言的话语中，我能真切地感受到，她这神情与话语后的信心。

这是一位不善交友的五年级男孩，轻轻地敲门进入，相互问好，随后是简要的对话：

"你好，咱们握个手，请坐！你认识我吗？"

"认识认识，过老师多才多艺，没想到今天是你在值班。"

呵呵，你，挺会夸人的，谢谢你的夸奖！但我以前不认识你，自从看了你投在信箱里的自我简介，我对你有了大概的了解。今儿很高兴，能在这里和你真正认识。有什么想法要说就随便说吧，咱们一回生，二回熟，以后做个朋友也无妨。

"老师常跟我说，我的各方面都不错，就是要多交些朋友，要主动融入班集体，但我不知道如何去做。"

"交朋友其实很简单，你不是很会夸人吗！刚才我就被你夸得很高兴，现在又主动和老师来说心里话，那我们就是朋友了，对吗？"这时的他，脸上的肌肉、表情明显放松了。

"我还从你班学生那里知道了，你不仅学习好，平日里还喜欢画画，画得还不错，是吗？"

"还行。"

"能给老师画一幅吗？"

"可以。"他很自信地说着。

你看，我们才一小会儿就成了朋友。把别人的长处多夸夸，把自己的擅长介绍给别人，那么我想，至少那些被你夸的，爱画画的同学，一定会很乐意做你的朋友，你说呢？他连连点头称是，谢过我，带着满满的自信，一脸的灿烂离开了心语室……

对话是一种信任；面视是一种碰撞；牵手是一种企盼；连心是一种缘分；沟通是一种艺术。"心语室"是老师和学生讲悄悄话的场所，他们心灵深处的迷惘，欲言又止的话语，在这里得到了安慰，受到了启示，找到了答案。

最想说的话（后记）

　　《苦楝》里的这些文字，大都在工作之余，节假日中，忙里抽闲完成。本想在即将退休之时，让它作为近四十年奋斗在教育教学战线后，送给自己的礼物，但由于种种原因，迟至退休四年，才了却自己多年的愿望。

　　很感谢身边好多朋友的鼓励。

　　"人家谁谁谁，都已出书了，你咋还没动静？"

　　"出吧，我们期待着看。"

　　"希望我是你的第一个读者……"

　　从内心说，希望越早越好，但在文字上总想精当些，就怕耽误了读者不说，还怕浪费了读者的时间。科技发展到今天，手机、电脑的各种阅读功能，早已超过纸质文字的便捷，真正能静下心来读铅字书的人已经不多。因而，即便已发表的文章，我也是反复几次地修正，尽力让读者有或多或少的收益。

　　书稿定局后，书名，我也想过好多个，最终还是以《苦楝》为准。原因在书中的《苦楝》里说得很清楚，果果虽苦，但很有用。

　　工余之暇，除了爱好码文字，也喜欢写书法。所以，这书名也就自己题了，尽管我的书法圈里，从地方到全国不乏高手，但不想给人家添麻烦。

　　我，不是名家，但作协群里也有不少上级别的名人朋友，最初是考虑过让德高望重，有知名度、有影响力的来执笔写序。思来想去，一个小学五年制毕业，仅是个初中备取生，且从田埂上走出来的人，让名人来为自己作序，怕有"穷汉"傍"大款"的嫌疑。这样的高攀与麻烦人家，是我不敢奢望的。

好在美国读博的儿子，虽是理科生，但写文字也不错，所以就动了让他作序的念头。与他沟通，他起初不愿，说你让圈子里有名头的写写就行了，我又没啥头衔的。但最终还是应承下来，他说，其实我最了解你，三天以后发给你。

旅游、摄影，是我业余生活里必不可少的。在这本散文集里，游记占据了一定的比重。行万里路，早出晚归，有辛苦，有激动，既让我长了书中没有的知识，又让我在咔嚓声里留下了一张张不一样的美景。

人这一生，就像世上的每一片树叶，没有完全相同的。经历不同，感受就不一样。书中的小故事，都是自己亲身经历，也许再过几十年，诸如文中《孵小鸡》《逮麻雀》《桨声咿呀》《家乡的豆腐干》《乡邮费根》《竹篮碎碎念》等，最终会淡出我们的视线，但我至少把早年最真实的生活记录了下来。

读书，于我来说，也是业余生活里的调味品，一杯茶，一张椅，一本书，暂且脱离红尘，把心交给书，也是一种享受。2016年，无锡市评选"书香家庭"入围后，也被聘为引领全民阅读的"快乐阅读使者团"人员之一。在外出讲座过程里，我时时感受到，这几十年爱好读书，没让我白读。要说原因很简单，那就是让我站稳了三尺讲台，且做得有滋有味，而这本《苦楝》的出版，就是我感谢自己的理由。

本书出版过程中，得到好友严行方先生的热情帮助，好多文友、学校领导也时时给我真挚的鼓励，在此一并深表谢意！

作 者